삼국유사, 바다를 만나다

삼국유사, 바다를 만나다

개정판 1쇄 발행 2024년 5월 8일

지은이 정천구
펴낸이 강수걸
편집 강나래 이선화 오해은 이소영 이혜정 김성진 송연진
디자인 권문경 조은비
펴낸곳 산지니
등록 2005년 2월 7일 제333-3370000251002005000001호
주소 부산시 해운대구 수영강변대로 140 BCC 626호
전화 051-504-7070 | 팩스 051-507-7543
홈페이지 www.sanzinibook.com
전자우편 sanzini@sanzinibook.com
블로그 http://sanzinibook.tistory.com

ISBN 979-11-6861-300-3 03810

고전오디세이 03

삼국유사,
바다를 만나다

민중의 바다 ◎ 이야기의 바다

정천구 지음

산지니

책머리에

인문주의의 바다, 삼국유사

『삼국유사』가 집필된 때는 대략 1289년이다. 편찬자 일연(一然, 1206~1289)이 생전에 완성하지 못하고 남겨둔 것을 제자들이 찾아내 간행한 것이어서 일연이 입적한 때를 집필이 완료된 시점으로 잡은 것이다. 이 때문에 『삼국유사』는 미완성의 작품으로 일컬어지는데, 필자는 현재의 상태로도 편찬자의 의도나 목적, 그리고 담겨 있는 이야기들의 의미를 분명하게 알 수 있다고 생각하기 때문에 완성이냐 미완성이냐는 그다지 중요하지 않다고 본다. 문제는 일연의 의도나 목적, 『삼국유사』에 숨겨진 의미망들을 오롯하게 풀어내느냐 풀어내지 못하느냐이다.

사실 『삼국유사』가 우리 민족의 고전이 된 것은 20세기에 들어서이다. 20세기 이전에는 그 가치와 의의를 제대로 인정받지 못하고 거의 버려져 있다시피 하였다. 왜 20세기가 되어서야 비로소 조명을 받게 되었을까? 그 이전, 정확하게는 중세에 지식인들이 의의를 두었던 일반적인 글쓰기와는 거리가 멀었고 이에 더하여 합리적이라고 보기 어려운 기이하고 괴이한 내용이 많아서 배척받았다. 그런데 근대로 넘어오면서 민족주의가 대두되자 『삼국사기』와 달리 『삼국유사』는 사대주의적인 성향이 없고 오히려 매우 주체적이라는 평가를 받기 시작했다. 또 『삼국사기』에서는 전혀 언급하지 않은 상고사와 고대사에 대한 정보를, 비록 부분적이기는 하지만,

제공해주고 있다는 사실이 높이 평가되었다. 민중에 대한 이해나 그 설화들의 가치에 대한 인식이 달라지면서 더욱더 중시되었다. 그리하여 문학과 사학, 사상 등 각 방면의 많은 연구자들이 주요 텍스트로 삼아 연구를 하기 시작하였다.

그렇지만 『삼국유사』는 매우 복합적인 글쓰기를 하고 있고, 그 이면에 숨겨진 의미망 또한 중층적이라는 점 때문에 오롯하게 파악되지 않고 있다. 이를테면 『삼국유사』는 얕게 이해할 수도 있고 깊게 이해할 수도 있는 고전인데, 문제는 그 의미들을 일관된 관점에서 체계적으로 풀어낸 연구가 거의 없다는 사실이다. 2천 편이 넘는 논문이 나왔음에도 저술은 거의 찾아보기 어려운 실정이 이를 증명한다. 그 까닭은 어디에 있는가? 단순히 복합적인 글쓰기를 하고 있어서인가? 그보다는 『삼국유사』를 읽는 독법에 문제가 있는 것은 아닐까?

한번 생각해보자. 일연이 생존했던 때는 칭기즈 칸이 이룩한 몽골제국이 고려에서 유럽까지 위세를 떨치던 시기와 맞물려 있다. 이른바 동아시아에서 중앙아시아를 거쳐 아랍 및 유럽 문명과의 교통이 인류 역사상 가장 활발하게 이루어지던 때에 일연은 동쪽 끝 나라에서 태어나 살고 죽었다. 과연 일연의 삶이나 그 사상, 무엇보다 『삼국유사』가 그런 역사적 정황과는 전혀 관계가 없었을까? 인류 문명사를 개관해보면, 영향 관계를 떠나서 서로 다른 지역에서 동시에 유사한 변화가 일어나곤 했음을 볼 수 있다.

일연이 죽고서 한 세대가 지난 뒤, 아득히 멀리 있는 이탈리아에서 『신곡(神曲)』(1321)이라는 불후의 명작이 탄생하였다. 단테(Dante, 1265~1321)의 『신곡』은 유럽에서 인문주의라는 지적 운동의 시작을 알리는 작품이다. 또한 먼 훗날 르네상스를 여는 계기가 된 것으로 인정받고 있다. 그러나 유럽의 인문주의가 몽골제국이 동과 서를 잇는 육로와 해로를 장악하면서 촉발되었다는 사실은 흔히 간과되고 있다. 근대를 주도한 유럽이 세계사를 서술했기 때문이다. 그러나 세계사의 시작을 연 것은 몽골제국이다. 그 몽골제국과 긴밀한 관계를 맺고 있던 시기에 일생을 보낸 이가 일연이다. 그 일연이 편찬한 『삼국유사』 또한 그런 인문주의를 담고 있다는 사실, 이는 놀라운 일이다. 그럼에도 이 인문주의에 대한 본격적인 탐구는 아직 시작되고 있지 않다. 오래도록 알아주는 이를 만나지 못하고, 거의 근대에 이르기까지 버림을 받았다가 간신히 민족주의와 더불어 조명을 받게 되었기 때문에 아직 그 안에 담겨 있는 인문주의, 민족주의를 넘어서는 인문주의를 제대로 끌어내지 못하고 있는 것이다.

흔히 르네상스를 "고대의 재발견" 또는 "고대의 재생"이라 한다. 고대가 중세에 죽었다가 다시 살아나자 르네상스가 되었다는 말이다. 그런데 과연 『삼국유사』가 그런 르네상스 정신을 담고 있다고 할 수 있는가? 더구나 '근대 너머'를 이야기하는 오늘날에 과연 『삼국유사』에 그만한 가치가 있는가? 바로 여기에 오늘날의 학자들과 독자들이 인식을 전환해야 하는 이유가 있다.

『삼국유사』는 그 자체가 바다다. 무진장한 양식이 갈무리되어 있는 곳간이다. 다만, 눈 밝은 이를 만나지 못해서 그 가치가 살아나지 못하고 있을 뿐이다. 고전은 과거로부터 내려온 소중한 유산이기 때문에 고전이라 불리는 게 아니다. 시대가 달라질 때마다 새롭게 조명할 만한 가치를 담고 있기 때문이다. 만약 『삼국유사』를 고전이라고 한다면, 이 역시 늘 새롭게 추출할 만한 무언가를 담고 있어야 한다. 그저 우리의 고대사나 삼국사에 대한 귀중한 정보를 담고 있다는 그 사실만으로 고전이라 부른다면, 이를 과연 진정한 고전이라 할 수 있을까?

『삼국유사』는 일연이 민중의 이야기가 지닌 가치를 알고서 모아 엮은 고전이다. 민중의 이야기에는 민중이 들려주는 역사와 진실이 담겨 있다. 민중의 이야기는 생생한 삶의 현장에서 길어 올린 작품이다. 한 시대를 같이 살았던 다수의 이름 없는 이들이 끊임없이 재생했던, 생동하는 삶의 빛이요 그림자다. 그래서 이야기 자체가 민중의 역사를 또 들려준다. 일연은 그런 이야기들을 있는 그대로 들려주려고 『삼국유사』를 편찬하였다. 이렇게 『삼국유사』는 르네상스적 인문주의가 아니라, 민중과 함께 늘 살아 있었던 인문주의를 보여주려 했다.

오늘날을 '대중의 시대'라 하는데, 대중의 시대도 그 성격이 바뀌고 있다. 말하자면, 소비하는 대중에서 생산하는 대중으로 나아가고 있는 것이다. 그렇다면 『삼국유사』야말로 이런 대중의 시대에 반드시 읽어야 할 고전이 아닌가. 『삼국유사』 속 이야기들을 생산하고 소비한 주체가 바로 민중이고, 또 그 이야기들을 통해서 오늘날의 민중 또는 대중의 존재와 그 역사적 의의에 대해 다시 생각해 볼 수 있기 때문이다.

그러나 『삼국유사』의 이야기들은 쉬운 듯 어렵다. 이미 말했듯이 의미망이 중층적이기 때문이다. 문면에 드러난 의미를 파악하기는 쉬우나, 이면에 숨겨진 의미를 알아채기는 어렵다. 이는 근대인이 자랑하는 관념이나 지식 따위로는 미치지 못하는 지혜가 숨겨져 있다고 보기 때문이다. 그 지혜는 민중의 소박한 경험, 2천 년의 세월 속에서 켜켜이 쌓인 경험에서 저절로 얻어진 것이어서, 억지로 이해하려 한다고 해서 이해할 수 있는 게 아니다. 문명에 찌

들어 온갖 관념 속에서 헤매는 우리로서는 쉽사리 그 경험, 경험 자체로 돌아가지 못한다. 그렇다면 『삼국유사』라는 바다에 뛰어들어 한번 죽음을 경험해보아야 하지 않을까? 그리하여 진정한 재생을 경험할 수 있다면, 『삼국유사』 속의 '진리의 바다'에서 노닐 수 있지 않을까?

이 책은 『삼국유사』의 '바다'에서 노닐다가 얻은 착상을 글로 옮긴 것이다. 그리고 그 착상의 실마리는 바로 '바다'였다. 우리나라가 삼면이 바다라는 점에서, 내가 살고 있는 곳이 바로 항구도시로 유명한 부산이라는 점에서, 『삼국유사』에도 바다와 연관된 이야기가 많을 것이라고 판단하여 바다를 소재로 또는 주제로 한 이야기만을 가려내어, 그 속에 숨겨져 있는 또 다른 이야기를 풀어냈다.

『삼국유사』를 번역한 책은 매우 많다. 또 각각의 이야기에 대한 분석이나 연구도 많다. 그러나 『삼국유사』 전체를 일관된 관점에서 풀어낸 책은 거의 없다. 이 책은 비록 『삼국유사』 가운데서 '바다'와 관련된 이야기를 중심으로 그 의미를 풀어내고 있지만, 일관된 관점에서 풀어낸다는 점에서 의의를 갖는다. 그것은 바로 민중, 민중의 역사 이해다. 그것이 민중의 이야기들 속에 고스란히 담겨 있다는 것이 필자의 판단이기 때문이다.

이 책에서 다룬 『삼국유사』 이야기는 모두 26편이다. 〈서해에서 바다를 지킨 명랑법사〉는 두 편의 이야기를 바탕으로 풀었기 때문에 목차의 숫자보다 하나가 더 많다. 물론 군데군데 부분적으로 언급한 이야기도 있으나, 그것들은 포함시키지 않는다. 목차의 순서는 이야기들이 『삼국유사』에 실려 있는 순서를 따른 것이다. 다만 『삼국유사』 자체가 크게 둘, 곧 역사와 불교라는 큰 주제에 따라 나누어지기 때문에 그에 따라서 1부를 '역사와 바다'라 하였고, 2부를 '불교와 바다'라 하였다. 1부는 『삼국유사』에서 「기이(紀異)」편에 해당하고, 2부는 「흥법(興法)」 이하에 해당한다.

차례

책머리에: 인문주의의 바다, 삼국유사 4

1부 역사와 바다

바다가 기른 영웅, 탈해 14
바다 건너 문화를 전한 연오랑세오녀 26
유교 이념에 묻힌 김제상의 부인 38
바다와 강을 빼앗겨 멸망한 백제 51
바다에 잠든 통일 외교의 영웅, 김인문 62
업보를 씻으려 바다에 누운 문무왕 74
조화와 공존의 가락, 만파식적 85
바다가 유혹한 수로부인 95
탐욕으로 무너진 장보고와 청해진 108
바다의 관용을 지닌 처용랑 119
망국의 여왕 그리고 바다의 영웅 거타지 130
해양강국을 이룩한 김수로왕 140

2부 불교와 바다

이루지 못한 불국토의 꿈, 허황옥 154

철강과 철학의 조화, 황룡사장륙존상 164

바닷길을 지켜준 관음보살들 176

바다 건너온 부처님 사리와 불경 187

동해의 수호신이 된 관음보살과 두 고승 196

동해 물고기들의 성지가 된 만어산 206

고기잡이를 방해한 산속의 석탑 214

서쪽 유학(留學)의 길을 연 원광법사 226

후삼국의 서해와 보양 스님 239

천축으로 돌아간 승려들 248

법의 바다에서 나루가 된 자장율사 258

바다의 중생에게 계를 준 진표 267

서해에서 나라를 지킨 명랑법사 279

글을 마치면서 290

1부 역사와 바다

바다가 기른 영웅, 탈해

그리스 신화의 저 유명한 '트로이 전쟁'에는 무수한 영웅들이 등장한다. 그 가운데에 간계와 변장의 화신으로 불리는 오디세우스라는 영웅이 있다. '트로이 목마'를 고안해서 10년간의 전쟁을 승리로 이끈 숨은 주역이다. 그런 오디세우스도 고향인 이타카로 돌아가는 데는 무려 10년이 걸렸다. 바다를 떠도느라 그렇게 되었다. 호메로스의 『오디세이아』가 바로 그 이야기를 담고 있다. 바다는 그렇게 영웅조차 고난과 시련을 겪게 하는 무대다.

신라에도 그런 바다를 건너온 영웅이 있다. 바로 탈해(脫解)다. 탈해의 영웅적 면모는 『삼국유사』에 나오는 민중의 이야기, 〈제4탈해왕(第四脫解王)〉 속에 잘 드러나 있다. 탈해는 신라의 제4대 임금으로, 57년에 62세로 왕위에 올라 23년 동안 재위하다가 79년에 세상을 떠났다. 탈해의 주검은 소천구(疏川丘)라는 곳에 장사지냈는데, 나중에 신령이 되어 나타나서 "내 뼈를 삼가서 묻고 장례지내라"고 하였다. 그래서 파내어 보니, 두개골은 둘레가 석 자 두 치, 몸의 뼈는 길이가 아홉 자 일곱 치였다고 한다.

바다에 버려진 영웅

탈해가 살았던 때는 중국의 한대(漢代)에 해당한다. 그때 한 자는 오늘날 말하는 30cm가 아니라 대략 22.5cm로 꽤 짧았다. 그렇게 보더라도, 탈해의 머리는 70cm, 몸은 225cm 정도가 된다. 엄청난 대두요 어마어마한 거구였다. 게다가 "치아는 엉기어 한 덩어리 같았고, 뼈는 마디가 모두 이어져 있었다"고 하는데, 이는 '천하에 대적할 자 없는 역사(力士)'의 골격이다. 그러나 과연 힘만으로 영웅이 될까?

역사였던 헤라클레스도 그러했고 오디세우스도 그러했듯이, 고대의 영웅은 주로 막강한 힘과 함께 용기와 지혜도 아울러 지녔다. 그리고 고대의 영웅들은 그런 능력을 타고났다. 타고난 능력 때문에 태어나면서부터 버림을 받고 또 자라면서도 내내 고난을 겪는데, 이는 영웅임을 입증하기 위한 과정이다. 역설적이게도 타고난 능력이 빼어나면 빼어날수록 시련과 고난은 더 많고 더 컸다. 어쨌든 그런 과정을 통틀어서 우리는 '모험'이라고 부른다. 그런데 탈해는 고대의 영웅이면서 타고나기보다는 만들어진 영웅에 가깝다. 탈해를 영웅으로 만든 것은 아득하게 펼쳐진 위험천만한 바다, 그 바다였다. 그리고 진정한 영웅이 되기 위해서 먼저 그 바다에 버려졌다. 이와 유사한 영웅들이 신화 속에는 적지 않다.

『구약성서』에 등장하는 유대인들의 지도자요 예언자인 모세도 강에 버려졌는데, 그것은 이집트인들에게서 살아남기 위해서였다. 모세의 어머니와 누이 미리암이 왕골로 만든 상자를 얻어서 역청과 송진을 발라 물이 스며들지 않도록 하고는 강에 띄웠다. 아기에게 상자는 곧 배와 같다. 이때 물은 죽음이면서 재생을 상징한다. 모세라는 이름도 "강에서 건진 아이"라는 뜻이다. 아이러니하게도 파라오의 딸이 발견해서 거두어 이집트의 왕자처럼 길렀다. 그러나 모세는 자신의 신분에 얽힌 비밀을 알게 되고, 마침내 노역을 당하고 있던 동족들(유대인들)을 이집트에서 탈출시키는 영웅이 되었다. 이집트 군대에 쫓길 때 홍해가 갈라진 이야기는 널리 알려져 있다. 홍해는 모세와 유대인들에게 자유와 삶을 위해 넘어야 할 장애이면서 동시에 기회의 공간이기도 하였다. 모세 이야기에서 강과 홍해는 죽음이면서 생명이요 장애이면서 자유라는 이중적인 의미를 띠고 있다. 탈해에게도 바다는 그런 이중적인 의미를 내포한 공간이었다.

가락국의 시조인 수로왕 때 일이다. 그 나라의 앞바다, 곧 지금의 김해 앞바다에 배가 와서 머물렀다. 수로왕은 먼 바다에서 온 그 배를 상서롭다고 여겨서 신하들과 백성들을 이끌고 그 배를 맞으려 하였다. 그런데 인연이 아니라고 여겼던 것일까? 배는 달아나서 계림(鷄林)의 동쪽 하서지촌(下西知村) 아진포(阿珍浦)에 이르렀다. 신라 또는 경주를 계림이라 일컬었으니, 그 동쪽의 아진포는 지금의 경주 양남면 하서리쯤에 해당한다.

배가 아진포에 이르자, 고기잡이 노파가 배를 끌어서 살펴보았다. 노파가 보니, 까치가 배 위에 모여 있고 배 안에는 궤짝이 하나 있었다. 궤짝의 길이는 스무 자, 폭은 열세 자였다. 그 궤짝에는 단정한 사내아이와 칠보, 노비들이 있었는데, 그 사내아이가 바로 탈해다. 궤짝은 어머니의 뱃속과 같아서, 어둠 속에서 재생의 때를 기다린다는 것을 상징한다.

노파가 7일 동안 대접하였더니, 아이는 자신의 내력을 이렇게 들려주었다.

나는 본래 용성국(龍城國) 사람으로, 부친은 그 나라의 왕인 함달파(含達婆)고, 모친은 적녀국(積女國)의 왕녀였습니다. 오래도록 자식이 없어서 기도하여 구했더니, 7년 만에 알 하나를 얻었습니다. 왕과 신하들은 상서롭지 못하다고 여겨서 큰 궤짝을 만들어 거기에 알과 함께 칠보와 노비들을 넣어서 배에 실어 띄우면서, 인연이 있는 곳에 닿는 대로 나라를 세우고 집안을 이루라고 빌었습니다. 문득 붉은 용이 나타나서 배를 호위하여 이곳으로 왔습니다.

흥미로운 것은 처음 배에 실릴 때는 알이었는데, 노파가 궤짝을 열었을 때는 사내아이가 되어 있었다는 사실이다. 이는 탈해가 배를 타고 바다를 건너면서 어엿한 사내로 성장했음을 의미한다. 여기서 탈해의 바다는 오디세우스의 바다와 다르게 다가온다. 오디세우스의 바다는 시련과 모험의 바다, 곧 도전의 대상이었다. 이는 바다를 인간과 대립하는 공간으로 인식한 것인데, 어쩌면 이런 인식이 끝내 바다를 정복하려는 역사로 이어져서 '대항해의 시대'를 열었는지도 모르겠다.

반면에 탈해의 바다는 생명을 잉태하고 그 생명을 성장시키는 바다다. 그러하기 때문에 죽음의 바다이기도 하다. 이때 죽음의 바다는 거부의 대상이 아니라, 삶이 포용해야 할 자연스런 대상일 뿐이다. 삶과 죽음은 결코 둘이 아니라 하나이기 때문이다. 그래서 탈해는 바다에 내던져짐으로써, 즉 죽음을 겪으면서 다시 살고 성장하였던 것이다. 삶이 곧 죽음이고 죽음이 곧 삶인 바다, 그 바다를 탈해는 건넜던 것이다.

바다가 기른 영웅

바다는 아무나 나설 수 있는 그런 공간이 아니다. 가까운 바다, 바람 한 점 없는 고요한 바다조차 늘 목숨을 위협한다. 더구나 끝없이 펼쳐진 망망대해라면 그 자체로 공포의 대상이다. 20세기에 우주로 나서기 전에 인간이 상상할 수 있는 가장 너른 공간이요 미지의 세계였던 곳이 바다다. 아무리 큰 용기와 탁월한 지혜를 갖추더라도 살아남을 수 있다는 보장을 결코 하지 못하는, 시험과 시련의 공간이 바다다. 첨단 과학과 정밀한 기술이 발달한 오늘날에도 바다는 여전히 인간의 손길을 극히 조금만 허용하고 있을 뿐이다. 위험천만한 바다는 동시에 자유의 공간이기도 하다. 하늘을 날 수 없던 인간에게 모든 구속과 속박을 벗어날 수 있는 자유를 무한히 허용한 곳이 바다였다. 죽음과 공포를 이겨낼 수만 있다면, 바다는 진정으로 자유의 공간이 된다. 그러나 그 자유를 얻기 위해서는 용기와 지혜가 요구된다. 탈해는 그런 바다를 건넜다. 그것도 알에서 갓 깨어난 때부터, 즉 아기였을 때부터 말이다. 그리하여 탈해는 바다에서 자랐다. 그리고 바다에서 배웠다. 시인은 "나를 키운 건 팔할이 바람이다"라고 노래했지만, 탈해라면 "나를 키운 건 오롯이 바다였다"고 말했으리라.

그러면 탈해가 자라면서 건넌 바다는 구체적으로 어떤 바다였을까? 『삼국사기』의 「신라본기」, 〈탈해이사금〉조를 보면, "탈해는 다파나국에서 태어났고, 그 나라는 왜국의 동북쪽 천 리 밖에 있다"고 적고 있다. 〈제4탈해왕〉에서 말한 용성국이 아닌 다파나국이고, 위치도 왜국의 동북쪽이라 하였다. 무언가 아귀가 맞지 않다. '다파나'는 인도의 산스크리트에 가까운 음운이기 때문이다. 〈제4탈해왕〉에서 일연도 용성국이 "왜국의 동북쪽에 있다"고, 작은 글씨로 주석을 달았다. 용성국이라면 바다의 용왕과 관련이 있고, 한자어이므로 왜국 동북쪽이라 해도 크게 틀리지 않으니, 이 자체로는 파탄이 없다. 그렇지만 이를 주석으로 처리했다는 사실은 중요하다. 이는 일연이 『삼국사기』를 비롯한 기존의 견해, 곧 용성국이든 다파나국이든 왜국의 동북쪽에 있었다는 설을 마뜩잖게 여겼다는 것을 드러내는 암시일 수 있다.

실제로 신라 주위의 해류를 아는 이라면, 탈해가 왜국 동북쪽이 아니라 남쪽 어딘가에서 왔으리라고 판단했을 것이다. 아닌 게 아니라, 탈해 이야기를 전승하던 주체는 민중이었다. 그 가운데서도 바다와 함께 생활했던 민중이었으니, 분명히 실상을 알고 있었을 것이다. 이야기 속에서 탈해의 배는 먼저 가락국 쪽으로 갔다가 이어서 신라 땅에 이르렀다고 한다. 이는 결코 동북쪽에서 온 것이 아님을 드러낸 것이다.

탈해의 배는 고기잡이를 위해 바다에 나선 것이 아니었다. 용성국을 떠나는 순간, 그 배는 먼 바다를 항해해야 했다. 그리고 그때는 항해술과 선박 건조 기술이 그다지 발달하지 않았던 고대다. 그렇다면 주로 해안선을 따라 안전하게, 또 해류를 거스르지 않고 따르면서 항해를 했다고 보아야 한다.

우리나라는 삼면의 바다가 쿠로시오 해류와 쓰시마 난류의 영향을 받는다. 그 해류와 난류를 따르면, 탈해의 배는 남쪽에서 올라와서 남해안에 이르렀다가 동해안으로 나아가게 된다. (인도 아유타국의 공주였던 허황옥도 비슷한 바닷길로 왔다.) 이는 저 옛날 남해안과 동해안의 뱃사람들도 이미 알고 있었던 사실이다. 따라서 바다가 삶의 터전이었던 민중은 탈해에 대해 이야기하면서 자신들의 그런 경험을 그대로 되살려냈다. 그리고 일연도 그러한 민중의 이야기가 이치에 닿는다는 것을 알고서 기꺼이 받아들였던 것이다.

고대와 중세에 뱃사람들은 먼 바다로 나가려 하지 않았다. 바다가 얼마나 위험한 곳인지 잘 알았기 때문이다. 게다가 그들에게 바다는 생업의 바다였지, 모험의 바다가 아니었다. 바로 그러했으므로, 그런 바다를 건너온 탈해를 특히 숭앙했던 것이리라.

영웅의 거듭나기, 고대에서 중세로

노파의 대접을 받은 탈해는 곧장 토함산에 올랐다. 탈해의 배가 머물렀던 아진포에서 토함산까지는 좁은 물길이 산자락까지 이어져 있다. 아마도 탈해는 그 물길을 따라서 곧장 토함산에 이르렀을 것이다. 토함산에 오른 탈해는 돌무덤을 쌓고 그 안에서 7일 동안 또 머물렀다. 왜 그랬을까? 돌무덤은 탈해가 처음 들어가 있던 궤짝과 같은 의미를 내포하고 있다. 죽음을 경험함으로써 새롭게 태어나기 위한 공간이다. 이는 바다에서 땅으로 올라온 탈해가 다시 한 번 거쳐야 할 시련이었으니, 일종의 통과의례였다.

탈해는 토함산에서 지세를 살펴보고, 오래 살 만한 땅을 찾아냈다. 바로 호공(瓠公)의 집이었다. 탈해는 꾀를 써서 그 집을 빼앗는데, 이 일로 해서 남해왕의 눈에 띄어 공주를 아내로 맞이하게 되었다. 탈해가 호공의 집을 빼앗은 행위가 오늘날에는 도둑질이고 사기가 되지만, 고대에는 지혜 겨루기를 통해서 얻은 엄연한 승리였다. 상대를 이기기 위해서 속임수를 쓰는 일은 고대 영웅들에게서는 흔히 볼 수 있는 것이었다. 오디세우스가 간계와 변장의 영웅이었음을 다시 한 번 생각해보라. 탈해 또한 고대의 영웅이었으므로

탈해탄강유허가 있는 경주시 양남면 나아리의 포구다. 그러나 이곳은 『삼국유사』에서 말한 아진포가 아니다. 아진포는 그보다 아래쪽의 하서리다. 하서리 쪽에서 토함산으로 가기에 알맞다.

그런 범주에서 벗어나지 않았다. 그런데 탈해는 어떻게 해서 지세를 볼 수 있는 능력을 갖추었을까? 역시 바다에서 얻은 경험과 지식이 바탕이 되었다고 할 수 있다.

탈해는 망망한 대해를 건너면서 하늘을 보고 해안선을 보고 물의 흐름을 보았을 것이다. 지도가 없던 시절에 바닷길은 오로지 경험을 통해서 체득하는 수밖에 없었을 것이니, 살아남기 위해서 온 힘을 다 기울였을 것이다. 더구나 탈해는 영웅이었으니, 남들이 알지 못하는 지식을 바다를 통해 습득했을 것이다. 아니, 바다에서 그 숨겨진 물길을 꿰뚫어보는 안목을 갖추면서 영웅으로 거듭나기 시작했다고 말하는 것이 적절하리라.

그러나 그런 탈해도 땅에 발을 딛자마자 곧바로 지리(地理)를 통달할 수는 없는 노릇이었다. 그래서 지리를 배우고 익히는 과정이 필요했는데, 민중은 그것을 "돌무덤 속에서 7일을 보내는 것"으로 대체하였다. 말하자면, 바닷길을 아는 자, 특히 영웅이라면 지리를 쉽사리 꿰뚫을 수 있으리라고 민중은 여겼던 것이다. 여기서도 탈해는 단순히 타고난 능력자가 아니라 스스로 터득하는 영웅임을 보여주고 있는데, 이는 고대의 영웅에서 중세의 영웅으로 거듭나고 있음을 의미하는 것이기도 하다. 그리고 이것은 이야기를 전승하던 주체인 민중의 삶이 고대 신라에서 중세 고려까지 걸쳐 있었기 때문이다.

바다의 영웅에서 땅의 신으로

바닷가에서 살고 바다에서 생업을 이어갔던 민중은 누구보다도 바다의 성격을 잘 알고 있었다. 바닷사람들에게 삶의 양식을 제공해 주면서 동시에 죽음으로 그들을 위협하는 바다! 공포이면서 자유이기도 한 바다! 탈해는 그런 바다를 건너왔다. 바다! 그렇다, 불교에서는 고뇌의 연속인 인생을 고해(苦海)라고 했다. 그 고해를 건너서 피안의 세계, 즉 열반과 해탈의 경지에 이르라고 가르치는 것이 불교다. 탈해 이야기를 전승하던 민중은 신라와 고려의 민중으로서 불교의 나라에서 살았으니, 탈해를 통해 고해를 건넌 부처나 보살을 떠올리지 않았을까? '탈해'를 거꾸로 하면 '해탈(解脫)'이다. 한자어도 똑같다. 단순한 우연일까? 아니면, 민중이 자신들의 염원을 담으려 한 것일까?

이야기는 곧잘 필연이 아닌 우연을, 사실보다는 염원을 담아낸다. 그런 우연과 염원이 전혀 사실을 도외시한다고 여겨서는 안 된

탈해왕릉. 경주시 동천동 산17번지에 있다.
그런데 이 왕릉은 위치나 지형으로 보아서 신라 통일 전후의 것으로 추정되는데,
이야기에서 나오듯이 애초부터 능묘에 묻히지 않았으니 당연하지 않은가.

다. 이야기를 빚어내는 상상력으로 말미암아 사실은 진실로 탈바꿈되어 이야기 저 깊은 데에 숨겨졌을 뿐이다. 그리고 우연도 거듭되면 필연이 되지 않겠는가. 또 우연이든 필연이든 불교에서는 모두 인연으로 통한다. 염원 또한 인간이라면 누구나 갖게 되는 것이니, 이 또한 사실이요 진실이 아닌가.

탈해 이야기는 탈해 스스로 신이 되어 나타나서 "내 뼈를 동악(東岳)에 안치하라"고 이르는 데서 끝맺는다. 그런데 『삼국유사』의 「왕력」편에는 "왕이 죽으니, 미소소정구(未召疏井丘) 안에 수장(水葬)하였다"고 되어 있어, 애초부터 탈해왕의 능묘가 양지 바른 곳에 조성되었던 것은 아님이 밝혀져 있다. 왕의 주검을 거대한 우물

속에 넣어서 장사지냈다는 것인데, 이는 바다에 버려지고 바다에서 영웅이 되었던 그 일생에 걸맞게 마무리해준 셈이다. 또 수장을 하면 화장할 때와는 달리 뼈가 온전할 것이니, 그 뼈를 거두어서 동악에 안치하기에도 적격이다. 여기에는 이렇게 상징적인 의미들이 거듭 담겨 있다.

탈해는 그 머리와 몸집이 어마어마하게 큰 역사(力士)였다. 그런 영웅도 죽을 수밖에는 없으나 그 영웅적 면모는 남겨진 뼈에 고스란히 남아 있으니, 수장이라는 방식을 통해 그 뼈를 부각시킨 것이다. 이런 상징성은 이야기의 처음부터 말미까지 줄곧 숨겨져 있는데, 얼핏 불합리해 보이고 모순되는 것 같은 이야기의 흐름을 하나로 꿰고 있다.

상징은 관념보다 경험에서 나오고 또 경험에서 더 풍부해지는데, 원시 고대의 신화가 상징의 보고(寶庫)인 까닭이 여기에 있다. 중세에 들어서면서 신화는 터무니없는 이야기로 치부되어 지식인들로부터 배척받았지만, 민중은 여전히 그런 신화의 세계에서 살았다. 그리고 그 흔적을 이야기 속에 남겼다. 탈해 이야기에 상징성이 풍부한 것도 민중의 경험과 상상력이 빚어낸 이야기이기 때문이다. 실제로 유교적 관점에서 편찬되어 지식인의 역사인식을 담아낸 『삼국사기』에서는 "성의 북쪽 양정(壤井) 언덕에 장사지냈다"고만 적고 있어서, 그 상징성을 현저히 떨어뜨렸다.

탈해 이야기의 상징성은 탈해가 '동악의 신'이 되면서 절정에 이른다. 동악은 고대에는 신라 사람들의 거룩한 땅이요 신성한 산이었으나, 불교가 전래된 뒤로는 불국토의 상징이 된 곳이다. 탈해는 바로 이 동악의 신이 되었다. 탈해가 스스로 신이 되었다고 이야기되지만, 실은 민중이 그를 신으로 만들었다. 이야기는 민중이 엮어가는 것이기 때문이다. 그리고 민중은 알았다. 탈해를 어느 곳에 신으로 모실지를. 동악은 곧 토함산이다. 동악은 바다를 바라보고 서 있는 산이요, 저쪽 바다와 이쪽 땅을 아우르는 공간이다. 그러니 알에서 태어나 바다에 버려졌다가 바다를 건너고 땅에서 왕이 된 영웅이 머물기에 더없이 좋은 곳이 아니었겠는가.

바다 건너 문화를 전한 연오랑세오녀

바다는 늘 사람을 유혹한다. 뛰어들고 싶은 마음을 일게 한다. 특히 동해안은 차를 몰고 가더라도 내내 바다를 곁에 끼고 있기 때문에 처음에는 일지 않던 그 마음이 어느새 슬며시 고개를 들고는 끝내 모험을 떠나도록 부추긴다. 그러나 동시에 두려움도 인다. 바다는 그 끝을 보여주지 않을 뿐 아니라 그 속내는 더더욱 드러내지 않기 때문이다. 바다야말로 드러난 것이 전부가 아닌 세계다. 생명과 죽음 그리고 재생을 파도 아래에 감추고 있는 바다, 그 바다는 누구나 꿈꾸지만 아무나 할 수 없는 도전과 모험의 공간이다. 그래서 바다를 건넌 사람은 영웅이 된다. 그 옛날 그런 영웅이 동해 바닷가에 살고 있었다.

신라 제8대 아달라왕(阿達羅王) 4년(157), 동해 바닷가에 연오랑(延烏郞)과 세오녀(細烏女)가 부부가 되어 함께 살고 있었다. 어느 날, 연오가 바다에서 해조를 따고 있었는데, 갑자기 바위 하나가 연오를 싣고 일본으로 가버렸다. 그 나라 사람들은 연오를 범상하지 않은 사람이라 여겨서 왕으로 삼았다. 세오는 남편이 돌아오지 않는 것을 괴이하게 여기고 나가서 찾다가 남편이 벗어놓은 신을 보고 그 바위에 올랐다. 바위는 그 전처럼 세오를 싣고 갔다. 그 나라 사람들이 매우 놀라서 왕에게 아뢰었고, 부부는 서로 만나게 되었다. 그리고 세오를 귀비(貴妃)로 삼았다.

『삼국유사』〈연오랑세오녀〉의 전반부는 이러하다. 오늘날 연오랑과 세오녀에 관한 전설은 포항에서 되살아나고 있다. 우리나라 땅을 하늘에서 내려다보면, 형상이 마치 범과 같다. 그 범의 꼬리에 해당하는 곳이 포항의 호미곶(虎尾串)이다. 호미곶의 '호미'가 바로 "범의 꼬리"를 뜻한다. 호미곶 일대는 영일만(迎日灣)이라 불리는데, 바다위로 떠오르는 해를 다른 곳보다 먼저 맞이할 수 있기 때문이다. 그래서 지금 그곳에는 해맞이광장이 있고, 그 광장 한가운데에 서로 마주서 있는 부부의 동상이 있다. 바로 연오랑과 세오녀다.

연오랑과 세오녀의 이름에는 '까마귀'를 뜻하는 '오(烏)'가 공통적으로 들어가 있다. 고대에 동아시아에서는 태양에 까마귀가 산다고 하는 이야기가 전했고, 그것이 구체화된 것이 삼족오(三足烏)다. 고구려 고분벽화에도 묘사되어 있다. 한마디로 태양숭배와 연관이 있다고 할 수 있는데, 아마도 연오랑과 세오녀 또한 그와 관련이 있지 않을까 싶다.

이야기가 역사로

연오랑과 세오녀에 대한 이야기는 『삼국유사』에서 김씨의 시조인 '김알지 이야기' 다음에 나온다. 〈연오랑세오녀〉가 포함되어 있는 「기이(紀異)」편은 대체로 제왕 중심의 역사나 사건을 서술하고 있다. 바로 여기에 평범한 부부의 이야기가 당당하게 자리하고 있으니, 참으로 놀라운 일이다. 사실 연오랑과 세오녀의 이야기가 『삼국사기』에는 나오지 않는다. 그도 그럴 것이 동해의 바닷가에 살았던 부부가 어느 날 바다를 건너 일본에 가서 왕이 되었다고 하는 것은 아무리 중세라고는 하지만 지식인들이 사실로서 믿고 받아들이기는 어려웠던 내용이다. 하물며 관찬(官撰) 역사서인 『삼국사기』에 실릴 리는 더욱 만무하다. 바로 그러하기 때문에 『삼국유사』가 매우 독특한 역사서로서 평가받는지도 모른다.

『삼국유사』를 편찬한 일연은 왜 이 이야기를 실었는가? 제왕의 이야기들 속에 버젓이 넣은 이유는 무엇인가? 여기서 『삼국유사』의 명칭을 찬찬히 음미해볼 필요가 있다. 제목의 '유사(遺事)'는 이중적인 뜻을 담고 있다. 먼저, "버려진 일"을 뜻한다. 누가 버렸으며, 무엇을 버렸는가? 지배계층이 버렸고, 민중의 삶과 그 이야기들을 버렸다. 그러나 동시에 관찬 역사서에서 "빠지거나 남은 일"을 뜻하기도 한다. 그래서 '삼국유사'는 관찬 역사서에서 버려진 삼국의 일들을 모아 엮은 것을 의미한다. 물론, 신라 쪽 이야기가 대부분이라는 점이 불만이면서 한계로 느껴지기도 한다. 그러나 이는 오히려 편찬자인 일연이 직접 보고 들은 이야기를 중심으로 서술하였다는 것을 드러내준다. 사실 일연은 출가의 뜻을 품고 아홉 살에 전라도 광주의 무량사(無量寺)에 몇 해 살았던 일과, 임금의 명을 받아 서울(개성)로 가서 잠시 머문 것을 제외하면 거의 신라의 땅에서 평생을 보냈다. 그러니 『삼국유사』가 신라 중심이 될 수밖에 없었던 것은 어쩌면 당연한 일이었다.

또 『삼국유사』의 이야기들을 제대로 음미하려면, 역사에 대한 이해가 우선되어야 한다. 우리는 흔히 역사가 사실의 세계라고 생각하는데, 이는 심각한 오해다. 역사는 결코 '사실 자체'가 아니다. 역사는 사실에 대한 '이해 또는 인식'이다. 사실은 실제로 일어난 일을 뜻하지만, 역사는 기록된 사건이다. 실제로 일어난 일과 기록된 사건 곧 사실과 역사 사이에는 사관(史官)이라는 역사서 편찬자가 개입한다. 따라서 역사는 역사가의 관점과 취사선택에 의해서 재구성된 기록일 뿐이다. 과거 어느 때 어느 곳에서 일어난 일은 그 일이 일어나자마자 사라졌다. 다만 누군가가 특정한 관점에서 특정한 방식으로 재구성하여 서술한 기록이 남아서 역사가 된 것일 뿐이다.

『예기(禮記)』의 「옥조(玉藻)」편을 보면, "일은 좌사가 기록하고, 말은 우사가 기록하였다"는 구절이 나온다. 좌사와 우사는 모두 사관(史官)이다. 사관은 임금 곁에서 그 일거수일투족을 좇으며 기록하는 관리였다. 사관이 기록한 것을 체계적으로 정리한 것이 역사서다. 그러나 사관이 처음 기록의 대상으로 삼은 것은 엄연히 일과 말이었음을, 글이 아닌 말이었음을 잊어서는 안 된다. 그리고 실제 일어난 일과 말은 입체적인 것이었으나, 기록되는 순간 그것은 평면이 되어버린다는 것도 잊어서는 안 된다. 역사의 이해 또는 해석이란 그런 평면을 입체화하는 과정이고, 그 과정은 추론과 상상력의 힘을 빌려서야 가능하다. 그렇게 해서 이해하고 해석한 것도 사실 자체가 아니라 '재구성된 사실'일 뿐이다. 그렇다면 이야기 또한 재구성된 사실일 수 있지 않을까? 사관의 기록만이 아니라 민중의 이야기를 통해서도 과거의 사건은 재구성될 수 있지 않을까? 때로는 민중의 이야기가 더 사실에 근접할 수 있지 않을까?

중세는 글이 말보다 우위에 있었고, 글을 배우고 익힌 자들이 지배층이 되었던 시대이기는 하다. 그러나 그것은 지배층 또는 지식인들의 인식일 뿐, 말과 이야기는 엄연히 살아 있었으며 표현과 소통의 주요한 수단이었다. 말이나 이야기를 하찮은 것으로 치부했을지라도, 그것은 결코 간과될 수 없는 것이었다. 지식인들조차 그 점은 인식하고 있었다. 다만 현실적으로 중시되지 않았을 따름이다.

중세는 상층의 지식인이 지배하고 하층의 민중이 지배를 받던 시대였다. 상층 지식인들에게 민중은 다스려야 할 대상이며 지배층에 봉사해야 할 존재에 지나지 않았다. 그러니 그들의 삶, 그들이 남긴 이야기가 어찌 역사 속에 자리할 수 있었겠는가? 그저 설화집에나 남으면 다행이었다. 그러나 사실의 차원에서는 민중도 엄연히 역사의 주역이었고, 그들의 이야기는 또 다른 역사 이해요 해석이었다. 일연은 사실에서 엄연히 주역이었음에도 배제될 수밖에 없었던 민중의 역사, 그리고 진실을 표현했던 말과 이야기의 역사를 쓰려고 했다. 그 결과물이 『삼국유사』다. 그리하여 "기록된 것만이 역사는 아니다. 입에서 입으로 전하는 이야기 또한 역사다"라는 민중의 목소리를 『삼국유사』는 들려주고 있다. 〈연오랑세오녀〉는 그렇게 민중이 주역인 역사, 이야기의 꼴로 전해지는 역사다.

부부의 사랑을 넘어서

그런데 호미곶의 해맞이광장에 서 있는 연오랑과 세오녀는 민중의 이야기를 제대로 읽어내지 못했다는 느낌을 갖게 한다. 연오랑과 세오녀가 서로 마주 서서 팔을 뻗고 있는 형상인데, 이는 단순히 애틋한 부부의 이야기쯤으로 여기게끔 만든다. 아무런 설명이 없다면, 견우와 직녀로 오해해도 이상할 게 없을 정도다. 그러나 〈연오랑세오녀〉는 단순히 부부의 사랑에 대한 이야기가 아니다. 1년에 한 번 만날 수밖에 없는 운명에 짓눌려서 비극적인 사랑을 하다가 결국 그 한으로 하늘의 별이 된 그런 사랑 이야기와는 아주 다르다는 말이다.

연오랑과 세오녀가 일본으로 건너간 뒤, 신라에서는 해와 달이 빛을 잃었다. 그러자 일관(日官)이 "해와 달의 정기가 우리나라에 내려왔다가 이제 일본으로 가버렸기 때문에 이런 변괴가 생겼습니다"라고 왕에게 아뢰었다. 연오랑과 세오녀는 그 이름에 이미 태양을 상징하는 글자가 들어 있었는데, 이야기에서는 더욱 구체적으로 '해와 달의 정기를 타고난 존재'라는 것이 밝혀져 있다. 아마도 남성과 여성이므로 음양(陰陽)에 입각해서 해와 달로 간주했던 것이 아닌가 여겨진다. 어쨌든 이것은 얼핏 〈해와 달이 된 오누이〉 이야기와 비슷하다는 느낌을 준다. 그러나 두 이야기에는 근본적인 차이가 있다.

〈해와 달이 된 오누이〉 이야기에서는 오누이가 하늘로 올라가 해와 달이 되었다. 그것도 범의 횡포—현실에서 일어나는 갖가지 폭력, 특히 정치나 권력의 횡포를 상징한다—라는 폭력과 잔인한 운명

호미곶 해맞이광장에 서 있는 연오랑과 세오녀 동상. 마주 세운 것은 그 애틋한 사랑을 표현하려고 했기 때문이겠지만, 두 사람이 손을 맞잡고서 바다로 나아가려는 진취적인 모습을 표현했다면 더 좋았을 것이다.

을 스스로 이겨낸 것이 아니라, 순전히 하늘의 뜻에 의해서 구제된 것이다. 그리고 하늘의 뜻이라는 것도 인간의 주체적이고 자율적인 선택의 기회를 빼앗아갔다는 점에서는 초월적 힘에 의한 횡포라고 할 수 있으니, 결국 오누이는 나약한 인간의 표상과 같다. 그러나 연오랑과 세오녀는 해와 달의 정기가 땅에 내려와서 된 사람이다. 또 소극적으로나 운명론적으로 삶을 받아들인 부부도 아니다.

사람이 해와 달이 되었다는 것은 완전한 허구이며, 단순히 어떤 바람을 실은 것에 지나지 않는다. 그러나 해와 달의 정기가 땅에 내려와서 사람이 되었다는 것은 일종의 상징이다. 즉, 연오랑과 세오녀가 영웅적 면모를 지니고 있었다는 것을 상징적으로 드러낸 것이다. 그렇다면 연오랑과 세오녀는 어떤 영웅인가?

그 전에 먼저 오누이가 아닌 부부가 갖는 의미를 한번 새겨볼 필요가 있다. 사실 해와 달에 관한 이야기는 전 세계적으로 퍼져 있는데, 대개 오누이와 관련되어 있다. 그런데 연오랑과 세오녀는 부부다. 오누이와 부부, 둘 다 남녀 사이의 관계라는 점에서는 공통된다. 그렇지만 오누이는 핏줄로 맺어진 생물학적 관계고, 부부는 핏줄이 다른 남녀가 만나서 함께 생활하는 사회학적 관계다. 말하자면, 오누이가 자연을 의미한다면, 부부는 문명을 가리킨다고 할 수 있다. 적어도 〈연오랑세오녀〉에는 부부가 그런 문명의 표상으로 묘사되고 있다.

바다를 건너간 부부

이야기에서는 연오랑이 먼저 바다를 건너갔다. 바위 하나가 연오랑을 싣고 일본으로 갔다고 하는데, 바위는 곧 배를 상징한다.

호미곶 앞 바다의 바위. 연오랑과 세오녀가 떠난 뒤에도 바위는 남았다.
마치 민중과 그 이야기처럼.

"혹은 고기 한 마리라고도 한다"는 주석을 일연은 덧붙였는데, 이는 이야기꾼에 따라서 달랐음을 의미한다. 그러나 배를 상징한다는 점에서는 다르지 않다.

일본에서 사람들은 연오랑을 "비상한 사람이다"라고 말하고는 그를 왕으로 세웠다. 마치 바다를 건너온 탈해가 왕이 된 것처럼 연오랑도 왕이 되었다. 비록 일본의 역사서에서는 신라 사람으로서 왕이 된 자가 없다고 하나, 당시 일본은 통일된 국가가 아니었으니 작은 변방의 왕이 되었다고 할 수 있다. 〈연오랑세오녀〉가 탈해 이야기를 하나 건너뛰어서 적혀 있다는 점도 아울러 생각해볼 만하다.

『삼국유사』에서는 이 일이 신라 제8대 아달라왕(阿達羅王) 때인 158년에 있었던 일이라고 분명하게 적고 있다. 이것이 본래의 이야기에 있던 것이든 아니면 일연이 덧붙인 것이든 간에 이렇게 명확한 연대를 제시한다는 것은 일연이 이야기의 사실성은 아니더라도 그 진실성에 대해서는 믿고 있었음을 의미한다. 게다가 "『일본제기(日本帝紀)』를 살펴보면 전후에 신라 사람으로서 왕이 된 자가 없으니, 이는 변읍(邊邑)의 소왕(小王)이지 [일본 본토의] 진왕(眞王)은 아니다"라는 주석을 일연 스스로 달고 있는 데서도, 역설적으로 이 이야기의 사실성에 대한 확고한 믿음을 읽을 수 있다. 이는 이야기 또한 역사라는 것을 분명하게 보여주는 부분이다.

오늘날 우리들은 안다. 호미곶이 있는 포항에서 해류와 바람을 잘 타면 일본의 서쪽 시마네 현(島根縣)에 닿는다는 것을. 그러나 그 옛날에는 이를 아는 사람이 드물었고, 드물었던 만큼 그런 사람은 대단한 존재로 여겨졌을 것이다. 해류와 바람을 읽는 일은 매우 어렵다. 해류와 바람은 계절마다, 달마다, 날마다 다르다. 더구나 바다라는 게 눈에 보이는 것이 전부가 아닌 곳임에랴. 그런 바다의 생리를 알려면 물려받은 지혜도 있어야 하지만, 그 자신이 직접 경험을 통해 터득해야만 한다. 연오랑은 바로 그런 뱃사람이었던 것이다. 그런 지식을 지닌 사람이었으므로 일본 사람들에게는 문명이 앞선 곳에서 온 영웅으로 보였으리라.

그런데 연오랑만 바닷길을 알았던 것은 아니었다. 세오녀 또한 바닷길을 알고 있었다. 이야기에서는 세오녀가 남편이 벗어놓은 신발을 발견하고 그 바위에 올랐으며, 그 바위가 연오랑을 싣고 간 것처럼 또 세오녀도 싣고 갔다고 하였다. 벗어놓은 신발은 연오랑이 평소에 바다에 대해서 들려주었던 지식, 구체적으로는 해류와 바람을 읽는 법을 상징적으로 드러낸 것이라 여겨진다.

부부는 둘이면서 하나다. 부부가 하나가 되는 것은 단순히 혼인을 했기 때문이 아니라, 그 혼인 관계를 뒷받침해주고 이어가게 해주는 사랑과 이야기가 있기 때문이다. 아무리 사랑해도 말없이 지낼 수는 없다. 이야기는 인간에게 있어 가장 자연스러운 것이면서 동시에 문화적인 것이다. 둘만 있으면 가능한 것이 이야기다. 날마다 바다를 돌아다니는 남편, 그리고 집에서 기다리는 아내. 집으로 무사히 돌아온 남편은 자신이 겪은 일을 아내에게 들려주었으리라. 바다에서 일어나는 온갖 일들에 대해서, 또 경험을 통해 자신이 터득한 것에 대해서 자세하게 이야기해주었을 것이고, 아내는 그 이야기를 통해서 바다를 겪고 또 알게 되었으리라.

남편이 이야기로써 가르쳐준 지식을 토대로 바다를 건너간 세오녀는 연오랑과 마찬가지로 사람들을 놀라게 하고 의아하게 만들었다. 그렇지 않겠는가? 여인이 홀로 배를 타고 바다를 건너왔으니. 사나운 바다를 넘어온 그 담대함과 결단력은 영웅이어야 지닐 수 있는 자질이었다. 사람들이 세오녀를 귀비(貴妃)로 삼은 것은 단순히 연오랑의 아내였기 때문이 아니다. 세오녀 자신이 바로 탁월한 여성이었기 때문이다.

민중의 영웅, 문화 영웅

연오랑과 세오녀가 바다를 건너가자 해와 달이 빛을 잃었고, 이에 신라의 왕은 사자를 보내어 두 사람을 찾았다. 여기서 해와 달은 연오랑과 세오녀를 상징하는 것이면서 동시에 문명(文明)의 밝음, 문화의 찬란함을 상징하는 것이기도 하다. 말하자면, 해와 달이 빛을 잃었다는 것은 문화의 주역들이 떠났다는 것을 의미한다. 그래서 그 주역들을 되찾아 와야 했다. 그러나 연오랑은 돌아가기를 거

연오랑과 세오녀를 기리어 세운 일월사당.
포항시 동해면 면사무소 뒤편에 아담하게 서 있다.

부하였고, 아내인 세오녀가 손수 짠 세초(細綃)를 주면서 하늘에 제사를 지내라고 하였다. 세초는 고운 비단이다. 이 비단은 고대와 중세 내내 아주 귀한 물건으로 여겨졌고 동서 교역의 주요 물품이었으니, 그 자체가 문명을 상징한다. 신라의 왕은 지금의 포항시 오천읍 용덕리 일월지(해병대 제9227부대 안에 있다.)에서 제사를 지내고 근처에 곳간을 마련해서 비단을 보관했다고 한다.(지금 포항시 남구 동해면사무소 뒤쪽에 일월사당이 있다. 바로 연오랑과 세오녀를 제사지내는 곳이다.)

문화란 한두 사람에 의해서 일어나거나 사그라지지 않는다. 오랜 세월 동안 숱한 사람들의 열정과 노력이 있어야만 문화는 꽃을 피운다. 그러니 갑자기 쇠퇴하거나 소멸되지도 않는다. 연오랑이 돌아가기를 거부한 것에는 이런 생각이 있었기 때문이 아니었을까? 물론 자신이 일본에 이른 것을 두고 "하늘이 시킨 일이니, 이제 어찌 돌아갈 수 있겠소"라고 말하기는 했지만, 아내가 짠 비단을 주었다는 데서 하늘의 뜻이기만 한 것이 아니라 자신의 판단이요 의지이기도 했음이 드러난다.

비단은 본래 중국의 특산품인데, 이야기에서는 동해안의 한 여인이 그런 비단을 짤 수 있었던 것으로 묘사되어 있으니 참으로 놀랍다. 아마도 그 때문에 세오녀가 단순한 여인이 아니었을 수 있다는, 당시에는 매우 선진적이었던 비단 짜는 기술을 터득한 여인이었으리라 추정할 수 있다. 그렇다면 세오녀가 짜서 건네준 비단은 곧 비단을 짜는 기법의 총화였으며, 하늘에 제사를 지낸 것은 그 기법을 터득하려는 노력을 상징하는 것이었다고 할 수 있다.

『대지』의 작가인 펄 벅(Pearl S. Buck, 1892~1973) 여사가 1960년대 한국에 왔을 때 경탄을 금치 못한 것이 한국 여인네들의 바느질 솜씨였다. 우리에게는 평범한 것이 그이의 눈에는 예술로 비쳤던 것이다. 그런데 이 한국 여인네들의 조상이 바로 세오녀다. 세오녀는 우리의 직녀다. 그러나 사랑에 애달파하는 여인이 아니라, 문화를 한몸에 갈무리하고 그 문화를 전한 여인이었다.

일본의 고대에는 한반도에서 수많은 사람들이 건너가서 문화를 전하고 지배층을 이루었다. 그들은 대부분 왕족이나 귀족, 승려와 같은 지식인들이었다. 그러나 평범한 백성들 가운데도 앞선 문화를 체득하여 바다를 건너가서 문화를 전한 이들이 분명 있었을 것이다. 바로 연오랑 세오녀와 같이. 이들이야말로 민중의 영웅이요, 전쟁 영웅이 아닌 문화 영웅이었다.

유교 이념에 묻힌
김제상의 부인

울산에는 태화강이 있다. 동해 바다로 열린 울산항에서부터 서북쪽으로 비스듬히 이어지는 이 강은 울산의 상징이다. 단순한 상징이 아니라, 울산이 저 옛날 신라 시대에 선진문화가 흘러드는 항구요 요지였음을 상징한다는 점에서 그렇다. 태화강이 중국 오대산의 '태화지(太和池)'에서 비롯되었다는 것을 아는 이가 얼마나 될까? 동아시아의 중세는 불교의 시대였고, 그 불교 가운데서 화엄종의 중심지가 바로 오대산이었다. 한마디로 불교의 성지였는데, 신라의 승려들도 그 산에 가서 문수보살을 만났다고 하는 이야기가 『삼국유사』 곳곳에 나온다. 신라의 승려들이 문수보살을 만나면서 거친 곳이 바로 태화지라는 못이다. 그리고 그 승려들이 신라로 돌아올 때는 울산항으로 들어왔고, 승려들과 함께 불교경전과 논서, 불상 등 이른바 선진문물도 대거 들어왔다. 그래서 강의 이름이 태화강이 되었고, 태화강 남쪽의 산은 문수산이 되었던 것이다. 한마디로 태화강은 선진문화가 흘러드는 강이었다.

서북쪽으로 이어지던 태화강은 선바위를 지나면서 북쪽에서 곧추 내려오는 지류를 하나 만난다. 그 지류는 저만치서 솟아 있는 국수봉을 가리킨다. 그리고 그 아래에 은을암(隱乙巖)이라는 바위가

치산서원. 김제상의 부인을 기리기 위한 사당이었는데, 서원으로 바뀌었다.
이 또한 남성중심 및 지배층이 부린 횡포다.

있다. 은을암은 "새가 숨은 바위"를 뜻하는데, 그 새는 신라의 충신인 박제상의 부인이 망부석이 되자 그 영혼이 변한 것이라 한다.

새는 자유를 상징한다. 땅에서 온갖 제약과 속박을 받으며 늘 고통을 받았던 사람들은 하늘을 훨훨 나는 새를 보면서 늘 자유를 꿈꾸었다. 박제상의 부인은 바다 너머 왜국으로 떠나서 돌아오지 않는 남편을 그리워하며 기다리다가 마침내 한 마리 새가 되었다. 새가 되어서도 바다를 건너가지 못하고 국수봉에 있다가 바위가 되었다. 부인에게 바다는 이별과 죽음의 바다였으리라.

은을암 너머 북쪽 기슭에 박제상기념관이 있다. 기념관 곁에는 치산서원(鵄山書院)이 있다. 이 서원은 본래 사당이었고, 신모(神母)가 된 박제상 부인을 모셨던 곳이다. 조선조에 사당을 서원으로 바꾸었다고 한다. 어떻게 해서 부인은 신모가 되었는가? 사당은 왜 서원으로 바뀌었는가? 이야기 속으로 들어가보자.

인질로 간 왕자들

『삼국유사』에 〈내물왕김제상(奈勿王金堤上)〉이 나온다. 널리 알려진 바와 다르게, '박제상'이 아니라 '김제상'으로 되어 있다. 박제상으로 알려진 것은 『삼국사기』의 기록을 따랐기 때문이다. 당연히 정통 역사서인 『삼국사기』 쪽 기록이 믿을 만하다. 그렇다면 왜 일연은 『삼국유사』에서 '김제상'이라 하였는가? 민중이 그렇게 이야기하였기 때문이다.

『삼국사기』에서는 박제상이 박혁거세의 후손이라고 하였다. 그렇다면 왕족 출신이다. 민중이 혼동한 이유는 여기에 있다. 이야기를 전승하던 민중에게는 박씨나 김씨나 모두 신라의 왕족이었으니, 성씨를 무엇으로 하든 크게 다를 바가 없었다. 다만 자신들에게 익숙했던 성씨를 쓰게 되었고, 그것이 김씨였던 것이다. 13대 미추왕이 처음으로 김씨로서 왕위에 오르고, 17대 내물왕(356~402 재위) 때부터는 김씨가 왕위를 이어가면서 박씨와 석씨는 잊혀져갔다. 이것이 민중으로 하여금 '박제상'이 아닌 '김제상'으로 기억하게 만들었다.

김씨 왕통이 본격적으로 시작된 내물왕 때부터 신라에서는 정치와 사회에서 커다란 변혁이 일어났다. 그러나 그 시작은 미약했다. 이웃해 있던 가야보다 약했으므로 변혁이 필요했으나, 그 변혁은 결코 쉽게 이루어질 수 없었다. 적지 않게 시련을 겪어야 했는데, 내물왕의 두 아들이 각각 왜국과 고구려에 인질로 가게 된 데서도 그 점은 드러난다.

> 제17대 나밀왕(那密王)이 왕위에 오른 지 36년(390)에 왜왕(倭王)이 사신을 보내왔다.
> "우리 임금이 대왕의 신성함을 듣고 신하들에게 백제의 죄를 대왕께 알리게 하였습니다. 부디 대왕께서는 왕자 한 분을 보내시어 우리 임금에게 성심(誠心)을 표하십시오."
> 이에 왕은 셋째 아들 미해(美海)를 왜국에 보내었는데, 미해의 나이 열 살이었다.

나밀왕은 곧 내물왕이다. 그런데 이야기의 제목은 내물왕이면서 이야기 속에서는 나밀왕이라고 하였다. 이는 민중이 이야기하면서 나밀왕이라 했던 까닭으로 볼 수 있다. 또 민중의 이야기를 일연이 고치지 않고 그대로 두었음을 의미한다. 『삼국유사』의 이 이야기가 『삼국사기』에서는 다소 다르게 나온다. 『삼국사기』의 「신라본기」에서는 실성니사금(實聖尼師今)이 왜국과 우호 관계를 맺으면서 내물왕의 아들인 미사흔(未斯欣)을 인질로 보냈다고 적고 있다. 물론 미사흔이 곧 미해이므로 인질로 간 이는 똑같다. 그러나 어느 왕이 보냈느냐에서는 다르다. 어쨌든 왜왕은 미해를 30년 동안 잡아두고서 돌려보내지 않았다. 그런 상황에서 다시 고구려에도 왕자를 보낼 처지가 되었다.

> 눌지왕이 왕위에 오른 지 3년(419)에 고구려 장수왕(長壽王, 394~491)이 사신을 보내왔다.
> "우리 임금이 대왕의 아우인 보해(寶海)가 지혜와 재주가 뛰어

나다는 말을 듣고 서로 가까워지기를 바랍니다. 그래서 특별히 소신을 보내어 간절하게 청합니다."
왕은 이 말을 듣고 아주 다행하게 여겨 이로 말미암아 화친하기로 하여 아우인 보해를 고구려에 보냈다.

장수왕은 사신을 통해 보해와 친분을 돈독하게 하고 싶다고 말했지만, 그 속뜻은 인질로 삼겠다는 것이었다. 내물왕 때 고구려 광개토왕(廣開土王, 374~413)의 도움으로 가야의 군사를 물리치면서 고구려의 속국처럼 되어버린 신라로서는 거절할 수 없었다. 약했던 신라로서는 어떻게든 전쟁을 피해야 했고, 그러려면 화친을 맺는 것이 상책이었다. 눌지왕이 다행으로 여긴 것은 그 때문이었다. 그런데 『삼국사기』에서는 이 보해를 복호(卜好)라고 적고 있으며, 역시 실성니사금이 인질로 보냈다고 적고 있다.

실성니사금이 미해와 보해를 인질로 보냈다고 했을 때는 내물왕이 자신을 고구려에 인질로 보냈던 일에 대한 복수로 여겨질 수도 있다. 실제로 『삼국사기』에서는 그런 의미를 부각시켰다. 실성은 내물왕 37년(392)에 고구려에 인질로 갔다가 내물왕 46년(401)에 돌아왔는데, 이를 원망하여 내물왕의 아들들을 미워하였다. 그래서 내물왕의 아들들을 인질로 보냈고, 이윽고 죽이려 하다가 도리어 눌지에게 죽임을 당하였다. 이는 결국 왕위 쟁탈전이 벌어졌고, 실성왕 쪽이 밀려났다는 것을 의미한다.

그러나 『삼국유사』에서는 다르게 이야기하고 있으므로 담겨 있는 의미도 사뭇 달라진다. 실성왕은 아예 등장하지 않고, 내물왕이나 눌지왕이 각기 아들과 아우를 인질로 보냈다고 한다. 이는 부자 또는 형제 사이의 슬픔에 초점이 맞추어진 것이다. 그리고 그 슬픔은 국력의 미약함에서 비롯된 것이어서 더욱 깊어진다. 민중은 미해와 보해가 인질로 잡혀간 일을 사실적 차원이 아니라 정서적 차원에서 받아들이면서 여기에 또 다른 진실을 담아내려 한 것이다.

덧붙이자면, 미해와 보해라는 이름도 민중의 경험에서 비롯된 것이다. 『삼국사기』에서 말한 미사흔과 복호가 본래의 이름이었을 것이다. 그러나 민중은 그 두 사람이 형제라는 사실, 그리고 바다를 통해서 되돌아왔다는 사실에 무게를 두면서 이름에 '해(海)'를 붙였던 것이다. 관념이 아니라 경험이 중시되고, 사실보다는 진실에 관심을 기울였던 민중의 입장에서는 자연스러운 일이었다. 『삼국유사』에 등장하는 많은 인물의 이름이 그 행적과 관련하여 붙여졌다는 사실에서도 확인할 수 있다.

왕의 그리움과 신하의 충렬

국력이 미약해서 왕자들을 인질로 보냈으니, 그 안타까움과 그리움은 더욱 컸으리라. 425년, 눌지왕은 신하들을 불러 모아서 연회를 베풀었다. 술이 세 순배 돌자, 왕은 눈물을 흘리면서 신하들에게 말하였다.

> "예전에 아버님께서는 백성의 일을 지극하게 살핀 까닭에 사랑하는 아들을 왜국으로 보냈다가 다시 보지 못하고 돌아가셨소. 또 짐도 즉위한 뒤로 이웃 나라의 군사가 매우 강성하여 전쟁이 그치지 않았는데, 고구려만이 화친을 맺자는 말이 있어 짐은 그 말을 믿고 친아우를 고구려에 보냈소. 그런데 고구려 또한 붙잡아두고는 보내지를 않고 있소. 짐이 비록 부귀를 누

리고 있지만, 단 하루도 아우들을 잊지 못하고 울지 않은 적이 없소. 만일 두 아우를 만나서 선왕의 사당에 함께 고할 수 있다면 나라사람에게 은혜를 갚겠는데, 누가 꾀를 내어 이룰 수 있겠소?"

눌지왕의 두 아우가 인질이 되었던 것은 백성의 일을 지극하게 생각해서이며 또 국력이 미약해서 어쩔 수 없었다는 것이다. 그런 나라의 사정과 함께 왕으로서 어찌할 수 없다는 자괴감은 더욱더 큰 슬픔이 되었을 것이다. 왕이 이렇게 구구절절 늘어놓은 것은 아우들을 보고 싶은 심정이 간절하다는 것을 드러내어 신하들로 하여금 무슨 방책이라도 내놓도록 부추기기 위해서였다. 그리고 실제로 신하들은 삽라군(歃羅郡)의 태수로 있던 김제상을 천거하였다. 김제상이야말로 지혜와 용기를 아울러 지닌 인물이었기 때문이다.

지혜는 인질로 잡혀 있던 왕자들을 빼낼 계책을 마련하는 데 필요했고, 용기는 적국 깊숙한 데로 들어가서 제 목숨을 돌아보지 않고 인질을 빼내 오는 데 요구되었던 것이다. 더구나 미해는 왜국에 붙잡혀 있었으니, 단순히 용기만으로는 바다를 건너서 돌아오기 어려웠다. 김제상은 바로 그런 일을 할 수 있는 인물이었다.

한편, 신하들이 김제상을 추천한 것은 자신들의 안위를 돌아본 데서 나온 잔꾀였는지도 모른다. "왕의 신하 아닌 자가 없다"고는 하나, 누가 왕을 위해서 죽음의 땅으로 기꺼이 들어갈 것인가? 그것은 예나 지금이나 쉽지 않은 일이다. 그래서 김제상을 끌어들였을 수도 있다. 그럼에도 김제상은 조금도 주저하지 않고서, "임금에게 걱정이 있으면 신하가 욕을 당하고, 임금이 욕을 당하면 신하는 죽는다"는 말을 한 뒤, 곧바로 북해(北海)의 길로 해서 고구려에 갔다.

치술령의 망부석에서 내려다 본 염포. 이 포구로 김제상은 일본으로 건너갔다.

북해의 길은 곧 북쪽으로 가는 바닷길이니, 배를 타고 고구려로 들어갔다는 뜻이다.

변복을 한 김제상은 보해가 있는 곳으로 몰래 가서 도망할 날짜를 정하고, 5월 15일에 고성(高城)의 포구에서 기다렸다. 그 포구가 지금의 어디인지는 정확하게 알 수 없다. 대략 화진포 근처가 아니었을까 여겨진다. 도망쳐 나온 보해를 김제상은 배에 태우고 곧장 동해의 해안선을 따라서 남쪽으로 내려왔을 것이다. 문제는 보해를 만난 눌지왕이 더욱 미해를 보고 싶어 했다는 사실이다.

신하로서 임금을 먼저 생각하는 김제상이었다. 김제상은 집에 들르지도 않고 곧장 율포(栗浦)로 달려갔다. 율포에 대해서는 여러 견해가 있는데, 대체로 지금 울산의 염포로 여겨진다. 〈내물왕김제상〉의 말미에서 김제상의 부인과 세 딸이 치술령에 올라가서 왜국을 바라보았다고 한 것으로 보면, 적어도 민중은 김제상이 염포를 통해서 일본으로 건너갔으리라고 여겼던 듯하다. 어쨌든 김제상은 부인과 딸을 두고서 다시 생사를 장담할 수 없는 길을 떠났다.

왜국에 이른 김제상은 계림왕(鷄林王, 신라왕)으로부터 도망해 왔다고 하고서 왜왕의 환심을 샀다. 왜왕이 김제상을 깊이 믿을 즈음, 그 틈을 노렸다. 새벽안개가 자욱한 날, 김제상은 미해를 배에 태워 떠나게 하였다. 이때 강구려(康仇麗)라는 신라 사람을 딸려 보냈다. 어린 나이에 인질이 되어 갔던 미해가 신라로 가는 바닷길을 알 턱이 없었기 때문에 바닷길을 잘 아는 인물을 앞세워서 돌아가게 한 것이다.

뒤늦게 이 사실을 알아차린 왜왕은 김제상의 충정(忠情)을 높이 사서 신하로 삼고 싶었다. 왜왕은 끈질기게 회유하면서 협박까지 하였다. 그러나 김제상은 신라의 신하임을 당당하게 주장하였고, 마침내 죽음을 맞았다. 참으로 대단한 충성이요 절개였다. 그래서 오늘날 그를 '충렬공(忠烈公)'이라 일컫는다. 그런데 이를 두고 "범은 가죽 때문에 죽고, 사람은 이름 때문에 죽는다"고 말한다면, 단지 심사가 뒤틀려서 한 말이라 할 것인가? 저 '충렬'이라는 칭호에 가려진 여인의 사랑, 깊어진 여인의 한을 생각한다면, 결코 뒤틀린 심사 탓이 아님을 알게 되리라.

유교 이념에 가려진 여인의 한

미해가 돌아오자 왕은 크게 잔치를 베풀고 나라 안에 대사면령을 내렸다. 그리고 김제상의 아내를 국대부인(國大夫人)으로 책봉하고, 그 딸을 미해의 부인으로 삼았다. 왕이 만나고 싶었던 아우들을 김제상이 만나게 해주었으니, 그 부인과 딸을 높이는 것도 당연하다. 왕의 근심이 해소되었으니, 잔치를 베풀 만하다. 왕조 시대에는 지극히 존귀한 존재가 왕이었고, 왕의 근심이 사라지면 신하와 백성들은 마땅히 따라서 기뻐해야만 했다. 잔치를 베푸는 것은 왕이 자신의 덕망을 과시하기 위해서라도 마땅히 할 만한 일이었다. 그러나 이 모두 왕의 생각이고 지배층의 논리일 뿐이다.

『삼국사기』의 〈박제상열전〉을 보면, 왕이 형제를 만난 기념으로 술자리를 마련하고 즐기면서 스스로 '우식곡(憂息曲)'이라는 노래를 지어 자신의 뜻을 나타냈다고 한다. '우식'이란 "근심이 사라졌다"는 뜻인데, 왕이야 신하 덕분에 근심이 사라졌겠지만 그 신하의 아내와 딸의 슬픔은 어떻게 위로해줄 것인가? 신하와 백성들 모두 왕의 소유요 왕을 위해 존재했던 왕정 시대였으니, 신하인 지아비가 죽어서 돌아오지 않는다고 그 지어미가 어떻게 한탄할 것이며, 신하인 아비를 다시 만나지 못한다는 슬픔을 그 자식이 어떻게 하소연할 것인가.

고구려에서 보해를 데리고 돌아온 김제상이 곧장 율포로 갔다는 소식을 들은 부인은 말을 타고 뒤쫓아 갔다. 말을 타고 뒤쫓아 갔으니, 아마도 지금의 경주에서 울산으로 이어진 도로를 따라 갔으리라 여겨진다. 그러나 부인이 포구에 닿았을 때는 이미 배가 저만치 떠나가고 있었다. 그 안타까움을 어찌 말로 다할 것인가! 〈내물왕김제상〉의 말미에는 〈박제상열전〉에는 없는 이야기가 덧붙어 있다. 민중이 전승하던 것이다.

장사 벌지지. 뒤쪽은 망덕사지다. 김제상의 부인은 여기서 주저앉은 여인일까,
아니면 말을 타고 율포까지 내달렸던 여인일까?

처음 제상이 떠날 때, 부인은 그 소식을 듣고 뒤쫓아 갔으나 따라잡지 못하였다. 그래서 망덕사(望德寺)의 절문 남쪽 모래밭에 드러누워 길게 부르짖었다. 그래서 그 모래밭을 '장사(長沙)'라 했다. 친척 두 사람이 부인을 붙들고 집에 돌아오려 하였으나, 부인은 두 다리를 뻗고 앉아서는 일어서지 않았다. 그래서 그 땅을 '벌지지(伐知旨)'라 했다. 오랜 뒤에도 부인은 그리움을 이기지 못해서 세 딸을 데리고 치술령에 올라가 왜국을 바라보며 통곡하다가 죽었다. 이에 부인은 치술신모가 되었다. 지금도 그 사당이 남아 있다.

김제상 부인이 세 딸을 데리고 치술령에 올라가서 바라본 바다

는 어떠했을까? 그저 무심하게 넘실대기만 하는 바다지만, 남편을 떠나보낸 부인이나 아비를 다시 보지 못하는 딸들에게는 생이별의 바다, 그리움의 바다였다. 그러나 왕에게는 아우를 데려다준 바다였다. 아니, 한때는 왕에게도 이별의 바다였다. 다만, 재회를 하자마자 그 이별의 바다를 까맣게 잊어버린 것이다. 그리하여 부인의 바다와 왕의 바다는 이제 아주 다른 바다가 되었다. 왕에게는 안도의 바다였고, 여인에게는 탄식의 바다였다. 과연 왕이나 지배층은 짐작이나 했을까? 여인의 한이 그 바다만큼 깊었으리라는 것을.

굿으로서 민중의 이야기

아마 짐작하지 못했으리라. 그랬으니 그 한을 풀어주기는커녕, 자신들의 지배 논리에 따라 '정절부인(貞節夫人)'이라 일컬은 것이 아니겠는가. 도대체 한 여인의 그리움과 한을 어떻게 '정절'이라는 건조한 말로 재단할 수 있었을까? 그것은 바로 유교적 관념의 소산이다. 유교가 중세에 동아시아 문명의 발전에서 기여를 한 바도 있지만, 문제는 여성을 소외시킨 지배층의 이념이요 남성의 논리였다는 사실이다. 그러니 여인의 한을 어찌 알았겠는가.

그렇다면 그 한은 풀지 못했을까? 아니다. 동병상련(同病相憐)의 정이었을까? 역시 소외되었던 민중이 풀어주었다. 이야기라는 굿으로 말이다. 이야기의 말미에서, 부인은 치술신모(鵄述神母)가 되고 사당에 모셔졌다고 하였다. 그렇게 한 것은 순전히 민중이었다. 그리고 그 사당이 지금의 치산서원이다. 이는 여인의 한을 기억하고 이야기하면서 그 한을 풀어준 일종의 '오구굿'이다. 지금은 치술령 꼭대기에 '신모사지(神母祀址)'라 적은 빗돌이 서 있고, 바로 그 아래에 망부석이 있다. 이 또한 하나의 이야기이면서 굿이다.

그런데 민중이 굿판을 벌였던 그 사당이 서원으로 바뀌었다. 서원은 남성과 지배층의 논리인 유교 이념을 구현하는 곳이다. 이야말로 더없는 횡포요 폭력이다. 유교 이념의 희생자라 할 수 있는 부인을 그 이념으로 거듭 짓밟은 셈이다. 여인만 짓밟은 것이 아니다. 민중과 민중의 마음도 짓밟은 것이다. 이는 여인의 절절했던 마음을 끝내 외면한 것이고, 민중의 소박한 마음을 전혀 이해하지 못한 짓이다. 무엇보다도 시민이 주인인 민주의 시대에 사는 우리도 이를 묵과하고 있으니, 더더욱 안타깝다. 박제상기념관을 지으면 무얼 하나? 여인의 한과 민중의 소박한 심정을 돌아보지 못하는 서원 대신에 작고 소박한 사당을 두어야 하지 않겠는가? 그래서 해마다 굿판을 벌여야 하지 않겠는가? 그래도 신모가 된 부인은 이 모든 것을 용서해주리라.

그렇게 유교는 상층과 남성 중심의 논리와 윤리를 제공했으므로 하층과 여성을 껴안는 데에 한계가 있었다. 따라서 유교를 대신하여 더 크고 넓게 아우를 수 있는 철학이나 종교가 필요했다. 불교를 받아들이게 된 까닭이 여기에 있으며, 중세 내내 여성과 민중이 오롯이 불교에 마음을 둔 이유도 여기에 있다. 나는 이제 이 짤막한 글로써 김제상 부인의 한을 달래고, 소박한 민중의 뜻을 다시금 기린다.

바다와 강을 빼앗겨 멸망한 백제

때는 1214년. 한 사내아이가 경주(慶州)의 장산군(章山郡)에서 해양(海陽)으로 먼 길을 나섰다. 장산군은 지금의 경상북도 경산시고, 해양은 전라남도 광주다. 7백 리가 넘는 길이다. 지금처럼 길이 닦여 있지 않았던 시절임을 감안하면, 천 리도 더 되는 험난한 길이다. 이 길을 아홉 살짜리 사내아이가 걸어서 갔다. 험한 골짜기를 지나고 높은 산도 넘어야 하는 그 길을 걸으면서 사내아이는 무엇을 보고 무엇을 느끼며 무슨 생각을 했을까?

사내아이의 이름은 견명(見明). 목적지는 해양의 무량사(無量寺). 말하자면, 아이는 승려가 되기 위한 첫걸음을 내디딘 것인데, 그야말로 승려가 되기도 전에 고행의 길을 먼저 간 셈이다. 왜 그 먼 곳으로까지 가서 출가하려고 했을까? 먼 훗날 새겨진 비문—보각국존일연비(普覺國尊一然碑)—에 따르면 "어려서부터 세속을 벗어날 뜻이 있어서" 출가를 하였다고 한다. 그렇다면 어린 나이에 집에서 가까운 절로 가면 그 뜻이 흔들릴까 걱정했기 때문일까? 분명한 것은 그 뜻이 이미 확고했다는 사실이다. 어린 나이에 출가의 뜻을 품었으니, 여느 풍류객처럼 경치를 감상할 여유는 없었으리라. 사내아이는 한 걸음 한 걸음 내디디며 자신이 품은 뜻이 흐트러지지 않게 다잡으려 애썼으리라.

해양은 서해 바다에서 꽤 떨어진 곳이다. 승려가 되려고 그 먼 길을 왔던 사내아이는 서해(西海)를 구경이라도 했을까? 아마 그러지는 못했으리라. 그러나 머문 곳이, 700여 년 동안 서해를 중심으로 왕국을 유지했던 백제(百濟)의 땅이었으니, 주위 사람들로부터 이야기로나마 서해나 백제에 대해서 들었으리라. 그 가운데 하나가 먼 훗날 이 사내아이가 고승이 되어 편찬한 『삼국유사』 속에 실려 있다. 〈태종춘추공(太宗春秋公)〉 속에 나오는 '백제의 멸망에 대한 이야기'다.

변화를 미리 읽은 충신의 간언

춘추공은 곧 태종무열왕(太宗武烈王) 김춘추를 가리킨다. 김춘추는 진덕왕(眞德王)의 뒤를 이어 왕위에 올랐는데, 그때 이미 나이가 쉰을 넘었다. 그리고 8년을 다스린 뒤인 661년에 쉰아홉의 나이로 세상을 떠났다. 그의 묘호(廟號)가 '태종'이 된 까닭은 그가 일생 동안 김유신과 더불어 삼국의 통일에 힘썼고 그에 걸맞은 공을 세웠기 때문이다. 대체로 '태조(太祖)'는 왕조를 일으킨 왕에게 주어지는 시호고, '태종'은 그에 걸맞은 업적을 남긴 왕에게 주어지는 시호다. 신라의 삼국통일은 두 번째 창업과 같은 위업이었으니, 그런 시호가 주어진 것이다.

물론 통일 과업을 완수한 왕은 문무왕이다. 그러나 그 초석을 다지고 통일의 가능성을 높였던 이는 태종무열왕 김춘추였다. 그가 세상을 떠나기 전 해에 신라는 백제를 멸망시켰다. 그래서 그 백제의 멸망 이야기가 그의 업적을 부각시키기 위해서 〈태종춘추공〉 인에 실리게 된 것이다.

백제의 마지막 왕은 무왕(武王)의 맏아들이었던 의자왕(義慈王)이다. 『삼국사기』 「백제본기」의 기록에 따르면, "영웅답게 용감하고 대담하여 결단력이 있었으며, 부모에게 효도하고 형제에게 우애가 있었다"고 한다. 시호에 이미 그런 의미가 담겨 있다. '해동(海東)의 증자(曾子)'라 일컬어질 정도였다고 하니, 그의 성품이 얼마나 빼어났는지 알 수 있다. 그런데 왕위에 오른 뒤, 갑자기 주색에 빠져서 정사를 소홀히 하여 나라가 위태로워졌다고 한다. 정말 그랬을까? 그래야만 했다! 마지막 왕의 패악이야말로 왕조의 멸망을 손쉽게 설명하는 길이었으니. 그러나 그것을 곧이곧대로 믿어서는 안 된다. 쇠망한 나라의 역사는 대체로 그 나라를 이은 자 곧 승자가 기록하는 것이므로 왜곡과 굴절이 없을 수 없다. 그러니 승자의 역사, 승자의 기록에서 패자를 들여다볼 때는 세심한 주의를 기울여야 한다. 그 안에 숨어 있는 진실을 읽어내야 한다.

의자왕 때에도 백제에는 뛰어난 신하가 많이 있었다. 성품이 강직했던 성충(成忠)도 그런 신하였다. 그래서 성충은 위기를 감지하고서 왕에게 간언하였다. 그 간언에서 성충은 "시세의 변화를 살펴보니 반드시 병란이 있을 것 같습니다"라고 아뢰었다. 여기서 시세의 변화란 곧 동아시아 정세의 변화를 가리킨다. 실제로 대륙에서는 길고 길었던 분열과 혼란의 시대, 즉 위진남북조시대(220~589)가 수(隨)나라를 건국한 양견(楊堅)에 의해서 종식되었고, 곧이어 당(唐)나라가 통일 제국을 이어받으면서 차츰 안정기에 접어들고 있었으니, 중국 대륙의 변화는 곧 동아시아의 판도에 커다란 영향을 끼칠 것이 분명했다.

더구나 수나라와 당나라의 거듭된 고구려 원정, 당나라와 긴밀한 외교 관계를 맺으려 애쓰는 신라 등등. 시세를 꿰뚫어보는 현자라면 이로부터 한반도에도 안팎에서 거센 변화의 물결이 일어나거나 전란의 태풍이 휘몰아치리라는 것을 예측할 수 있었으리라. 그러나 그런 낌새를 알아챌 수 있는 이가 몇이나 되겠는가. 낌새를 알아채기는커녕, 그런 이의 말에 귀를 기울이는 자도 드물지 않겠는가. 의자왕 또한 마찬가지였다.

그런데 의자왕이 성충의 말을 소홀히 여긴 것은 백제가 그런 위태로운 지경에 있지 않다는 확신 때문이었다. 『삼국사기』 「백제본기」를 보면, 의자왕은 왕위에 오른 이듬해(642년) 신라를 공격하여 40여 성을 함락시켰고, 그 뒤로도 계속해서 신라의 성들을 빼앗았다고 한다. 이는 대단한 전과(戰果)인데, 이 때문에 의자왕은 오만해져서 신라를 얕잡아 보며 성충의 간언에는 귀를 기울이려 하지 않았던 것이다.

빼앗긴 바다를 건너온 당나라 군대

성충은 특히 "적병이 오거든 육로로는 탄현(炭峴)을 넘어오지 못하게 하고, 수군은 기벌포(伎伐浦)로 들어오지 못하게 하라"고 간언하였다. 탄현은 당시 도성이 있던 부여의 동쪽으로, 신라에서 부여에 이르기 위해서는 거쳐야 할 요지였다. 기벌포는 백강(白江) 하류를 가리킨다. 백강은 흔히 '백마강'이라 불리는 강으로, 지금의 금강(錦江)이다. 그러니 기벌포는 장항(長項) 부근이 된다. 기벌포는 서해에서 백제의 수도인 부여까지 곧장 배로 들어갈 수 있는 요지니, 여기서 막지 않으면 적선은 백강으로 들어서서 거침없이 도성으로 들이닥치게 된다. 결국 육로로 탄현을 넘어오고 수군이 기벌

옛날 기벌포라 불리었던 장항의 앞바다. 여기를 돌면 바로 백강의 초입이다.

포로 들어서면 도성이 양면에서 협공을 당하게 되고 그러면 쉽사리 무너질 수 있으므로 이를 미리 막으라는 것이었다.

그런데 수군의 경우, 왜 미리 바다에서 막으라고 하지 않았을까? 성충의 간언 속에 이미 그 답이 들어 있다. 언제부터인가 백제는 바다에서 큰 위세를 떨치지 못하고 있었다. 643년에 의자왕은 고구려와 화친을 맺는데, 그 이유는 신라의 당항성(黨項城)을 빼앗기 위함이었다. 이 당항성은 지금의 화성시에 해당된다. 당항성에서 서해로 나서면 곧바로 중국의 산동(山東)에 닿을 수 있다. 서해를 건너는 가장 짧은 뱃길이 당항성과 산동 사이의 직선 항로다. 따라서 당항성은 당나라와 교통하는 데 있어 요충지다. 당항성이 당성(唐城)으로도 불리고 그 명칭에 '목'을 뜻하는 '항' 자가 들어 있는 까닭이 여기에 있다. 이런 당항성이 신라의 수중에 있었으니, 백제로서는 눈엣가시였다.

더욱 중요한 것은 신라가 당항성을 차지한 뒤로 서해에 대한 제해권까지 장악하게 되었다는 사실이다. 백제가 제해권이라도 쥐고 있었다면 바닷길을 막음으로써 당항성이 제구실을 하지 못하도록 했을 터이고, 의자왕이 굳이 고구려와 화친하려고 하지도 않았을 것이다. 그러나 실상은 그렇지 못했다. 바로 이것이 성충의 간언에서 기벌포가 거론되고 바다는 중요하게 언급되지 않은 이유다. 혹시 의자왕이 신라의 성들을 함락시킨 것이 제해권을 되찾지 못한 데 대한 보상 심리는 아니었을까?

덕적도. 옛이름은 덕물도다.
여기서 잠시 머문 당나라 수군은 서해 연안을 따라 기벌포로 내려왔다.

660년, 마침내 당나라의 소정방(蘇定方)이 군사를 이끌고 성산(城山)에서 바다를 건너 신라국 서쪽 덕물도(德勿島)에 이르렀다. 성산은 지금의 산동성 위해시(威海市)다. 덕물도는 지금의 덕적도(德積島)로, 당항성 바로 앞바다에 있다. 성산에서 서해를 직선으로 가로지르면 바로 덕물도에 이른다. 그런데 이 덕물도를 〈태종춘추공〉에서는 '신라국 서쪽'이라고 표현하고 있다. 말하자면, 서해가 어느 정도는 신라의 수중에 있었다는 것을 명시한 것이다. "6월 21일에 태자 법민(法敏)이 병선 백 척을 거느리고 덕물도에 가서 소정방을 맞이했다"는 『삼국사기』「신라본기」의 기록은 그런 사실을 뒷받침해준다.

한때 백제가 장악하고 있었던 서해의 제해권이 신라에 넘어갔고, 그 덕분에 소정방의 군사는 아무런 방해를 받지 않고 서해를 건너올 수 있었다. 이런 상황이 될 것을 예상했으므로 성충은 바다가 아닌 강을 언급했고, 바로 백강의 입구인 기벌포에서 적의 수군을 막으라고 간언했던 것이다. 말하자면, 바다를 이미 잃은 백제로서는 백강이 최후의 보루였던 것이다. 그러나 이미 바다를 잃은 나라가 얼마나 버틸수 있었을까?

백강을 빼앗겨 도성이 함락되다

인체에서 '목'은 사람의 생사를 가르는 부분이다. 그래서 '길목'이나 '물목'이라는 말처럼 매우 긴요한 곳을 일컬을 때 '목'이라는 말을 붙여서 쓴다. 당항성은 신라가 서해로 나아가기 위한 길목이었고, 결국 그 길목을 차지한 신라는 서해까지 수중에 넣었다. 그런 길목을 빼앗긴 백제로서는 이제 물목을 지키는 일이 긴요했는데,

바로 기벌포가 서해에서 백제의 도성으로 들어가는 물목이었다. 성충이 이 물목을 굳게 지키라고 했음에도 백제 조정은 그의 말을 받아들이지 않았다.

진실에 귀를 기울이기란 쉽지 않다. 그 진실이 자신의 허물을 지적한 것이라면, 더욱더 들으려 하지 않는다. 그래서 때로는 진실을 말하는 것보다 진실을 듣는 것이 더 어렵다. 일국의 왕이 신하의 간언을 들어주는 일은 그보다 더 어려운 일일 수 있다. 오만해진 왕이 주색에 빠지는 일은 역사 속에서 흔히 볼 수 있다. 의자왕 또한 그러했다. 그래서 정치가 문란해지고 나라는 위태해졌다. 늘 그러하지만, 망하는 나라에도 충신은 있다. 성충은 왕에게 온 힘을 다하여 간언하였다. 그리고 옥에 갇혔다. 옥에 갇혔으니, 그의 간언이나 계책은 한낱 헛소리나 다름없게 되었다.

그런 와중에 소정방의 군사들이 바다를 건너왔다는 소식이 들렸다. 백제 조정에서는 때늦은 논의를 하면서도 결단을 내리지 못하고 미적거렸다. 그러다가 고마미지 현(古馬旀知縣, 지금의 장흥)에 귀양을 가 있던 흥수(興首)에게 물었는데, 흥수도 성충과 같은 말을 해주었다. 이미 성충을 배척했던 조정인지라 흥수의 대답을 듣고는 흥수와 성충을 한통속이라 여기면서 성충의 간언을 더욱 확실하게 배제했다. 이리하여 당의 수군으로 하여금 백강에 들어오도록 허용하였고, 이는 결정적인 패착이 되었다.

신하들은 의자왕에게, "당나라 수군이 강을 따라 들어오되 배를 나란히 하고서 오지는 못하게 하면 됩니다"라는 의견을 내놓았다. 이는 당나라 수군을 백강 양쪽에서 협공을 하자는 것인데, 전혀 지세(地勢)를 읽지 못한 것이고 조수(潮水)에 대해서도 간과한 것이다. 기벌포는 바닷물이 유입되는 백강의 초입이다. 따라서 당나라

백강이라 불리었던 금강의 초입.
이 강을 따라 당나라 전선들이 부여성 아래까지 나아갔다.

전선(戰船)들이 조수를 이용하면 막기가 쉽지 않다. 게다가 기벌포에서 미리 막지 못하면, 소정방이 군사 일부를 하선시켜서 백강의 동쪽이나 서쪽의 육지로 해서 수군을 돕도록 할 수 있고 도성으로 곧장 들어갈 수도 있다.

실제로 당나라의 전선은 조수를 이용하여 전진하였고, 소정방 자신은 보병과 기병을 거느리고 곧바로 도성으로 쳐들어가서 성에서 30리 떨어진 곳에 머물렀다. 이로써 백제는 막다른 곳에 이르렀고, 결국 의자왕은 성충의 말을 듣지 않다가 이 지경에 이른 것을 탄식하였지만 이미 때는 늦었다. 그저 달아나는 수밖에 없었다. 급

작스런 기습을 당했다면 일단 달아나서 회복할 기회라도 엿볼 수 있지만, 전략과 전술에서 이미 그르쳤다면 거의 회복하기 힘들다. 백제는 전략이 없었고 그나마 전술조차 잘못 운용하였다. 이것으로 700여 년을 이어온 왕조는 멸망으로 치달았다.

역사의 바다에서 무엇을 건질까

〈태종춘추공〉에서는 백제의 멸망에 앞서 일어난 몇 가지 흥미로운 조짐에 대해 이야기하고 있다. "660년 6월, 왕흥사(王興寺)의 절문으로 배가 큰 물결을 따라서 들어오는 것을 중들이 보았다." 『삼국사기』「백제본기」에 따르면, 왕흥사는 법왕 때(600) 세우기 시작하여 무왕 35년(634)에 완공된 절이다. 완공에 무려 35년이 걸렸으니, 그만큼 공을 들인 사찰이었다는 말이다. 그 이름처럼 "왕 또는 왕조가 흥성하기를 기원하는 절"이어서 그랬는지도 모른다. 그런데 이 절 문으로 배가 큰 물결을 따라서 들어왔다는 것은 소정방의 군사가 서해를 건너올 조짐이었다.

또 〈태종춘추공〉에서는 "큰 개가 서쪽에서 사비수(泗沘水), 곧 백강의 언덕까지 와서는 왕궁을 향해 짖었다"고 적고 있다. 이는 소정방의 군사가 기벌포에서 육로로 도성에 들이닥칠 조짐이었다. 이런 조짐들에 대해서는 『삼국사기』〈의자왕〉조에서도 적고 있지만, 내용을 보면 본래는 민중 사이에서 이야기로 전하던 것이었음이 분명하다. 『삼국사기』는 신라의 후손이었던 김부식이 편찬했으므로 신라가 멸망시킨 백제의 최후를 천명에 의한 것으로 만들 필요가 있었고, 그 필요를 민중의 이야기가 적절하게 충족시켜줄 것이라고 판단하여 수용했을 것이다.

참으로 놀라운 것은 백제의 멸망이 바다와 강을 잃으면서 초래된 것임을 꿰뚫어본 민중의 안목이다. 그리고 이야기로써 상징적으로 드러내는 그 지혜 또한 대단하지 않은가. 민중을 단순히 어리석은 무리로 치부하는 것은 지배층이 늘 저지르는 오류다. 역사를 한번 돌아보라. 민심에 등을 돌린 자는 망했고, 민심을 얻은 자는 흥했다. 그럼에도 왕이나 지배층이 민심을 잊거나 거스르는 것은 권력이 눈을 멀게 하고 마음을 어지럽히기 때문일까? 어쨌든 민중의 이야기는 육지에서 신라의 성들을 빼앗으며 그 전과에 만족하는 데 그쳤던 의자왕 및 백제 조정에 대한 은근한 비판이었다.

백제는 두 면이 바다였다. 이제 우리나라는 세 면이 바다다. 과연 저 이야기의 바다, 또 역사의 바다에서 우리는 무엇을 들여다보고 건져내야 할까? 민중의 이야기는 결코 재미와 흥미만으로 다가갈 수 없는 진실을 들려주기도 한다. 그리고 그 진실은 시간과 공간을 뛰어넘는 가치를 갖는다. 일연은 바로 그 숨겨진 힘을 민중의 이야기에서 발견하였고, 그래서 『삼국유사』를 편찬하였던 것이다.

바다에 잠든 통일 외교의 영웅, 김인문

선덕왕 원년(632) 12월, 당나라에 사신을 보내 조공하였다.
선덕왕 2년 가을 7월, 대당에 사신을 보내 조공하였다.
선덕왕 4년, 당나라에서 지절사(持節使)를 보내어 왕을 '주국낙랑군공신라왕(柱國樂浪郡公新羅王)'으로 책봉하여 부친의 봉작을 잇게 하였다.
태종무열왕 원년(654) 5월, 당나라에서 지절사를 보내 예절을 갖추어 왕을 '개부의동삼사신라왕(開府儀同三司新羅王)'으로 책봉하였다.

『삼국사기』「신라본기」에 나오는 몇 대목이다. 신라에서는 당나라에 조공하였고, 당나라에서는 신라에 새로운 왕이 등극하면 그를 책봉하는 사신을 보냈다. 이런 체제를 '책봉체제(冊封體制)'라 한다. 책봉체제는 조공과 책봉을 통한 외교 행위이며, 중세에 동아시아를 하나의 문명권으로 성립시켰던 외교 시스템이었다. 이는 조선조까지 이어졌는데, 대체로 중심부인 중국, 정확하게는 중원을 지배하는 왕조—수 · 당에서 명 · 청까지—와 그 주변부의 여러 나라—신라에서 조선까지, 그리고 일본, 베트남 등—가 대국과 소국으로서 질서를 유지하며 교린 관계를 형성하는 체제였다. 이를 두고 조공하는 나라는 주체성이 없었고 중국이 지배하는 구조였다고 해서는 안 된다. 다른 문명권—기독교문명권 · 이슬람문명권 · 힌두교불교문명권 등—에도 이런 체제가 있었다.

무엇보다도 무력의 우열로써 조공과 책봉의 주체가 나뉘지 않았다는 사실이다. 정치 · 외교적인 관계이기는 하지만, 문명권의 중심부와 주변부라는 설정에서 드러나듯이 문화의 우열이 더욱 중요한 관계였다. 책봉하는 주체가 조공하는 쪽에 중세문명의 핵심이 되는 문화—한문과 유교, 불교 등—를 전하면서 성립된 것이 책봉체제였다는 말이다. 따라서 근대적인 관점에서, 또 정치적으로만 접근하여 책봉체제를 이해해서는 곤란하다.

소국 신라의 외교관, 감질허

그렇더라도 이런 책봉체제 아래에서 조공을 바치는 쪽이 그만큼 열세에 놓여 있는 것은 사실이다. 따라서 조공을 바치는 쪽은 책봉하는 쪽에 어떻게 처신하느냐가 매우 중요하였다. 다음은 『삼국사기』 진덕왕(眞德王) 2년(648)조의 기록이다.

> 겨울, 감질허(邯帙許)를 당나라에 보내어 조회하였다. 당 태종이 어사로 하여금 묻게 하였다. "신라는 신하의 나라로서 대국 조정을 섬기면서 어찌하여 당나라와 다른 연호를 쓰는가?" 감질허는, "일찍이 대국 조정에서 정삭(正朔)을 반포하지 않았으므로 선조 법흥왕 이래로 사사로이 연호를 쓴 것이다. 만약 대국 조정에서 명을 내렸다면, 소국(신라)이 어찌 감히 다른 연호

를 썼겠는가?"라고 말하였다. 이에 태종이 그렇다고 여겼다.

책봉체제 아래에서는 주변부의 나라에서도 중심부에서 쓰는 연호를 써야 한다. 그런데 신라가 독자적인 연호를 썼으니, 당 조정으로서는 문제 삼지 않을 수 없었고 그래서 태종이 어사를 통해 물었던 것이다. 이때 감질허가 적절하게 대응하지 못했다면, 신라의 처지는 참으로 난감하게 되었을 것이다. 다행히 감질허는 정삭(正朔)을 반포하지 않았기 때문이라고 하였고, 태종 또한 그 말에 수긍하였다. 정삭이란 일종의 역법(曆法)으로서, 중국에서 새로운 왕조가 시작될 때 세수(歲首, 한 해의 처음)를 고쳐 새롭게 만든 책력(冊曆)이다. 당은 이제 막 탄생된 왕조이므로 당연히 정삭을 반포해야 하고, 그래야만 주변부 나라에서 그 정삭에 따라 연호를 사용할 수 있었던 것이다.

책봉체제는 문명권의 중심부와 주변부 국가 간의 교린 관계를 위해 존재했고, 그러했기 때문에 예를 갖춘 외교 행위가 매우 긴요하고 중요하였다. 따라서 조공이나 책봉의 사신으로 가는 이는 그 책임이 막중했다. 특히 주변부 나라에서는 중심부에서 전해준 문자를 익혀서 그 문자로써 외교적 대응을 해야 했으니, 빼어난 문인(文人)을 배출해서 그런 이를 보내야만 했다. 감질허가 바로 그런 인물이었으리라 여겨진다.

고구려와 백제에 견주어 상대적으로 약했던 신라로서는 당 조정과의 관계가 매우 중요했으므로 감질허와 같은 외교관이 가장 절실하게 필요했다. 감질허가 당에 갔던 그해에 당의 조정에 사신으로 가서 당 태종에게 당의 군대를 파견하여 신라를 돕도록 설득한 이가 있었으니, 바로 김춘추였다. 그때 김춘추 곁에는 맏아들 법민

(法敏)이 있었다. 이 부자가 바로 신라의 통일전쟁을 대를 이어 수행했던 태종무열왕과 문무왕이다.

신라는 당의 군대에 힙입어서 백제와 고구려를 차례로 멸망시켰다. 그러나 그것으로 끝난 것이 아니었다. 당 조정의 야욕이 이 땅을 노리고 있었기 때문이다. 바로 여기에서 당과 신라 사이에는 팽팽한 긴장감이 조성되었고, 결국에는 또 다른 전쟁으로 이어졌다. 책봉체제가 지향하던 교린 관계와는 전혀 상반되는 지경에 이르렀다. 이 난국을 어떻게 타개해나갈 것인가? 특히 소국인 신라로서는 대국인 당의 위신을 세워주면서 동시에 바라는 바를 이루어야 하는데, 누가 나서서 그 일을 맡을 것인가? 이때 김춘추의 또 다른 아들 김인문(金仁問)이 그 역할을 맡았다.

연합국이었던 당과 신라의 벌어진 틈을 김인문은 메웠을까? 이 이야기를 하기 위해서는 먼저 세 사찰을 거론하지 않을 수 없다. 사천왕사(四天王寺)와 망덕사(望德寺), 인용사(仁容寺)가 그것이다. 먼저 사천왕사에서 시작하자. 사천왕사는 경주 월성에서 동남쪽으로 도로를 따라서 가다 보면 이내 만나게 된다. 도로변에 푯말이 보이므로 쉽게 찾을 수 있다. 그러나 사천왕사는 저 옛날의 웅장한 자태를 잃은 지 오래다. 게다가 지금 한창 발굴이 진행되고 있어서 제대로 살펴볼 수도 없다.

적선들을 침몰시킨 사천왕사

사천왕사에 대해서 『삼국사기』는 「신라본기」의 〈문무왕〉 19년(679)조에 "사천왕사가 낙성되었다"라고만 적고 있다. 원래가 역사 기록이란 읽는 이가 상상력을 발휘해야만 하지만, 이 구절은 그래도 너무하다 싶을 정도로 간략하고 무미건조하다. 유학자인 김부식이 편찬자였기 때문일까? 신라가 불국(佛國)을 표방한 나라였음을 감안하면, 내용이 참으로 빈약하다고 하지 않을 수 없다.

사천왕사란 말 그대로 "사천왕이 지켜주는 절"이라는 뜻이다. 사천왕은 사방에서 불법과 그 불법을 따르는 이들을 지켜주는 수호신이다. 사찰마다 입구에 들어서다 보면 만나게 되는, 갑옷을 입고 무기를 들고서 사나운 형상으로 노려보는 험상궂은 이들이 바로 사천왕이다. 사천왕은 본래 인도 신화 속의 수호신들이었다. 불교가 인도에서 탄생한 것이므로 자연스럽게 수용되어서 변용되었던 것이다. 불교의 우주관에서는 우주의 중심을 이루는 거대한 산으로 수미산을 내세운다. 그 수미산은 일곱 개의 향수(香水)로 된 바다와 금산으로 둘러싸여 있고, 사방에는 인간이 사는 사대주(四大洲)가 있다. 그 사대주 가운데서 동쪽은 지국천왕(持國天王), 남쪽은 증장천왕(增長天王), 서쪽은 광목천왕(廣目天王), 북쪽은 다문천왕(多聞天王)이 지키는데, 이들이 사천왕이다.

그런데 저 먼 인도의 수호신이 어느새 동방의 끄트머리 신라에까지 와서 누군가를 또는 무언가를 지키려고 서 있다니, 참으로 불가사의하다. 도대체 사천왕사로 무엇을 지키려 하였을까? 바로 당나라의 군사를 막으려고 하였다. 이에 대해서는 『삼국유사』의 〈문무왕법민〉조에서 자세하게 이야기하고 있다.

668년에 고구려가 멸망함으로써 삼국은 통일된 듯했으나, 실상은 그렇지 못했다. 당 황제의 명으로 당의 군사들 가운데 일부가 이 땅에 남아 있었다. 그러다 이윽고 그 군사들과 신라의 군사들이 충돌하였고, 이를 기회로 당 황제는 50만 대군을 조련하여 신라로 보내려 하였다. 당나라에 유학 가 있던 의상법사(義湘法師)가 김인문에게서 이 사실을 전해 듣고는 신라에 돌아와 임금에게 알렸다. 그리하여 신라에서는 신이한 비법을 익힌 명랑법사(明朗法師)의 조언을 듣고 이 사천왕사를 지었다.

드디어 당나라 군사들이 배를 타고 국경 근처에 이르렀을 때, 명랑법사는 문두루법이라는 비법을 닦았다. 이에 당나라 배는 모두 바다에 침몰하였다. 바로 불법의 수호신인 사천왕이 서쪽 바다를 지켜준 것이다. 그런데 이 사천왕사는 낭산(狼山)의 남쪽 자락, 신유림(神遊林)이 있었던 곳에 서 있다. 낭산은 신라의 토착신이 머물렀던 신령한 산이고, 신유림도 토착의 신이 노닐었던 숲이다. 이는 토착신앙이 불교라는 더 보편적인 종교에 포용된 것을 의미하며, 동시에 불교라는 보편적인 종교도 토착의 신앙과 만나서 어우러지지 않고서는 제 위력을 발휘하기 어려웠다는 뜻의 표현이기도 하다.

외교적 술수가 낳은 망덕사

사천왕사가 있는 곳에서 도로를 건너서 맞은편으로 가면 저만치에 절터가 또 하나 있다. 망덕사(望德寺)가 있었던 터, 이른바 망덕사지다. 망덕사는 “덕을 우러러보는 절”이라는 뜻이다. 누구의 덕을 우러러보는가? 바로 당 황제다. 자칫하면 대국에 굽실거리는 조상의 못난 꼴을 연상할지도 모르겠으나, 실상은 그렇지 않다. 오히려 대국을 희롱하면서 통일이라는 대업을 마무리 짓기 위해서 세운 절이다. 이야기는 이렇다.

사천왕사의 도움으로 신라는 두 차례나 당나라 군사들을 태운 배들을 서쪽 바다에 침몰시켰다. 그러자 당 황제는 급히 그 연유를 알고자 하였다. 그래서 당시 신라의 유학자로서 당나라에서 한림랑(翰林郎)으로 있다가 당과 신라 두 나라가 전쟁 상태에 돌입하자 옥에 갇혔던 박문준(朴文俊)을 불러서 자초지종을 물었다. 박문준은 "우리나라가 상국의 은혜를 입어서 통일을 했으므로 그 덕을 갚으려고 천왕사—사천왕사—를 낭산 남쪽에 세워서 황제의 수명을 축원하는 법회를 열고 있습니다"라는 대답을 해주었다. 황제는 아주 기뻐하였고, 이에 예부시랑 악붕귀(樂鵬龜)를 신라에 보내어 살펴보게 하였다.

신라에서는 사천왕사를 보여주어서는 안 된다고 여겨서 새로 절을 지었다. 비법으로 새운 절이니, 비밀로 해야만 그 효력이 유지될 수 있다고 여겼던 것이다. 또 사천왕사는 박문준이 말한 것처럼 당 황제의 수명을 축원하기 위해서가 아니라, 당나라 군사들을 물리치기 위해서 세운 절이다. 그러니 어찌 사천왕사를 보여줄 수 있겠는가. 그리하여 사천왕사를 대신할 수 있는 절을 새로 지었으니, 바로 망덕사였다. 그런데 그 이름이 처음부터 망덕사는 아니었다. 사천왕사인 것처럼 지었으니, 가짜이기는 하지만 처음 명칭은 사천왕사였다. 그러나 당의 사신도 그리 호락호락하지 않았다.

사천왕사라면 그 명칭에서 이미 사천왕의 힘을 빌어서 나라와 백성을 수호하려는 의도로 세운 절임이 나타나 있으니, 당 황제의 수명을 축원하기 위한 절과는 달라도 어딘가는 다를 수밖에 없었으리라. 당나라 사신이 어찌 이를 몰랐겠는가. 다만 짐짓 모른 체하고 와서 살폈던 것인데, 신라 조정에서 자신을 데리고 가서 보여준 절을 보니 "황제의 덕을 멀리서 흠모하기 위해서 지은 절"처럼 꾸민, '가짜 사천왕사'였던 것이다. 사실 적을 물리치기 위해 세운 절과 그 법회는 황제의 수명을 축원하기 위해 지은 절과는 성격이 다를 수밖에에 없다. 성격이 다르니 절의 분위기도 당연히 서로 달랐을 것이다. 대국의 사신으로 뽑혀 온 자가 어찌 이를 알아채지 못했겠는가.

전모를 알아챈 사신은 "이는 사천왕사가 아니고, 망덕요산(望德遙山)의 절이오"라고 말했다. 이로써 소국 신라가 대국 당나라와 그 황제를 기만했다는 것이 드러났다. 참으로 심각한 상황이었다. 결국 신라에서는 금 천 냥을 뇌물로 주어 사신을 달랬다. 그러자 사신은 돌아가서 황제에게 박문준이 말한 대로라고 아뢰었고, 이로써 두 나라의 관계는 더 이상 악화되지 않을 수 있었다. 망덕사라는 절 이름은 그때 사신이 "망덕요산의 절이오"라고 한 말에서 유래되었다.

예나 이제나 외교에서는 상대의 마음을 휘어잡는 빼어난 언변과 어떠한 상황에도 흔들리지 않는 두둑한 배짱이 요구된다. 박문준은 그런 능력을 적국 한가운데서 보여주었다. 당 사신을 속이려 한 신라 조정 또한 대담하기는 마찬가지였다. 국가 간의 외교나 전쟁에서는 술수가 흠이 되지 않는다. 얼마나 효과적이냐, 얼마나 절묘하게 구사하느냐가 관건일 뿐이다. 망덕사는 당 황제를 흠모한다는 미명하에 대국의 황제까지 갖고 놀겠다는 신라인의 기상이 배어 있었던 절이다.

옥에 갇힌 왕자를 위해 세운 인용사

망덕사지에서 월성 쪽으로 올라가서 국립경주박물관을 끼고 왼쪽으로 돌아 곧장 들어가면 절터가 또 하나 있다. 바로 인용사지(仁容寺址)다. 이곳도 현재 발굴이 진행 중이다. 사천왕사나 인용사의 유물은 박물관에서도 볼 수 있지만, 현장에서 느끼는 맛은 또 다르다. 휑하니 비어서 웅장한 옛 모습은 없지만, 바로 거기에 역사의

인용사지. 처음 지을 때는 관음도량이었으나,
김인문이 바다 위에서 죽자 미타도량으로 고쳤다고 한다.
김인문이 서방정토로 가기를 바라는 마음을 그대로 담은 것이다.

향기가 어리어 있기 때문이다. 영원한 것은 없으며 모든 것은 끊임 없이 변한다는 진리는 불교에서 늘 가르치는 바이지만, 역사의 현장에 서면 더욱더 절실하게 느껴진다.

이 인용사에 대해 『삼국사기』에서는 아무런 언급이 없다. 『삼국유사』의 〈문무왕법민〉에서만 나온다. 앞서 말한 당나라 군대가 바다를 건너온 것은 신라의 군대와 이 땅에 남아 있던 당나라 군사들이 서로 맞선 데서 연유한다. 그 일로 해서 당 황제는 박문준을 옥에 가둘 때, 숙위(宿衛)로서 당 조정에서 시위(侍衛)하고 있던 김인문도 함께 가두었다. 숙위는 당나라 주변 국가에서 왕자를 당 조정에 보낸, 일종의 인질이었다. 인질이기는 했으나 양국 간의 외교적인 일을 도맡아 했으므로 실질적으로는 외교관이었다. 이런 이중적인 성격 탓에 양국 사이에 대립과 갈등이 생기면 가장 먼저 문책을 받는 이는 숙위일 수밖에 없다.

김인문이 옥에 갇혔다는 소식을 들은 신라 사람들은 그를 위해서 절을 지었다. 바로 인용사다. 인용사란 "어진 마음으로 용서하라"는 뜻을 담고 있는데, 말 그대로 당 황제가 어진 마음으로 김인문을 용서해주고 풀어주기를 바라는 마음을 담은 절이다. 그리고 그 바람은 이루어졌다. 앞서 말한 박문준의 외교적 수완으로 당 황제의 마음이 풀어졌음을 안 신라 조정에서는 강수(强首)에게 김인문을 놓아달라고 청하는 표문을 짓게 해서 보냈다. 그 글을 읽은 황제는 눈물을 흘리며 김인문을 놓아주어 보냈다고 한다.

이야기의 드러난 면을 읽으면, 김인문은 별로 한 일이 없다. 오히려 박문준이 더 큰 역할을 한 것으로 보인다. 그런데 어찌하여 김인문을 위해서 절을 지었는가? 그가 왕자였기 때문인가? 아니다. 김인문이 실질적인 외교의 수장이었기 때문이다. 당 황제의 노여움을 누그러뜨린 뛰어난 언변과 두둑한 배짱은 분명 박문준의 능력이겠으나, 그 계책은 외교의 수장이었던 김인문에게서 나온 것이라 할 수 있다. 두 사람이 함께 옥에 갇혔으니, 의논해서 일을 꾸미는 것이야 여반장(如反掌)이었으리라. 앞서 말했듯이, 사천왕사를 세운 일도 김인문이 당나라에 유학 와 있던 의상법사에게 당나라에서 군사를 조련하여 신라로 보내려 한다는 사실을 몰래 알렸기 때문에 가능한 것이 아니었던가.

바다에 잠든 외교 영웅

인용사지에서 서쪽으로 멀리 바라보면, 거기 서악(西岳)이 있다. 그 서악의 동쪽 아래에는 거대한 고분이 줄지어 있는데, 흔히 '서악동 고분'이라 한다. 그 끄트머리에 무열왕릉이 있다. 무열왕릉은 담벼락으로 둘러져 있다. 무열왕릉의 길 건너 맞은편에도 웅장한 무덤이 있다. 제왕의 무덤과도 같은 거기에 김인문이 누워 있다. 한쪽에는 전각이 있는데, 김인문의 묘비를 등에 업었던 귀부(龜趺)가 있다.

통일을 이루려고 그토록 애를 쓰다가 이제는 누워 있는 김인문과 그 부친 무열왕, 그리고 통일을 이룩한 문무왕. 그들은 한 번 통일을 이루면 그 통일이 영원하리라 생각했을까? 천년이 지난 뒤에도 후손들이 그들의 위업을 이어가리라 여겼을까? 이제 그 후손들은 남과 북으로 나뉘어서 대치해 있다. 이는 결코 부끄러워할 일은 아니다. 합쳐지고 쪼개지는 일이야 문명사에서 늘 있는 일이 아닌가. 문제는 전쟁 없이 오로지 외교로 화합과 통일을 이룰 수 있느냐다. 그런 의미에서 김인문은 오늘날 우리가 새롭게 조명해야 할 인물이다.

『삼국사기』를 보면, 김인문은 당나라 수도에서 병으로 죽었다고 되어 있다. 그런데 『삼국유사』의 이야기에서는 김인문이 돌아오다가 바다 위에서 죽었다고 한다. 왜 이렇게 다른가? 물론 『삼국사기』의 기록이 사실일 가능성이 높다. 『삼국유사』의 이야기는 민중이 지어낸 허구라고 치부할 수도 있다. 그러나 『삼국유사』의 이야기에는 역사적 진실이 숨어 있다. 바다 위에서 죽었다는 말은 바다에 빠져 죽었다는 말이 아니다. 배 위에서 죽었다는 말이다.

김인문은 대국인 당나라의 조정에 인질 아닌 인질로 있으면서 신라가 외교적으로 가장 어려웠던 시기에 외교관으로서 일생을 바친 영웅이었다. 바다를 일곱 번 건너갔고, 날짜로 계산하면 무려 22년 동안 당나라에 머물렀다. 그런 영웅이 당나라 수도에서 병으로 죽었다는 것은 민중으로서는 납득하기 힘든 일이었다. 영웅은 영웅답게 죽어야 했다. 김인문은 외교 영웅이었으니, 마땅히 바다 위에서 일생을 마감해야 했다. 그래서 민중은 이야기를 통해 김인문을 바다에 잠들게 했다. 이야말로 오늘날 말하는 국민장(國民葬)과 같은 민중장(民衆葬)이 아니겠는가.

김인문의 묘. 무덤 너머로 지는 해를 보면서
새삼 그가 더욱 그리워진다. 외교 영웅!

업보를 씻으려 바다에 누운 문무왕

경주에 가면 곳곳에서 왕릉을 만나게 된다. 천년이나 지속된 왕조의 수도였으니, 어쩌면 당연하다. 그러나 멸망한 지도 이미 천년이 훌쩍 지난 뒤라는 것을 감안하면, 참으로 경이롭다고 할 만하다. 그런데 경주 시내가 아닌, 멀리 외곽으로 나가야 만날 수 있는 왕릉도 있다. 월성 또는 국립경주박물관 근처의 도로에는 경주에서 동남쪽을 향해 한참을 가면 '문무대왕릉'이 나온다는 표지판을 볼 수 있다. 실제로 문무왕의 능은 경주 시내에 없다. 낭산의 서쪽 기슭에 '능지탑(陵只塔)'이 있는데, 이곳이 문무왕의 주검을 화장한 곳이라 하지만 자세하지는 않다.

> (문무왕) 21년(681) 가을, 7월 1일에 왕이 죽었다. 시호를 문무라 하고, 여러 신하들이 왕의 유언대로 동해 어구의 큰 돌 위에 장사지냈다. 세속에서 전해오기로는 왕이 용으로 변했다 하니, 이로 말미암아 그 돌을 가리켜 대왕석이라 하였다.

『삼국사기』「신라본기」 제7에 나오는 기사다. 문무왕이 죽자 신하들이 왕의 유언에 따라서 동해 어구의 큰 돌 위에 장사지냈다고 한다. 이는 분명 사실일 것이다. 그런데 왜 왕은 여타의 왕들처럼 묻히려 하지 않았을까? 왕의 유언은 과연 무엇이었는가? 위의 기사에 이어 문무왕이 죽기 전에 남긴 조서가 기록되어 있는데, 그 말미에 다음과 같은 대목이 나온다.

> 임종한 뒤에 열흘이 되면 바로 왕궁의 고문(庫門) 밖 뜰에서 서역의 법식에 따라 불로 태워 장사지내고, 상복을 입는 경중(輕重)이야 본래 정해진 규례가 있을 터이나 장례 절차는 힘써 검약하게 하라.

"고문 밖"이 정확하게 어디인지는 알 수가 없다. 지금 능지탑이 있는 곳이리라 추정하기도 하지만, 역시 추정일 뿐이다. 중요한 것은 왕이 "서역의 법식을 따르라"고 한 사실이다. 이는 불교식으로 화장을 하라는 것인데, 조서에 따르면 "분묘를 치장하는 것은 한갓 재물만 허비하고 역사서에 비방만 남길 것이고, 공연히 인력을 수고롭히면서도 죽은 혼령을 구제하지 못하는 일"이기 때문이었다. 이는 왕이 낭비를 싫어하고 백성을 귀하게 여겼다는 것을 보여준다. 그러나 과연 백성들도 그렇게 생각했을까?

토함산에서 감포로 방향을 잡고 한참을 내려가면, 감은사지(感恩寺址)를 만난다. 신문왕(神文王, ?~692)이 선친 문무왕의 뜻을 받들어 지은 감은사의 터다. 여기에는 웅장한 석탑이 둘 서 있는데, 문무왕의 수중릉이 가까웠음을 알려주는 표지이기도 하다. 조금 더 가서 봉길해수욕장으로 접어들면 저만치 바다 위에 누워 있는 길다란 바위를 만나게 된다. 깊은 잠에 빠진 것처럼 보이는 그 바위가 바로 문무왕의 수중릉이다. 이제 민중이 남긴 이야기 〈문무왕법민

문무대왕릉. 문무왕은 생전에 지은 업보를 바다에서 씻으려고 저기 누워 있다.
그리고 민중은 이야기로써 화답하였다.

(文武王法敏)〉으로 문무왕을 깨워볼까 한다.

삼국통일 그리고 업보

문무왕은 삼국통일의 과업을 시작한 김춘추의 맏아들이다. 문무왕은 신라가 당나라와 손을 잡고 백제를 평정할 때 태자로서 종군하여 큰 공을 세웠다. 그리고 그 이듬해에 왕위에 올랐다. 말하자면, 본격적인 삼국통일의 시작을 열면서 등극을 한 셈이다. 문무왕은 21년 동안 재위했는데, 그 가운데 16년은 통일 전쟁의 기간이었다. 백제 유민들과 거듭 싸워야 했고, 또 고구려와 치열한 전투를 벌여야 했다. 그뿐만이 아니다. 고구려가 멸망한 뒤에는 당나라의 야욕을 또 상대해야 했다.

문무왕은 참으로 자긋자긋한 전쟁 속에서 통치하였다. 이윽고 당나라 군대를 패퇴시킴으로써 비로소 통일을 이루었지만, 그것은 결코 위대한 승리가 아니었다. 신라가 당나라를 끌어들인 일이나, 고구려의 영토를 차지하지 못하고 발해와 함께 '남북국(南北國)'이 되어 대치하게 된 것을 두고 그러는 것이 아니다. 이에 대해 오늘날에도 비판하는 이들이 있기는 하지만, 그 때문에 신라의 통일 과업을 과소평가할 수는 없다. 여기서 위대한 승리가 아니라고 말한 것은 다른 맥락에서다.

과연 전쟁은 누가 일으켰는가? 제왕을 비롯한 지배층인가, 아니면 하층 민중인가? 통일은 과연 위대한 과업인가? 전쟁과 통일에서 민중이란 과연 어떠한 존재인가? 우리는 과거의 문헌을 볼 때, 그 기록을 남긴 당사자들 곧 지배층의 입장에서 역사를 보는 오류를 곧잘 저지른다. 신라의 삼국통일과 문무왕의 업적에 대해서도 그러하지 않은가? 그런 점에서 〈문무왕법민〉의 이야기 속에 숨겨진 의미 또는 상징적 의미를 끄집어낼 필요가 있다. 거기에는 민중의 이해나 인식이 들어 있기 때문이다.

병법에서 최상책은 바로 "싸우지 않고 이기는 법"이다. 그런데 문무왕은 참 많이도 싸웠다. 그것은 곧 수많은 군사들과 백성들이 목숨을 잃었다는 것을 의미한다. 백성들의 목숨과 통일, 과연 어느 것이 더 귀한가? 목숨이야 언젠가는 사그라질 것이지만 통일은 분열과 전쟁을 종식시킴으로써 더 많은 목숨을 건질 수 있다고 말한다면, 과연 옳다고 할 수 있을까?

가까스로 통일을 이룬 문무왕은 자신이 걸어온 길을 되돌아보고 무엇을 느끼고 무슨 생각을 했을까? 『삼국사기』에 남아 있는 문무왕의 유언에는 문무왕 자신이 서쪽(백제)과 북쪽(고구려)을 정벌하여 천하를 안정시켰다는 자부심, 백성들이 편안하고 풍족한 삶을 영위하게 되었다는 떳떳함으로 채워져 있다. 그리고 이 땅에 아무런 미련도 없다는 듯이 불교의 법식으로 화장하라고 하였다. 그 유언대로라면 그는 위대한 업적을 남긴 것인데, 과연 그럴까?

『삼국유사』의 〈문무왕법민〉조에서는 아니라고 한다. 정확하게는 민중이 그렇지 않다고 하였다.

> 왕은 평소에 늘 지의(智義)법사에게 말하였다.
> "나는 죽은 뒤에 나라를 지키는 큰 용이 되어 불법을 받들어서 나라를 지키려 하오."
> "용은 짐승이 되는 과보인데, 어찌 그러십니까?"
> "나는 세간의 영화를 싫어한 지 오래오. 추한 과보로써 짐승이 된다면, 나의 뜻에 맞소."

왕은 죽은 뒤에 용이 되어 불법을 받들어서 나라를 지키겠다고 하면서 그 까닭이 "세간의 영화를 싫어한 지 오래고, 또 추한 과보로 짐승이 되는 것이 뜻에 맞기" 때문이라 했다. 이는 왕의 뜻이면서 동시에 민중의 판단이다. 왕이 말한 '추한 과보'는 곧 전쟁으로 지은 업보, 수많은 생명을 죽음으로 내몬 업보를 가리킨다. 전쟁의 소용돌이 속에서 오랜 세월을 신음해야 했던 민중은 왕이 결코 위대한 일을 했다고 여기지 않았다.

업보를 씻어주는 바다

『삼국사기』에서나 『삼국유사』에서나 문무왕은 그 유언에 따라 동해의 큰 바위 위에 장사지냈다고 되어 있다. 그런데 『삼국사기』의 긴 유언을 통해서는 그렇게 한 까닭이 드러나 있지 않다. 『삼국사기』에서는 화장을 한 이유만 밝혀져 있다. 그런데 『삼국유사』에서는 명확하게 드러나 있다. 어찌하여 지식인은 알지 못했던 까닭을 민중만 알았을까? 그렇지는 않았으리라. 지식인들도 처음에는 알고 있었으나, 어느새 까맣게 잊어버렸던 것이다.

〈문무왕법민〉에서 문무왕은 평소에 이미 지의법사에게 "죽은 뒤에 용이 되어 불법을 받들고 나라를 지키겠다"고 하였다. 중세에 용은 그저 토착신앙의 대상일 뿐이었다. 불교에서 보자면, 그것은 축생에 지나지 않는다. 아무리 나라를 지킨다는 고상한 목적과 의도를 지녔다고 해도, 용은 해탈하지 못하고 윤회를 거듭해야 하는 존재일 뿐이다. 그런 용이 되겠다는 것은 자신을 지극히 낮춘 것이 아니다. 그것은 인과응보에 따른 것일 뿐이다. 문무왕은 추하게 되는 과보를 받아야만 자신의 뜻에 맞다고 하였는데, 이 말은 곧 자신이 저지른 일, 말하자면 통일을 하겠다는 명분에서 일으킨 전쟁의 실상을 분명하게 자각하고 있었다는 것을 의미한다.

통일이라는 과업은 세간에서나, 그것도 제왕이나 지배층에서나 가치 있는 일이지, 불교에서는 그저 하찮은 일이요 탐욕이 부른 망령된 업일 따름이다. 특히 민중으로서는 고역 가운데 고역이었다. 민중이나 중생은 돌보고 구제해야 할 대상인데 오히려 전쟁 속으로 내몰았으니, 그 업보는 또 얼마나 크겠는가? 인생은 고해(苦海)라고 하지만, 그렇다고 해서 고통을 더해주어서는 안 된다. 불교가 아닌 유교를 내세우더라도 제왕이나 지배층은 백성의 괴로움을 덜어주는 존재가 되어야 하지 않는가.

그런데 아이러니하게도 그 고해에서 가장 고통받는 사람은 다름 아닌 제왕이다. 백성은 고작해야 제 자신이나 이웃을 괴롭히지만, 제왕은 온 나라 사람, 천하 사람들을 괴롭히니 말이다. 그러니 그런 사람이야말로 얼른 고해에서 벗어나야 한다. 그 고해에서 벗어나는 길은 고해 속에서 법해(法海)를 찾는 일이다. 불법(佛法)의 바다, 지혜와 자비로 가득한 바다, 그 바다만이 비로소 고통을 말끔하게 씻어준다. 문무왕이 바다에 누운 까닭은 바로 여기에 있다.

문무왕 자신도 어느 정도 인식하고 있었다. 그러했기 때문에 "불교식으로 화장해 달라"는 유언을 하였던 것이다. 그러나 지배층에서는 그 유언의 숨은 뜻을 알아채지 못하였거나 간과했다. 삶의 괴로움을 누구보다 잘 알았던 민중만이 이해하였다. 그리하여 왕을 용으로 만들어 불법을 받들면서 나라를 지키게 하였던 것이다.

문득 아쇼카왕이 떠오른다. 인도 불교사에서 아쇼카왕은 한 획을 그은 제왕이다. 그것은 그가 불교를 적극 후원하며 널리 펴는 데 기여했기 때문이다. 그러나 이는 그가 피비린내 나는 정복 전쟁을 거듭하여 통일 제국을 이룬 뒤에 그 통일이 얼마나 강제적이고 폭력적이었는가를 뼈저리게 뉘우치고 불가(佛家)에 귀의하면서 가능했던 일이다. 아쇼카왕이 참회한 자취는 그가 세운 석주(石柱)들을 통해서 지금도 확인할 수 있다. 결국 문무왕은 바로 그런 아쇼카왕의 전철을 밟은 셈이다.

정치란 과연 무엇인가

신라의 왕들이 머물렀던 월성(月城)에서 남쪽으로 눈길을 돌리면, 바로 남산이다. 남산은 그 자체가 불국토(佛國土)다. 곳곳에 불상과 석탑이 있다. 불교가 전래되기 전에도 거룩한 산이었고, 전래된 뒤에도 여전히 거룩한 산이었다. 남산에서는 지배하는 자와 지배받는 자, 가진 자와 못 가진 자, 인공과 자연, 불교와 토착신앙 등의 차별이 없다. 모든 것이 평등하다. 그것이 불법이 가르친 바요, 민중이 염원하던 것이다.

문무왕은 왕위에 오르자마자 이 남산에 장창(長倉)을 설치하여 곡식과 병기를 쌓아두었다. 남산성도 수리하였다. 경주 서쪽에 처음으로 부산성(富山城)도 쌓았다. 이 모두 전쟁을 대비한 것이다. 그리고 서울에도 성곽을 쌓으려고 하였는데, 의상법사가 말렸다. 정치와 교화가 밝으면 재앙을 씻고 복이 절로 오게 할 수 있으나, 정

보리사(菩提寺)의 석불좌상. 보리사는 남산 동쪽 기슭에 있다.
남산신성은 사라지고 석불좌상의 미소만 남았다. 이 미소가 민중이 바라던 정치가 아니었을까.

치와 교화가 밝지 못하면 만리장성을 쌓아도 재앙을 없애지 못할 것이라고 하면서. 이 말을 들은 왕은 그 역사(役事)를 중지시켰다고 한다.

이제 남산에 올라가보면, 문무왕 때 수리한 성 곧 남산신성(南山新城)의 흔적이 있다. 『삼국사기』에 따르면, 문무왕 19년(679)에 남산성을 증축하였다고 한다. 그러나 지금은 그 흔적을 찾기가 어렵다. 아주 자세하게 살펴보아야 비로소 그 자취가 눈에 띈다. 아, 얼마나 허망한 일인가! 전쟁에 대비하고 나라를 굳건하게 지키려고 증축했건만, 그 모두 가뭇없이 사라져버렸다. 한가로이 산길을 걷는 사람들은 여기에 성을 쌓았었는지, 장창이라는 창고가 있었는지, 알지도 못하고 또 관심도 없다. 그저 역사의 흔적을 알려고 하는 학자들이나 관심을 가질까?

그런데 불상과 석탑을 만나면, 누구나 발걸음을 멈춘다. 아니, 일부러 그곳을 찾아서 간다. 왜일까? 유적이고 유물이기 때문인가? 물론 그럴 것이다. 그러나 그것들에는 하나같이 무언지 모를 민중의 숨결, 민중의 염원이 담겨 있다. 억압도 핍박도 없고 차별도 고통도 없는 세상을 그렸던 민중의 꿈, 영원히 이루어지지 않을 꿈이 숨 쉬고 있다. 바로 그 꿈을 오늘날의 민초들도 무의식적으로 좇고 있는 것이다. 현실에서는 이룰 수 없는 그 꿈을 민중은 곧잘 이야기 속에서 이루고는 했다.

〈문무왕법민〉조에는 아주 흥미로운 이야기가 하나 덧붙어 있다. 그것은 왕의 동생인 거득공(車得公)—『삼국사기』에서는 전혀 언급되지 않은 인물—에 관한 일이다. 왕은 거득공에게 재상이 되어서 백관을 통솔하고 천하를 다스려달라고 하였다. 이에 거득공은 국내의 부역이나 조세의 사정, 관리들의 청렴과 탐오(貪汚)가 어떠한지를 살펴본 뒤에야 관직을 맡겠다고 하였다. 그리고 거사의 차림을 하고 서울을 떠나 각 지방을 두루 다녔다. 그렇다, 정치란 백성의 안위를 살피는 데서 시작되고 끝난다. 적어도 민중은 그렇게 생각했다. 그러나 그것을 알고 실천한 제왕이나 지배자는 얼마나 되었던가?

이 거득공의 이야기를 덧붙인 까닭은 무엇일까? 문무왕도 백성을 위하는 마음을 지녔다는 것을 은근하게 드러내 보이기 위해서였을까? 아니면, 문무왕이 이룩한 삼국통일이 진정으로 백성을 위한 것이었는지를 되묻게 하려는 것이었을까? 여기에는 편찬자인 일연의 의도가 깔려 있겠지만, 분명하게 알 수는 없다. 다만 짐작할 수 있을 뿐이다.

민중에 의해 거듭난 제왕

『삼국사기』〈문무왕〉조에서는 "세속에서는 왕이 용으로 변했다고 전한다"라고 적고 있다. 왕이 용으로 변했다는 것은 결코 사실이 아니다. 그러나 거기에는 진실이 담겨 있다. "세속에서 전한다"는 말은 곧 한낱 속설일 따름이니 귀담아 들을 필요가 없다는 뜻을 에둘러서 드러낸 것이다. 이야말로 민중의 속내를 전혀 알아채지 못한 지배층의 논리요, 진실은 그저 사실을 서술한 데에만 있다고 하는 지식인의 편견이다.

'문무(文武)'는 "문화와 무력으로 나라를 다스리고 위업을 이루었다"는 의미에서 붙은 시호다. 그런데 과연 문무왕은 그런 제왕인가? 『삼국사기』에 서술된 문무왕의 면모는 숱한 전쟁에서 승리를 거두고 마침내 통일을 이루어 천하에 화평을 가져온 제왕이었다.

이는 무위(武威)로써 천하를 다스렸다는 것을 말해준다. 물론 『삼국사기』의 편찬자인 김부식이 그런 점만 부각시켰을 수도 있고, 아니면 문무왕 자신이 실제로 그런 면모를 더 지녔기 때문일 수도 있다. 그럼에도 '문무'라는 시호로써 일컬은 데 대한 납득할 만한 설명이 부족하다. 어쩌면 지식인들 또는 지배층은 문무왕이 이룬 위업을 높이 평가해서 '문무'라는 시호가 마땅하다고 여겼는지도 모른다.

그러나 민중은 이에 대해 반론을 제기했다. 물론 이야기라는 형식을 통해서이지만 말이다. 왕이 스스로 용이 되겠다고 한 일을 길고 자세하게 이야기한 것이 바로 그것이다. 비록 '문무'라는 시호를 얻었지만, 그것은 허명일 뿐이라는 말이다. 그렇다고 해서 문무왕을 깎아내리려 한 것도 아니다. 민중은 문무왕을 위해서 정통사서—지배층의 인식을 드러낸 역사서, 곧 『삼국사기』—에서 빠진 이야기를 전하면서 문무왕이 죽은 뒤에라도 오롯해지기를 바랐다. 『삼국유사』의 〈문무왕법민〉은 바로 그 이야기를 들려준 것이다.

지배층과 지식인에 의해 위대한 업적을 남긴 왕으로 칭송받는 왕, 그러나 통일이라는 고귀한 목적(?)에 집착하여 숱한 목숨을 돌보지 않은 왕, 고해에서 끊임없이 고통의 격랑을 일으켰던 왕, 그 왕을 위해서 민중은 '이야기'라는 재를 올렸다. 생전에 지은 업을 씻으라고 용이라는 축생으로 만들어 저 바다에 눕혔다. 날마다 쉼 없이 드나드는 물결로, '통일에 대한 집착'이 만든 번뇌와 업보를 말끔하게 씻으라고 말이다.

조화와 공존의 가락, 만파식적

문무왕의 수중릉은 봉길해수욕장 저 앞에 떠 있다. 그런데 이 수중릉을 볼 수 있는 또 다른 곳이 있다. 바로 이견대(利見臺)다. "이로운 것이 보이는 둔덕" 또는 "이로움이 나타나는 둔덕"이라는 뜻인데, 지금은 이견정(利見亭)이라는 정자가 서 있다. 『삼국유사』에 따르면, 바로 이곳에서 용이 모습을 나타내는 것을 보았다고 한다. 물론 그 용은 죽어서 용이 되겠다고 한 문무왕일 것이다. 그런데 이 용이 어디로 갔는냐 하면, 바로 감은사였다.

감은사의 창건에 대해서 『삼국사기』는 아무런 기록도 남기지 않고 있다. 『삼국유사』의 〈만파식적(萬波息笛)〉에서는 주석의 형태로 이렇게 적혀 있을 뿐이다.

> 절의 기록에 이렇게 나와 있다. 문무왕이 왜병을 진압하려고 처음 이 절을 지었으나, 다 끝마치지 못하고 세상을 떠나서 바다의 용이 되었다. 그 아들 신문왕(神文王)이 왕위에 올라서 682년에 끝냈다. 금당(金堂)의 계단 아래에는 동쪽을 향해 구멍을 하나 뚫어두었으니, 이는 용이 절에 들어와서 돌아다니게 하려는 것이었다.

감은사지의 금당 자리. 동해의 용이 서리고 있었다는 곳.
이제 그 용은 다시 민중의 품속에 있으리라.

용은 이견대에서 보았다는 그 용이다. 용은 축생이니, 축생의 허물을 벗으려면 불교의 힘을 빌어야 한다. 더구나 신문왕은 용의 아들이니, 선친이 절에 들어와서 부처의 가르침을 한 자락이라도 더 얻어 들을 수 있도록 하려는 바람이 간절했을 것이다. 아비가 축생이 되었으니 어찌 자식의 마음이 편했겠는가. 그래서 금당의 계단 아래에 동쪽 바다를 향해 구멍을 하나 뚫어두었다. 용이 언제든지 드나들면서 불법의 은택을 입게끔 하기 위해서였다.

안에 도사리고 있는 적들

감은사는 말 그대로 풀이하면 "은혜를 고맙게 느껴서 세운 절"

이다. 〈만파식적〉의 서두에서도 “돌아가신 아버지 문무대왕을 위하여 동해의 바닷가에 감은사를 창건하였다”고 적고 있다. 단순하게 생각하면, 신문왕이 아버지 문무왕을 기리는 마음으로 사사로이 지은 것처럼 여겨질 수 있다. 그러나 간과해서는 안 될 것은 처음에 문무왕이 지으려고 했다는 사실이며, 그것도 왜병을 진압하기 위해서였다는 사실이다. 그렇다면 문무왕이 처음 지으려 했을 때에는 감은사가 아니었을 것이다. 다만 절의 기록에서도 드러나듯이 절이 완성되기 전에 문무왕이 세상을 떠났기 때문에 아들인 신문왕이 이어서 완성을 보게 되었고, 그렇게 해서 신문왕이 창건의 주체가 된 것처럼 되어서 ‘감은사’라 불리게 되었던 것이다.

그런데 신문왕은 어떤 은혜를 고맙게 여긴 것일까? 그저 부모의 은혜에 대한 고마움을 느꼈던 것일까? 아니리라. 감은사 가까이에 문무왕의 수중릉이 있고 또 이견대가 있으니, 문무왕이 죽어서까지 나라를 지키겠다고 한 그 뜻, 정확하게는 동해의 용이 되어서 왜병을 막겠다고 한 그 뜻을 은혜롭게 여겼다는 것이다. 〈만파식적〉에서는 이 절이 신문왕 2년(682)에 완성되었다고 적고 있다. 신문왕 2년!

문무왕을 이어서 왕위에 오른 신문왕은 즉위 초부터 곤란을 겪었다. 왕위에 오른 지 한 달 만인 8월 8일에 장인인 김흠돌(金欽突)을 비롯하여 반역을 꾀한 무리를 처형하였다. 비록 그 음모가 일찍 탄로 나서 심각한 상황에 처하지는 않았지만, 왕으로서는 위신이 말이 아니었다. 『삼국사기』「신라본기」에서 신문왕 원년(681)의 기사를 보면, 왕은 반역의 무리를 처형한 뒤인 16일에 즉각 교서를 내렸다. 거기에는 “이제 요망한 무리를 말끔히 쓸어 없애 멀고 가까운 곳에 걱정거리가 없게 되었다”고 적고 있다. 과연 걱정거리가 없어졌을까?

왕은 또 28일에 이찬인 군관(軍官)의 목을 베고서 교서를 내렸는데, 거기에서는 "윗사람을 섬기는 법도는 충성을 다하는 것이 근본이요, 관직에 있는 이의 의리는 두 임금을 섬기지 않는 것이 으뜸이다"라고 하였다. 이 교서에서 왕은 신하들이 책무를 다하지 못한다고 줄곧 꾸짖으면서, 군관의 목을 베는 것으로 경계하겠다는 뜻을 피력하였다. 어디에도 왕이 자신의 허물을 탓하는 말은 나오지 않는다. 이런 교서를 접한 백성들은 과연 어떻게 생각했을까? 정말로 걱정거리가 없어졌다고 여기고, 왕에 대한 충성심이 솟아났을까? 왕은 백성이 무지해서 스스로 생각할 줄을 모르리라고, 자신이 말한 대로 믿고 따를 것이라고 여겼던 것일까?

문무왕이 오랜 세월 동안 바깥의 적을 상대하여 이윽고 통일을 이룩하기는 했지만, 그것으로 모든 환란이 종식된 것은 아니었다. 적은 밖에만 있는 것이 아니기 때문이다. 백제와 고구려의 멸망을 통해서 보더라도, 밖에 있는 적보다는 안에 있는 적이, 멀리 있는 적보다 가까이 있는 적이 더 무섭고 두려운 존재이다. 통일을 이루고 당나라까지 몰아낸 신라에도 "안에 그리고 가까이 적이 있다"는 사실이 바로 김흠돌의 반란에서 드러났다.

신문왕의 착각

그런데도 신문왕은 큰 착각을 하였다. 반역을 꾀한 자들을 처형한 뒤에 "멀고 가까운 곳에 걱정거리가 없게 되었다"고 한 데서는 사실을 직시하지 못했음이 드러났다. 또 아랫사람들이 왕을 섬기는 것만 말하고 그 자신이 백성을 섬겨야 한다는 데는 생각이 미치지

이견대에서 바라본 문무대왕릉.
백성이라는 이름의 바다에 안겨 있는 모습이 편안해 보인다.

못해, 제왕이 백성보다 낮으며 제왕은 백성을 위해서 존재한다는 이치를 잊고 있었음이 드러났다. 이런 신문왕의 착각을 일깨워주려고 민중은 〈만파식적〉이라는 이야기를 널리 퍼뜨렸다.

신문왕이 즉위한 이듬해 5월이었다. 동해에 작은 산 하나가 감은사를 향해 떠 오는데, 물결을 따라서 왔다 갔다 하였다. 왕이 이견대로 행차하여 그 산을 살펴보니, 산세는 거북의 머리와 같고 그 위에는 한 그루 대나무가 있으며 낮에는 둘이 되고 밤에는 합하여 하나가 되었다. 이튿날, 대나무가 합하여 하나가 되자, 이레 동안 천지가 진동하고 비바람이 몰아치면서 어두웠다고 한다. 이는 아기를 낳으려고 산모가 겪는 고통, 곧 산고(産苦)와 같다. 좋은 것을 얻기 위해 겪어야 하는 과정이었다. 이윽고 왕이 산에 들어갔다.

용은 왕에게 옥대(玉帶)를 바쳤다. 왕은 산과 대나무가 혹은 갈라지고 혹은 합쳐지는 까닭이 무엇이냐고 물었다. 용은 이렇게 대답하였다.

"비유하자면, 한 손으로 치면 소리가 나지 않고, 두 손으로 치면 소리가 나는 것과 같소. 이 대나무라는 물건은 합쳐진 뒤에야 소리가 나는데, 거룩한 왕이 소리로써 천하를 다스릴 상서로운 조짐이오. 왕이 이 대나무를 가져다가 피리를 만들어서 불면, 천하가 화평해질 것이오. 이제 왕의 선친께서는 바다 속의 큰 용이 되시고 김유신은 다시 천신(天神)이 되셨는데, 두 성인은 마음을 같이하여 이렇게 값을 매길 수 없는 큰 보물을 내놓아서 나에게 바치게 하였소."

합쳐야 소리가 난다는 것은 왕과 신하, 지배층과 피지배층이 서로 하나가 되어야 한다는 뜻이다. 소리로써 천하를 다스린다는 것은 곧 음악으로써 다스린다는 말인데, 음악은 곧 화합과 조화를 뜻한다. 갖가지 다른 소리들이 서로 어우러질 때에 비로소 음악이 완전해지고 아름다워지듯이, 한 나라를 구성하는 다양한 계층의 사람들이 뜻을 같이하여야만 화평해진다는 말이다. 그런데 용의 이러한 대답은 곧 민중의 대답이다.

왕은 홀로 존재하지 않는다. 관리들 또한 마찬가지다. 그들이 지배하는 위치에 있다고 하더라도, 백성이 없이는 결코 존재할 수 없다. "백성이 가장 귀하고, 사직이 그 다음이며, 임금은 가볍다"고 한 맹자의 말을 제쳐두더라도, 제왕과 신하들은 백성을 결코 잊거나 간과해서는 안 된다. 왕조의 역사에서 제왕과 지배층은 끊임없이 흥망을 겪으며 교체되었지만, 백성은 늘 그대로다. 그럼에도 백성 위에서 군림하는 자들은 얼마나 자주 또 쉽게 그러한 사실을 잊어버리는가! 왕위에 오르자마자 국학(國學)을 설립하여 유학을 장려하는 데 앞장선 신문왕이기에 그의 착각은 더욱 중대하고 심각하다. 왕이 그러했는데, 하물며 그 신하들은 또 어떠했겠는가? 그래서 민중은 용을 내세워서, 아니 정확하게는 '이야기'를 통해서 일깨우려 하였다.

만파식적, 조화와 공존의 소리

신문왕은 용의 말을 통해 새삼스럽게 정치가 무엇인지 알게 되었으리라. 그래서 대나무를 베어서 피리를 만들었다. 그것이 바로 만파식적(萬波息笛)이다. 만파식적은 "온갖 파도를 잠재우는 피리"라는 뜻이다. 파도는 무엇이며, 피리는 무엇인가? 파도는 인간 세상의 갖가지 분란과 소란, 혼란을 의미한다. 특히 지배층의 탐욕과 대립, 갈등에서 빚어지는 온갖 어지러움이 바로 파도다.

피리는 곧 음악이다. 그러나 피리를 분다고 음악이 되는 것은 아니다. 소리에 율격이 있어야 한다. 그것을 음률이라 한다. 소리는 무수히 많고 다양하지만, 잡도리하지 않으면 소음에 지나지 않는다. 음률은 소리를 다스리는 원리요 원칙이며 이치다. 이 음률을 통해서 다양한 소리가 하나로 어우러져서 음악이 된다. 음률은 곧 다양성을 용인하면서 통일성을 이루는 것이다. 말하자면, 피리는 조화와 공존의 매개로서 참된 정치의 원리를 담고 있다.

파도는 바다에서 인다. 그리고 그 바다에서 난 대나무가 파도를 잠재운다. 땅에서 바다의 파도를 잠재울 수는 없는 노릇이다. 파도를 일으킨 당사자가 파도를 잠재워야 한다. 분란을 일으키고 혼란을 부추긴 자들이 있다면, 바로 그들이 그 분란과 혼란을 다스려야 한다. 천하가 어지러운 것은 백성들 탓이 아니다. 그것은 지배층의 탐욕과 오만에서 비롯된 것이다. 그러니 지배층 스스로 해결해야 한다. 민중은 그저 이야기를 통해 일깨워줄 뿐이다. 아, 힘없는 민초에게는 이야기가 유일한 무기였다!

이야기는 백성 또는 민중이라는 바다에서 솟아난 대나무와 같다. 갖가지 비유와 상징, 역설 따위가 하나의 음률 속에서 공존하며 조화를 이루어 〈만파식적〉이라는 피리가 되었다. 이제 민중은 그 피리를 왕에게 건네주었다. 왕은 제 입술로 그 피리를 불어야 한다. 그리하여 민중이 담아낸 가락, 민중이 염원하는 가락, 참된 다스림과 어울림이라는 가락을 뽑아내야 한다. 신하들도 그 가락을 듣고

기림사 경내. 예스러운 맛이 짙게 느껴진다. 마치 민중의 이야기처럼.

함께 느끼고 깨달아야 한다. 그리하면 탐욕과 어리석음, 분열과 대립 따위 마음에서 이는 모든 파도가 잠잠해지고 세상은 태평하게 될 것이다.

그런데 왕은 그 가락을 제대로 뽑아낼 수 있을까? 관리들은 그 가락을 듣고서 그 흥취를 깊이 느낄 수 있을까? 그 참된 가락을 뽑고 느끼려면 어떻게 해야 하는가? 이에 대한 답 또한 이야기 속에 있다. 그것은 용이 왕에게 바친 옥대 속에 숨겨져 있다.

옥대, 나를 먼저 잡도리하라

처음에 신문왕은 옥대를 그 뜻도 모른 채 받았다. 왕은 바다에서 나와 감은사에서 하룻밤 묵고는 기림사(祇林寺) 쪽으로 갔다. 감은사에서 경주 보문단지 방향으로 길을 잡으면 곧 길갈래를 만나는데, 오른쪽으로 가면 "달을 머금은 산"인 함월산(含月山)으로 들어가게 된다. 거기에 기림사가 천 년이 넘는 세월을 품고 지금까지 앉아 있다.

왕이 기림사 서쪽 시냇가에 수레를 멈추고 점심을 먹고 있으니, 대궐을 지키고 있던 태자가 말을 달려서 왔다. 그리고 옥대를 살펴보더니, "옥대의 구멍에 있는 눈금들은 모두 진짜 용입니다"라고 말하였다. 왕이 어떻게 그걸 아느냐고 물으니, 태자가 눈금 하나를 떼어서 물에 넣었다. 눈금은 용이 되어 하늘로 올라갔다. 왕은 눈앞에 있는 용을 알아보지 못하였던 것이다. 옥대에 담긴 진정한 의미를 몰랐다는 말이다. 그러면 옥대의 의미는 무엇인가?

옥대는 "옥으로 만든 띠"다. 띠는 옷이 헐거워지지 않도록 졸라매는 구실을 한다. 이는 곧 몸가짐과 마음가짐을 단단히 잡도리해야 함을 의미한다. 그런데 이런 옥대는 왕이나 높은 벼슬아치들이 공복(公服)에 두르는 것이다. 따라서 옥대는 왕과 관리들이 자신들을 돌아보고 스스로 반성하라는 의미를 담고 있다. 천하를 화평하게 할 피리를 불고 그 가락을 맛보려면 탐욕이 가득하고 오만으로 날뛰는 마음을 먼저 잡도리해야 한다. 마음이 날뛰는데 피리를 제대로 불 수 있겠는가? 가락이 맞겠는가?

신문왕은 반란이 일어났을 때 먼저 자신을 돌아보아야 했다. 아랫사람이 충성을 다하지 않는다고 꾸짖고 탓하기 전에 자신은 진정으로 백성을 위하고 있는지 먼저 반성해야 했다. 윗물이 맑아야 아랫물이 맑은 법. 그런데 그 윗물(왕)도 아랫물(신하)도 모두 시냇물이나 개울물에 지나지 않는다. 크다고 해 봐야 강물이다. 이 모두 가장 낮은 곳으로 가서 바닷물을 만나면, 가뭇없다. 그 바다가 곧 백성이요 민중이다. 가장 낮지만, 가장 거대한 바다! 그 바다에서 들려오는 은은한 가락, 〈만파식적〉!

바다가 유혹한 수로부인

역사를 주도하는 영웅이나 호걸, 제왕이나 장수 등은 모두 남성이다. 적어도 역사 기록이나 전설 등에서는 그러하다. 그래서 그들이 역사의 주역으로 운위되고 또 미화된다. 여성이나 하층 민중은 그런 남성들을 뒷받침해주는 도구에 불과한 것으로 간주된다. 심지어는 한 왕조의 멸망이 순전히 여인의 탓이었던 것처럼 이야기되기도 한다. 그래서 "나라를 기울어지게 할 만한 여색"이라는 뜻의 '경국지색(傾國之色)'이라는 말도 나왔다. 기원전 8세기 주(周)나라를 멸망으로 이끈 원흉으로 지목되는 포사(褒似), 당(唐)나라 현종(玄宗)을 개원지치(開元之治, 713~741)라는 태평성세에서 끌어내리고 안사(安史)의 난(755~763)에 원인을 제공한 장본인으로 간주되는 양귀비가 그런 경국지색으로 일컬어지고 있다. 과연 한 여인에 의해서 왕조가 기울어질 수 있는가? 설령 그렇다고 하더라도, 여인으로 말미암아 무너질 왕조라면 그것을 과연 온전한 왕조였다고 할 수 있는가?

역사서를 볼 때는 누가 어떤 관점에서 서술하였는지를 염두에 두어야 한다. 그런데 이보다 더 중요하지만 자주 잊히는 것이 있다. 바로 역사서에 기록되지 못한 것이 기록된 것보다 더 많다는 사실이다. 우리가 들여다보는 역사서란 역사의 전부가 아닌 일부에 지나지 않는다. 기록자나 보고자에 의해서 취사선택의 과정을 거친 것 가운데 일부만이 남아 전한다. 만약 인류의 자취를 있는 그대로 다 기록했다면, 이 세상은 기록물로 가득 차서 사람이 머물 공간조차 없어졌을지도 모른다.

문제는 기록을 주로 상층 지배층의 남성들이 했다는 사실이다. 그래서 하층의 민중이나 여성에 대해서는 거의 기록을 찾아보기 어렵다. 있더라도 민중이나 여성의 입장에서 서술되었다고 보기도 어렵다. 그런 점에서 『사기』의 저자인 사마천(司馬遷)이 더욱 높이 평가되기도 한다. 그는 '열전(列傳)'이라는 항목을 두어서 장삼이사(張三李四)나 여인들 가운데도 제왕에 버금가는 역사적 인물이 있음을 찾아내어 실었던 것이다.

그런 면에서 보자면, 『삼국유사』를 편찬한 일연도 사마천에 뒤지지 않는다. 그는 아예 민중의 이야기 자체를 하나의 역사처럼 서술하고 있지 않은가. 그렇다면 이 속에도 반드시 눈에 띄는 여인이 한둘은 있을 법하다. 실제로 『삼국유사』의 숱한 이야기 속에는 다양한 매력과 성품을 지닌 여인들이 등장한다. 연오랑의 아내인 세오녀, 제왕으로서 예지를 지녔던 선덕여왕, 왕을 폐위하게 만든 유부녀 도화녀(桃花女), 수로왕을 도와 나라의 초석을 다진 허황옥 등등. 그러나 여기서는 트로이 전쟁의 원인이 되었던 헬레네, 단테의 연인 베아트리체와 같이, 구원의 여인상으로 꼽히는 신라의 수로부인(水路夫人)을 만나보겠다.

수로부인은 〈수로부인〉에 나온다. 그 이름에서 이미 물과 깊은 인연이 있음을 알게 해주는 수로부인은 여전히 동해 바닷가에 그 자취를 남기고 있다. 동해의 해안도로를 따라서 오르내리다 보면 만나게 되는 벼랑과 철쭉, 바다 등이 바로 그 자취라고 해도 과언은 아니지만, 삼척 증산해수욕장으로 가면 그 자취는 한층 짙어진다.

벼랑 위의 꽃, 철쭉

성덕왕(聖德王, 702~737 재위) 때, 순정공(純貞公)이 강릉태수(江陵太守)로 부임하여 가다가 바닷가에서 점심을 먹었다. 곁에는 깎아지른 바위산이 병풍처럼 둘러서 바다를 굽어보고 있었다. 산은 높이가 천 길은 되었는데, 그 위에는 척촉화가 한창 피어 있었다. 공의 부인 수로(水路)가 그것을 보고는 곁에 있던 이들에게 말하였다.

"누가 저 꽃을 꺾어다 주지 않겠소?"

따르던 자들이 말하였다.

"사람이 이를 수 없는 곳입니다."

모두들 할 수 없다고 말하였다. 그때 마침 한 늙은이가 암소를 끌고 지나가다가 부인의 말을 듣고는 그 꽃을 꺾어주었고, 또 노래도 지어서 바쳤다. 늙은이는 어떤 사람인지 알 수 없다.

성덕왕 때의 일이라고 했으나, 민중의 이야기이니 정확하다고 할 수 없다. 또 순정공과 그 부인이 등장하지만, 과연 누구인지는 분명하지 않다. 순정공은 『삼국사기』에서도 언급된 적이 없는 인물이다. 다만 「신라본기」 〈성덕왕〉조에 아찬 신정(信貞), 이찬 효정(孝貞) 등이 언급되는 것으로 보아서, 아마 비슷한 신분의 인물이 아니었을까 짐작할 뿐이다. 순정공의 정체가 분명하지 않으니, 그 부인에 대해서도 알 길은 없다. 그러나 이야기를 이해하는 데에는 큰 문제가 되지 않으므로 이에 대해 더 따질 필요는 없다.

강릉태수로 부임하라는 명을 받은 순정공은 부인을 대동하여 천천히 도성의 북문을 나섰을 것이다. 그리고는 형산강 줄기를 따라서 포항의 영일만 쪽으로 나아갔으리라. 거기서 북쪽으로 내내 바다를 오른쪽으로 두고 올라가면서 바다와 육지가 연출하는 풍경을 만끽했을 것이다. 이런 여행에서 누구보다도 마음이 설레는 이는 여성이다. 특히 신분이 높을수록 더욱더 규범에 얽매여 살았을 터이니, 수로부인의 눈에는 모든 것이 신기하고 기이했을 것이다.

한창 무르익은 봄빛을 온몸과 마음으로 받아들이고 음미하면서 여행의 즐거움을 한껏 누리던 부인의 눈에 병풍처럼 둘러서 바다를 굽어보고 있는 바위산이란, 경이로움 그 자체였을 것이다. 그런데 그 위에 흐드러지게 피어 있는 척촉화(躑躅花)라니! 척촉화는 우리말로 철쭉꽃인데, 이름 그대로 "발걸음을 머뭇거리게 하는 꽃"이다. 짙붉은 빛을 띤 철쭉꽃이 바위산 위에, 게다가 넘실거리는 바다를 배경으로 하고 있으니, 그 아름다움을 어찌 말로 다할 수 있으랴!

규방에서 바깥세상과 담을 쌓고 살았던 수로부인은 그 철쭉꽃에 마음을 빼앗길 수밖에 없었다. 마음을 빼앗겼으니, 이제 꽃을 갖고 싶다는 마음이 절로 일었다. 곁에서 따르던 이들을 돌아보며, 누군가가 자신을 위해 꽃을 꺾어다주기를 바랐다. 그러나 아무도 나서지 않았다. 신라는 엄격한 신분제 사회였다. 명색이 강릉태수의 부인인데, 시종들 누구도 나서지 않았다. 당연하지 않은가. 천 길이나 깎아지른 바위산을 올라야 하는데, 아무리 부인의 명이 있더라도 한낱 감상용에 지나지 않을 꽃을 꺾으려고 죽음을 무릅쓰겠는가? 시종들의 반응과 태도는 지극히 당연하다.

그렇게 부인의 바람이 부서지는 파도처럼 흩어지려 할 때, 암소를 끌고서 행렬 곁을 지나던 늙은이가 그 꽃을 꺾어 와서는 바쳤다. 그리고 노래도 지어서 바쳤다.

짓붉은 바위 가에서
잡고 가던 암소 놓게 하셨으니
나를 아니 부끄러워하시면
꽃을 꺾어 바치오리다

늙은이가 노래까지 불렀는지는 알 수 없다. 그러나 늙은이의 연정(戀情)만큼은 붉은 철쭉의 색깔처럼 선명하게 드러나 있다. 여기서 "잡고 가던 암소 놓게 하셨으니"는 수로부인이 늙은이의 발걸음을 붙잡을 만큼, 철쭉처럼 아름다웠음을 의미한다. 그렇다면 수로부인은 철쭉에서 자신을 보았던 것인가? 바위산이란 남성들이 만든 갑갑한 규범에 얽매여 있는 자신의 처지였을 터이고 말이다. 그렇다면 바다는 부인이 규방에서 꿈꾸던, 결코 누릴 수 없고 위험천만하기 짝이 없는 자유를 상징하는 것이리라.

한편, 부인에게 꽃을 바치며 노래도 지어주는 장면을 떠올리니, 참으로 낭만적이면서 이색적이라는 생각이 절로 떠오른다. 서양에서는 달빛 아래서 세레나데를 불렀는데, 신라에서는 한낮의 햇살 아래서 남의 시선을 아랑곳하지 않고 연가를 불렀다. 연가의 주인공이 비록 시골의 늙은이지만, 아니 그러하기 때문에 그 풍류는 더욱 남다르다. 그런데 이 늙은이는 과연 누구일까? 누구이기에 시종들도 하지 못한 일을 대담하게 할 수 있었을까?

바다 속을 갔다 온 수로부인

수로부인이 정확하게 어디서 꽃을 받았는지는 알 수가 없다. 철쭉은 동해의 해안선 곳곳에서 피기 때문이다. 다만 꽃을 받은 부인의 일행이 다시 이틀을 더 가서 머문 곳이 임해정(臨海亭)이라 한 것을 통해서 짐작할 뿐이다. 지금 삼척항 위쪽의 증산해수욕장 초입에 정자가 서 있는데, '임해정'이라 불리고 있다. 과연 〈수로부인〉에서 언급한 그 임해정이 여기에 있었는지는 확언할 수 없다. 이 정자 앞에 '해가사의 터'를 알리는 석비가 서 있고, 저 멀리에는 유명한 촛대바위가 바다에 그림자를 드리우고 있는 게 보인다. 촛대바위야말로 깎아지른 바위산 그 자체고 또 아래에 바다가 있으니, 바위 위

임해정. 수로부인과 일행이 점심을 먹었던 곳.
지금도 저 옛날의 노인들과 같은 분들이 한가로이 쉬고 있다.

에 철쭉만 핀다면 부인을 사로잡은 바로 그 풍경이다. 어쩌면 다른 벼랑에 핀 철쭉이 이 촛대바위와 겹쳐진 것은 아닐까? 그것은 촛대바위를 바라보는 이곳에서 수로부인이 갑작스런 변을 당했던 적이 있기 때문이다.

그곳에서 점심을 먹고 있었는데, 갑자기 바다의 용이 나타나서 부인을 끌고 바다 속으로 들어가버렸다. 순정공은 쓰러지듯이 땅에 털썩 주저앉았는데, 아무런 계책이 떠오르지 않았다. 이때 또 한 노인이 나타나서 말하였다.

"옛사람들의 말에, 뭇사람의 입은 쇠도 녹인다고 하였소. 이제 저 바다 속의 짐승인들 어찌 뭇사람의 입을 두려워하지 않

해가사 터와 바다.
해룡에게 잡혀간 수로부인을 다시 돌아오게 했던 것은 민중의 노래다.

> 겠소? 마땅히 이곳의 백성에게 나아가 노래를 지어 부르면서 지팡이로 기슭을 치게 하시오. 그러면 부인을 볼 수 있을 것이오."
> 공은 그 말을 따랐다. 그랬더니 용이 부인을 받들고 바다에서 나와 바쳤다.

앞서 암소를 끌고 가던 늙은이가 꽃을 바치던 그 낭만적인 상황과는 아주 다르다. 마치 바닷가 벼랑에 제물로 바쳐져서 매달려 있는 처녀를 바다의 신이 나타나 덥석 물고 가버린 것 같은, 그리스 신화에나 나올 법한 장면이다. (그리스 신화에서 안드로메다는 해변의 바위에 묶여서 바다 괴물에게 바쳐졌다.) 상상만으로도 끔찍하다. 거칠고 사나운 바다 한가운데서 집채만 한 파도를 만난들 이보다 더 두려울까. 하물며 편안하게 밥을 먹고 있는 순간에 이런 일이 벌어졌으니, 날벼락도 이런 날벼락이 없다. 남편인 순정공이 어쩔 줄 모르고 털썩 주저앉은 것은 지극히 당연하다. 무슨 계책이 떠오를 리도 만무하다.

바로 그때, 한 노인이 나타나서 방도를 일러주었다. 지푸라기라도 잡을 심정이었던 순정공은 그 말대로 하였다. 그러자 과연 용이 부인을 받들고 바다에서 나왔다. 그때 부른 노래가 바로 '해가(海歌)'이며, 지금의 해가사 터가 이 노래를 부른 곳이라 한다.

용은 왜 부인을 데려갔을까? 아니, 빼앗아 갔을까? 드러난 의미로는 부인의 아름다움 때문이었다. 이야기에서는 "수로부인의 자태와 용모는 세상에 견줄 이가 없었는데, 그래서 깊은 산이나 큰 못을 지날 때면 신물(神物)에게 붙들려가고는 했다"고 한다. 신물은 곧 신령한 존재이니, 신이나 귀신들도 탐할 만큼 아름다웠다는 말이

임해정 근처의 성황당. 수로부인을 무녀로 보기도 하는데,
그 흔적이 이 성황당에 남아 있다.

다. 그렇다면 앞서 꽃을 꺾어 바친 늙은이도 그 아름다움에 반해서 위험을 무릅썼다고 할 수 있다.

그런데 두 늙은이가 등장하고 또 두 가지 일이 모두 점심을 먹다가 그렇게 되었기 때문에 부인을 무녀로 보는 견해도 있다. 그 또한 타당하다. 점심을 먹는 것은 곧 굿판을 벌이는 것이며, 두 늙은이는 무녀가 맞이한 신이라는 말이다. 부인이 바다 속으로 들어간 것은 일종의 황홀경에 빠진 것이라 할 수 있다. 그러나 여기서 중요한 것은 그 사나운 용이 부인을 다시 돌려주었다는 것, 그것도 백성의 노래로 말미암아 그렇게 하였다는 데 있다. 이야말로 백성의 숨겨진 힘, 바로 민심이 얼마나 대단한가를 보여주는 대목이기 때문이다.

용이 부인을 돌려주자 그제야 순정공은 안도하고서 부인에게 바다 속의 일들에 대해 물었다. 부인은 칠보로 장식된 궁전에서 달고 향기로운 음식을 먹었다고 하였다. 부인의 옷에서도 기이한 향기가 났으며, 결코 세간에서는 맡아보지 못한 것이었다. 순정공을 비롯한 일행은 부인이 용으로부터 해를 입었으리라 여겼는데, 오히려 융숭한 대접을 받고 돌아온 것이다.

수로부인은 과연 무엇을 경험했을까? 별다른 물음을 던지지 않고, 그저 수로부인이 최초로 바다 속 여행을 한 여인이라고 일컬어도 좋다. 그러나 이 이야기가 『삼국유사』에 실려 있는 한, 가볍게 넘어갈 수는 없다.

『삼국유사』의 이야기들은 본래 평범했다. 그러나 다른 이야기들과 어우러지면서 비범해졌다. 요리사가 갖가지 재료를 절묘하게 배합해서 오묘한 맛을 내는 것처럼 『삼국유사』도 갖가지 이야기를 버무려서 또 다른 맛을 내는 기묘한 책이기 때문이다. 『삼국유사』 안에서는 일종의 변주가 이루어진다는 말이다.

이야기는 상징의 바다

먼저 꽃을 바친 늙은이와 순정공에게 꾀를 일러준 노인은 문제를 해결해준 인물로서, 그 지방 백성의 어른이며 현자다. 이들은 관념보다는 경험을 통해서, 지식보다는 지혜를 터득한 인물들이다. 늙은이가 대담하게 벼랑 위의 꽃을 꺾어서 바칠 수 있었던 것은 그곳의 지형을 잘 알았기 때문이며, 노인의 꾀로 말미암아 수로부인을 되찾을 수 있었던 것은 노인이 백성의 힘이 갖는 의미를 알고 있었기 때문이다.

용은 그 지방의 토착세력으로 볼 수 있다. 중앙에서 내려온 관리가 견제해야 할 대상인 지방 세력, 중앙의 관리를 마뜩찮게 여기고 있던 토착의 유력한 세력이다. 토착세력인 용이 부임해 오는 중앙관리의 부인을 납치한 것은 힘의 우위를 과시하면서 그 지역에서 자신의 입지를 확실하게 다지려 한 것일 수 있다. 그런데 이때 노인이 해결책을 제시해주었다. 노인은 백성의 힘을 얻으라고 했는데, 이는 곧 민심을 얻는 일이다. 민심을 얻은 자가 천하를 얻는데, 하물며 토착세력을 억누르지 못하겠는가. 과연 백성의 힘에 기댐으로써 수로부인을 돌려받을 수 있었다. 나아가 중앙의 관리이든 토착의 강력한 세력이든 그곳 백성의 힘에 기대지 않고서는 한낱 허울뿐인 권력이나 권세를 누릴 뿐임을 암시하고 있다. 토착세력인 용은 자신을 과신하면서 횡포를 저질렀지만, 그 횡포도 민심 앞에서는 허물어질 수밖에 없었다.

그런데 여기에는 또 하나의 상징이 숨어 있다. 바로 '바다'로 말미암은 것이다. 수로부인이 잡혀갔던 곳은 칠보—이 말은 불교에서 왔다. 칠보는 금 · 은 · 유리(琉璃, 검푸른 보옥) · 파려(玻瓈, 수정) · 자거(硨磲, 백산호) · 적주(赤珠, 적진주) · 마노(碼瑙, 짙은 녹색의 보옥) 등을 가리킨다. 불교적 영향을 다분히 읽을 수 있는 부분이다—로 장식된 궁전이었다. 이는 그야말로 바다 속의 절경을 상징한다. 부인이 먹은 음식은 바다 속에 무궁무진한 양식들이다.

토착세력은 바다와 그 인근 지역을 근거로 한다. 따라서 바다에서 잡아 올린 갖가지 해산물로 부인을 대접했던 것이다. 납치를 하기는 했지만, 부인의 빼어난 미색과 고귀한 신분에 걸맞게 대접해야 했다. 순정공을 다시 만난 부인은 "음식은 달고 향기롭고 산뜻하여 인간 세상에서 만든 것이 아니었습니다"라고 말했다. 바다의 양식들로 만든 최상의 음식을 먹었다는 것으로, 서라벌에서는 먹어보지 못했던 음식을 맛보았다는 뜻이다.

서라벌에서 부귀를 누리며 민중은 결코 먹어보지 못할 음식을 날마다 먹었을 부인이 감탄을 금하지 못할 정도였다면, 그야말로 경이로움 그 자체를 경험했다고 할 수 있다. 그렇다면 동해의 바다에서 건져 올린 해산물로 빚어낸 진미(珍味)는 부인의 오감을 일깨워주었을 뿐만 아니라, 부인의 편견이나 선입견조차 산산이 부수어 주었을 것이다. 이런 경험을 통해 이전까지 자신을 옭아매고 있던 틀이 여지없이 깨어지는 것도 느꼈으리라. 한마디로 재생을 경험하였다고 할 수 있다.

그런데 수로부인의 재생은 바다가 가진 힘에 기인한다. 바다는 그 자체로 죽음과 삶이라는 이중성을 띤 공간이다. 그러나 그런 이중성을 대개는 알지 못한다. 오로지 바다를 삶의 터전으로 삼고 살아가는 이들만이 절실하게 느끼고 안다. 그렇지 않겠는가? 어부들은 날마다 그 아득한 공간으로 나아가 죽음을 무릅쓰고 삶의 양식을 건져 올리는 이들이었으니 말이다.

또 부인의 옷에서는 기이한 향기가 났다고 한다. 이는 매우 값비싼 향을 몸에 쐬었다는 것을 의미한다. 향료는 중세에 동서를 막론하고 아주 주요하게 쓰였던 고가의 물품이었다. 기독교와 그리스정교, 불교 등의 의례에서 항상 쓰였고, 또 지배층의 남성이나 여성들이 자신의 아름다움을 돋보이게 하기 위해서도 썼다. 어떤 지역에서는 '금'이라 부를 정도였다고 한다. 그런 향을 동해의 토착세력이 수로부인에게 썼다. 이는 부인의 마음을 사로잡으려 무척 애썼음을 의미하기도 하지만, 무엇보다도 토착세력이 그런 향료를 소유할 정도의 금력도 지녔다는 것을 의미하기도 한다. 그렇다면 이 향료는 어디서 구했을까? 아마도 지금의 울산항을 드나들던 아랍의 무역상들, 아라비아해에서 남중국의 바다를 오가며 동서 교역을 주도했던 상인들에게서 구입한 것이 아니었을까? 이야기 속에는 이렇게 당시에 이루어지고 있었던 동서 교역의 한 자취가 희미하게 어리어 있다.

바다가 주는 가르침

오늘날에도 사람들은 어부들에게 왜 그 위험한 바다에서 살아가느냐고, 왜 바다를 떠나지 못하느냐고 묻는다. 어부들은 과연 어떻게 대답할까? 어떻게 대답해야 할까? 또 대답한다고 한들, 물은 자들이 알아듣기나 하겠는가? 스스로 바다에서 살아보지 못한 이들, 그 바다에서 온갖 간난신고(艱難辛苦)를 겪어보지 못한 이들이야 어찌 이해할 수 있겠는가.

나 또한 이야기를 통해서 그 바다를 느낄 뿐이다. 저 거대한 바다는 모든 분별과 차별을 무가치하게 만든다. 차별적 이해나 분별적 인식 따위는 바다에서는 한낱 물거품과 같다. 세상에서 견줄 이가 없을 정도로 아름다워서 깊은 산이나 못을 지날 때마다 신물(神物)들에게 붙들려 가곤 했다는 수로부인의 아름다움은 지극히 세속적인 것이다. 아름다움과 추함이라는 분별과 차별 위에서 인식되는 아름다움, 겉으로 드러난 아름다움, 덧없이 사라질 아름다움이다. 진정한 아름다움은 그 너머에 있다. 바다에서 돌아온 수로부인은 어쩌면 죽음을 경험함으로써 그 진정한 아름다움을 얻었는지도 모른다.

탐욕으로 무너진 장보고와 청해진

두목(杜牧)은 이렇게 말하였다.

"옛말에 이르기를, '나라에 한 사람만 있어도 그 나라는 망하지 않는다'고 하였다. 대저 나라가 망하는 것은 사람이 없어서가 아니라 정녕 그 나라가 망할 즈음에 어진 이를 쓰지 않기 때문이니, 만일 그런 이를 쓸 수만 있다면 한 사람만으로도 넉넉한 것이다."

송기(宋祁)도 말하였다.

"아! 원한을 가지고서 서로 해치지 아니하고 먼저 나라를 근심했던 이로는 진(晉)에 기해(祁奚)가 있었고, 당에는 곽분양(郭汾陽)과 장보고가 있었으니, 그 누가 동이(東夷)에 사람이 없다 하겠는가."

『삼국사기』 권44의 〈장보고열전〉 말미에 편찬자가 덧붙인 글이다. 두목은 당 말기의 시인으로, 「장보고정년전(張保皐鄭年傳)」을 지었다. 위에서 인용한 대목은 바로 그 전에서 장보고를 칭송하여 쓴 글인데, 김부식이 끌어온 것이다. 장보고와 정년은 호형호제하던 사이로, 함께 당나라에서 무위(武威)로써 출세하였다. 그러나 장보고는 귀국하여 청해진을 근거로 강대한 세력을 구축한 반면에, 정년은 당나라에서 관직을 잃고 굶주려 헐벗는 지경에 이르렀다. 정년은 결국 고향으로 돌아가기로 하였고, 장보고는 그를 따뜻하게 맞아주었다. 그렇게 장보고는 신의를 잃지 않았을 뿐 아니라 혼란한 나라를 평정하기까지 하였다. 두목은 그 점을 높이 평가한 것이다.

송기는 송나라 때 『신당서(新唐書)』를 편찬한 인물인데, 위의 글은 『신당서』 권220의 「열전」 145, 〈신라전〉 말미에 송기가 덧붙인 찬(贊)이다. 기해는 춘추시대 때 아무리 원수라도 좋은 사람이면 나라를 위해서 기꺼이 추천하였다는 공평무사한 인물이다. 장보고를 그런 인물과 견주었으니, 참으로 높이 일컬은 것이다.

이렇게 장보고는 중국에서만 높이 평가했던 인물이 아니다. 일본 기행문의 백미인 『입당구법순례행기(入唐求法巡禮行記)』를 남긴 엔닌(圓仁, 794~864)도 그 기행문에서 장보고에 대해서 극찬하고 있다.

> "일본국 구법승 엔닌은 공물(公物)을 받자옵고 부족한 이 사람으로서는 감사한 마음을 이길 수 없습니다. 이 사람은 국경 밖 나라(일본)의 용렬한 승려로서 어찌 감히 이런 무거운 은혜를 받을 수 있겠습니까? 실로 갚기 어렵고 송구할 따름입니다. …… 귀하의 땅에 머물면서 다행히 어진 덕을 입었으니, 무릇 미천한 몸으로서 감사와 공경을 가눌 수 없습니다."

해상 왕국의 근거지였던 청해진

장보고 해상왕국의 도움으로 산동 적산법화원에 머무는 등 중국에서 순례를 계속할 수 있었고 또 일본으로 돌아갈 수도 있었던 엔닌은 여러 차례 장보고에게 편지를 써 보내었는데, 그 가운데 하나가 위의 글이다. 당시 일본은 장보고 선단을 통해 견당사를 보내거나 데려오고는 했다. 그러니 유학승들은 더더욱 장보고 선단의 도움을 받을 수밖에 없었다.

그러면 장보고가 구축한 해상왕국의 본거지는 어디인가? 널리 알려져 있다시피, 바로 청해진(淸海鎭)이다. 『삼국사기』의 〈장보고 열전〉에서는 "청해는 신라 바닷길의 요충지로, 지금은 그곳을 완도(莞島)라 한다"고 적고 있다. 완도대교를 지나 섬의 동쪽 해안을 따라 남쪽으로 가다 보면, 왼쪽에 장보고기념관이 보인다. 그 맞은편에 청해진이 있다. 청해진으로는 다리가 놓여 있지만, 썰물 때에는 갯벌이 드러난다. 다리나 갯벌을 밟고 건너면, 외성문이 맞이해준다. 외성문을 들어서면 저만치 둔덕에 서 있는 내성문이 보인다. 그 내성문을 들어서면 오른쪽에 '고대(高臺)'라 쓰인 망루가 있다. 이 고대에 서서 남쪽을 바라보면, 저 멀리 완도와 신지도(薪智島)를 잇는 신지대교가 보인다. 신지대교는 남해에서 청해진으로 들어오는 길목에 걸쳐 있다. 높이가 무려 34m나 되는 장보고상이 완도 이쪽에서 건너편 신지도를 바라보고 서 있는 모습이 눈에 들어온다.

청해진에 올라서 둘러보면, 왜 여기에 진영을 두었는지 비로소 명확해진다. 남쪽 바다에서 청해진으로 들어오려면 먼저 완도의 남쪽 끝을 약간 에돌아야 한다. 그 다음에는 완도와 신지도 사이를 지나야 하는데, 적선(敵船)이라면 완도와 신지도 양쪽에서 협공을 당하기 십상이다. 또 청해진의 동쪽에서 들어올 수도 있으나, 그 또한 쉽지 않다. 청해진의 동북쪽에 있는 고금도(古今島)와 그 동남쪽의 조약도(助藥島)가 신지도를 마주하면서 좁은 해로를 형성하고 있기

청해진. 완도를 비롯한 섬들로 둘러싸여 있는 천혜의 요새다.
그러나 그 요새도 탐욕으로 말미암아 무너졌다.

때문이다.

청해진은 완도를 비롯한 많은 섬들로 둘러싸여 있고 육지에서도 쉽사리 접근할 수 없다. 말 그대로 천혜의 요새다. 이 난공불락의 청해진을 근거지로 하여 신라의 장보고는 동아시아의 바다를 호령하면서 거대한 해상 왕국을 일으켰다. 장보고의 선박이 아니면 일본의 사신들과 승려들은 당나라에 오갈 수 없었다. 게다가 장보고는 중국과 교역을 하면서 '견당매물사(遣唐賣物使)'라는 교역 사절을 독자적으로 보낼 만큼 대단한 위세를 떨쳤다. 그러한 사실은 엔닌의 『입당구법순례행기』에 자세하게 서술되어 있다.

840년, 2월 17일. 엔닌은 장보고 청해진 대사에게 보내는 편지를 썼는데, 거기에 이런 내용이 나온다. "구법을 마친 뒤 적산(赤

山)—장보고가 산동에 세웠던 적산원을 가리킨다—으로 돌아왔다가 청해진을 거쳐 일본으로 돌아가고자 하오니, 바라옵건대 장보고 대사를 만나 자세한 사정을 아뢰고자 합니다." 장보고 선단의 도움으로 당나라에 이르렀고 또 적산원의 도움을 많이 받았던 엔닌은 이제 일본으로 돌아가는 길에도 장보고와 청해진의 도움을 바랐다. 염치가 없어서가 아니었다. 장보고 선단의 도움이 없으면 일본으로 돌아갈 수 없었기 때문이다.

이처럼 청해진은 9세기 동아시아의 바다에서 거의 절대적인 영향력을 행사하고 있었다. 그런데 불과 한 세대가 지나기도 전에 청해진은 사라졌다. 그것은 장보고의 죽음에서 말미암았다. 『삼국유사』는 그 이야기를 들려주는데, 『삼국사기』에서 말하는 것과는 사뭇 다르다.

권력과 손잡은 궁파

『삼국유사』에서 장보고는 〈신무대왕염장궁파(神武大王閻長弓巴)〉라는 이야기 속에 나온다. 제목의 '궁파'가 바로 장보고다. 『삼국사기』에서는 '궁복(弓福)'이라고 적고 있는데, 궁복이나 궁파로 불린 것은 성씨가 없는 미천한 신분 출신이었음을 의미한다. 장보고라는 이름은 후대에 '복' 자에 '장'이라는 성씨를 붙여서 부른 것이리라. (백성들이 성씨를 쓰게 된 것은 고려 이후의 일이다.) 그런 미천한 신분 출신이었던 궁파가 동아시아의 바다에서 제왕이 되었으니, 그 얼마나 위대한가! 그러나 그는 비극적 영웅이었다.

〈신무대왕염장궁파〉는 신무대왕이 왕이 되기 전에 궁파에게, "내겐 같은 하늘을 이고 살 수 없는 원수가 있소. 그대가 원수를 없애주면 내가 왕위에 올랐을 때, 그대의 딸을 왕비로 삼겠소"라고 말한 것에서 이야기를 시작하고 있다. 신무대왕은 왕위를 찬탈하려고 궁파의 힘을 빌리려고 한 것인데, 그만큼 궁파의 위세가 대단했음을 의미한다. 실제로 궁파는 군사를 이끌고 서울로 쳐들어갔고, 신무대왕을 즉위시켰다.

엔닌의 여행기에 "839년 4월 20일. 이른 아침에 신라인이 작은 배를 타고 와서 말을 전하는데, 장보고가 신라의 왕자와 공모하여 반란을 일으켰으며, 그 왕자가 왕위에 올랐다고 한다"는 대목이 나온다. 4월 2일에도 엔닌은 장보고가 난을 일으켜서 신라가 내란에 빠져 있다는 소식을 들었다고 적었는데, 그 짧은 시일 안에 궁파의 난이 승리로 귀결되었으니, 그 군사력이 얼마나 대단했던가를 짐작할 수 있다.

장보고 영정. 장보고기념관에 걸려 있으며, 이종상 화백이 1979년에 그렸다.

궁파의 이런 강력한 군사력은 어디에서 비롯되었을까? 『삼국사기』의 〈장보고열전〉에서는, 당나라에서 돌아온 장보고가 흥덕왕에게 청해진을 두자고 요청하였다고 적고 있다. 그 이유는, 신라 사람들이 해적들에게 붙잡혀 가서 노비로 팔리고 있기 때문에 그것을 막기 위해서였다고 한다. 이는 중국을 두루 돌아다녔던 장보고가 직접 목도한 일이었다. 이에 흥덕왕이 군사 1만 명을 주어서 청

신무대왕릉. 경주시 동방동에 외따로 떨어져 있어 인적이 드물다.
장보고기념관이 세워진 것과는 대비된다.

해에 진영을 설치하게 하였던 것이다.

청해진은 말 그대로 '진영(鎭營)'이다. 진영은 군영(軍營)이니, 1만이라는 군사의 수를 감안하면 신라의 해군을 총괄하는 사령부나 마찬가지였다. 천혜의 요새에 청해진을 둔 까닭도 여기에 있는데, 이런 진영과 무력(武力)이 필요했던 것은 해적들을 상대해야만 했기 때문이다. 그런데 이 무력으로 해적들을 소탕하자 동아시아의 해상 무역은 매우 원활해졌고, 그 해상 무역을 궁파의 청해진이 독점하면서 차츰차츰 재력(財力)도 아울러 갖출 수 있었다.

무력과 재력의 결합은 곧 강력한 세력의 구축을 의미한다. 왕위를 찬탈하려는 쪽에서는 그런 세력이 필요했으므로 당연히 궁파와 손을 잡으려 했을 것이다. 문제는 무력과 재력을 아울러 갖추면서 신라를 넘어서 중국과 일본에까지 그 영향력을 행사했던 궁파가 권력으로부터 초연하지 못했다는 사실이다. 한낱 촌부에서 출발하여 강력한 해상왕국을 건설한 궁파로서는 신분 상승을 꾀할 수 있는 그 기회를 놓치고 싶지 않았으리라.

그러나 궁파가 바라는 대로 되지는 않았다. 기득권층은 언제나 신흥 세력을 경계하는 법이다. 더구나 궁파는 미천한 신분 출신이었으니. 조정 신하들은 궁파의 딸을 왕비로 삼는 것에 반대하였고, 신무대왕도 그들을 따랐다. 뒷간에 들어갈 때와 나올 때가 다르다고 했던가! 신하들은 궁파의 강력한 세력이 자신들을 위협한다고 여겼고, 왕은 궁파의 도움으로 왕위에 올랐다는 그 사실 때문에 독자적인 행보를 하기 어렵다고 판단했을 것이다. 이리하여 왕과 신하들은 궁파를 제거하기로 작정하였다. 이른바 '토사구팽(兎死狗烹)'이었다.

그러나 신라의 왕을 바꾸고 동아시아의 바다를 호령하는 궁파의 군사력과 위세를 신라 조정은 감당할 수 없었다. 고작 자신들의 속내만 드러내는 데 그쳤다. 이로 말미암아 궁파는 왕을 원망하였고, 이윽고 난을 일으키려 하였다. 딸이 왕비가 되지 못한다면, 그 자신이 왕이 되겠다는 생각이었는지도 모른다.

무너진 궁파와 청해진

왕위를 찬탈하는 데 있어 강력한 힘을 발휘했던 궁파였으므로 조정에서는 그가 난을 일으킬 경우에 대응할 방도가 없었다. 도대체 어떤 군사력으로 그를 막을 수 있겠는가? 난공불락의 청해진을 먼저 친다는 것도 불가능했다. 설령 궁파가 내몰려서 청해진을 버리고 신라땅을 벗어난다고 할지라도 그가 구축한 거대한 해상왕국은 여전할 것이니, 그 또한 후환을 남겨두는 일이 될 게 뻔하다. 신무대왕과 조정의 대신들은 참으로 난감했다. 이때의 상황을 『삼국사기』 권11 〈문성왕(文聖王)〉 8년조에서는, "봄에 청해진의 궁복(궁파)이 왕이 자기 딸을 들여주지 않는 것을 원망하여 청해진에 웅거해 반역하였다. 조정에서는 이를 토벌하자니 뜻밖의 환란이 있을까 염려되고, 그대로 두자니 그 죄가 용서할 수 없는 것인지라, 어떻게 처리할 바를 모르고 근심하였다"라고 적고 있다.

그때, 염장이라는 장수가 등장하였다. 염장은 궁파가 저지른 불충을 홀로 감당하겠다고 나섰다. 그럴 수밖에 없었다. 대응할 군사력이 있는 것도 아니니, 오로지 계략으로써 궁파를 제거해야 했다. 또 궁파를 제거하면 굳이 전쟁을 치를 필요도 없으니, 피를 흘리지 않고 일을 이룰 수 있었다. 그만큼 궁파는 청해진에서 절대적인 존재였다.

염장은 단신으로 청해진에 내려갔다. 자신도 왕에게 원한이 있어 궁파에게 몸과 목숨을 의탁하고자 한다고 말을 꾸몄다. 왕에 대한 원망이 깊었고 또 조정의 신하라면 누구든 싫었던 궁파는 처음에는 크게 성을 냈다. 그러나 이내 염장의 감언에 넘어가서 오히려 염장에게서 동질감을 느꼈다. 버림받았다는 동병상련이었으리라.

궁파는 술자리를 마련하여 염장과 함께 술을 마셨다. 술잔을 주고 받다가 염장은 궁파의 칼을 빼 궁파를 베어 죽였다. 이 갑작스런 일에 궁파의 군사들은 모두 놀라서 땅에 엎드렸다. 참으로 어이없게 청해진은 염장의 손에 넘어갔고, 염장은 군사를 이끌고 서울로 돌아갔다.

이렇게 궁파는 벼락을 맞은 고목처럼 쓰러졌다. 궁파가 죽는 데서 끝난 것도 아니다. 청해진에서 궁파가 절대적인 존재였던 만큼, 그의 죽음은 곧 청해진의 몰락으로 이어졌다. 신라 조정에서도 청해진을 남겨둘 수 없었다. 청해진은 화약고와 같았기 때문이다. 그리하여 청해진조차 없애기로 하였고, 그렇게 해상 왕국은 덧없이 사라졌다.

『삼국사기』의 「신라본기」에서는 문성왕(文聖王) 7년(845)에 문성왕이 궁복의 딸을 둘째 왕비로 삼으려 했고, 8년(846)에 궁복이 난을 일으키자 염장이 궁복을 죽였으며, 13년(851)에 청해진을 없앴다고 기록하고 있다. 이 일들이 모두 신무대왕의 아들인 문성왕 때 일어난 것으로 적고 있다. 그러나 〈신무대왕염장궁파〉에서는 이 모두 신무대왕 때의 일이라고 하였다. 그래서 궁파의 죽음은 더욱 더 비극적이다. 자신이 세운 왕에게 죽임을 당했으니 말이다.

권력을 탐하지 말지어다

『삼국사기』 〈장보고열전〉에서 김부식은 아주 긴 논평을 실었는데, 그 자신의 말보다 앞서 서두에서 언급한 두목과 송기 등의 말을 인용함으로써 논평을 대신하였다. 이는 장보고의 위상을 더욱 높이기 위해서였다고 할 수 있다. 반란을 일으켰다가 죽임을 당한 인물에 대한 논평으로는 이례적이다. 더구나 김부식은 고려 전기의 대표적인 귀족이자 유학자가 아니던가. 그만큼 장보고가 이룩한 업적이 대단했다는 뜻이리라. 그리고 장보고의 죽음 이면에는 신라 조정의 추악함이 있었다는 것을 의미하는 것이리라. 그렇다면, 민중은 궁파 즉 장보고에 대해 더 호의적으로 이야기했으리라 여겨지는데, 실상은 그렇지 않다.

〈신무대왕염장궁파〉에서 궁파는 부정적으로 묘사되고 있다. 민중은 왜 이런 이야기를 하였고, 일연은 왜 이런 이야기를 『삼국유사』에 실었을까? 민중은 궁파를 "자신들을 배신한 영웅"으로 여겼던 것이다. 궁파가 청해진을 건설한 것은 신라의 백성을 위해서였다. 그런데 무력과 재력을 갖추고 세력이 커지면서 초심을 잃었고, 마침내 권력과 결탁하여 그 자신의 영달을 꾀하다가 도리어 권력에 배신당하여 비참한 최후를 맞았다. 신라 조정이 궁파를 배신했듯이 궁파 또한 민중을 배신한 것이다. 권력자 또는 지배층의 배신은 민중에게 새삼스러운 일이 아니다. 그러나 민중의 영웅이 민중을 배신하는 일은 있어서도 안 되고 또 용납될 수도 없다. 그런데 궁파는 민중을 배신했다. 그렇게 민중이 느낀 배신감이 이야기로써 표현된 것이 바로 〈신무대왕염장궁파〉다.

한편, 일연은 탐욕이 얼마나 무서운 결과를 초래하는지를 보여주려 하였다. 만족할 줄 모르고 끊임없이 바라고 또 바라는 탐욕은 불가에서 말하는 삼독(三毒)—탐욕, 성냄, 어리석음—가운데 하나다. 무력과 재력을 기반으로 한 세력이 점점 강성해지면서 궁파의 탐욕도 덩달아 커졌으며, 이로 말미암아 권력의 꾐에 스스로 넘어갔다. 그리고 마침내 비참한 죽음을 맞았다. 일연은 이 모든 것이 궁파 스스로 지은 업이며 마땅히 받아야 할 과보였음을 일깨워주려고 했다. 아, 탐욕이야말로 궁파를 죽음으로 내몰고 청해진을 몰락시킨 마구니였구나!

바다의 관용을 지닌 처용랑

부산의 북쪽 끄트머리인 노포동을 지나 국도를 따라서 울산을 향하다 보면 곧 울산의 율리(栗里)가 나온다. 이어 망해사지(望海寺址)를 가리키는 푯말이 눈에 띄는데, 푯말이 가리키는 대로 가면 영취산(靈鷲山)으로 향하게 된다. 영취산은 본래 중인도의 마갈타국 왕사성 부근에 있던 산의 이름이다. 부처가 설법한 신령한 곳이고 독수리가 많아 영취산이라 불리었다. 이 땅에도 부처가 설법한 산이 있다는 것은 이곳이 거룩한 불국토였다는 사상의 한 표현이다.

그런데 지금은 이 영취산을 문수산(文殊山)이라 부르고 있는데, 문수산도 "문수보살이 머무는 산"을 뜻하니 불교의 성지라는 인식은 여전하다. 다만 부처에서 문수보살로 바뀐 것은 성지로서 위상이 좀 깎인 것처럼 느껴진다. 아닌 게 아니라, 오늘날에는 양산의 통도사가 자리하고 있는 산을 영취산이라 부르면서 이 문수산의 본래 명칭이 영취산이었음이 거의 잊혀졌다.

문수산, 아니 영취산의 동쪽 끝자락에 망해사의 절터가 있다. 망해사는 저 옛날 신라의 헌강왕(憲康王)이 개운포(開雲浦)에서 처용랑을 만난 뒤에 세운 절이다. 그런데 여기서는 바다가 보이지 않는다. "바다를 바라보는 절"이라는 뜻인데, 어찌하여 바다가 보이지

망해사는"바다와 같은 너른 마음을 지닌 이"를 바라는 마음을 담은 절이다.
그 옛날과 같이 이 시대에도 그런 이가 절실하게 요구된다.

않는가? 그도 그럴 것이 산기슭에 있는 절이니, 바다가 보이지 않는 것은 당연하다. 그럼에도 그런 이름을 붙인 데에는 무언가 까닭이 있을 듯하다. 게다가 이름과 달리 바다가 보이지 않으니, 무언가 더 강렬한 열망이 느껴진다. 이제 멀리 보이는 것이라고는 희뿌연 하늘 아래 울산의 공장 지대다. 울산 번영의 상징! 문득 『삼국유사』 〈처용랑망해사(處容郎望海寺)〉조의 첫 대목이 떠오른다.

역사 속 빛과 그림자

제49대 헌강왕(憲康王, 875~886 재위) 때, 서울에서 지방까지 집과 담이 이어져 있는데, 초가는 하나도 없었다. 길거리에서는 풍악과 노랫소리가 끊이지 않았고, 바람과 비는 철마다 알맞았다.

집과 담이 이어져 있었다는 것은 인구가 많았다는 뜻이고, 초가가 없었다는 말은 집들이 번듯했다는 의미다. 짤막한 서술이지만, 풍요롭고 태평한 시절에 대한 묘사로는 충분하다. 이 대목은 오늘날 울산의 공장 지대에 굴뚝들이 솟아 있는 풍경과 겹쳐진다. 풍악과 노랫소리 대신에 기계가 쉼 없이 돌아가고 있고, 농업이 아니라 공업이 대신하고 있으니 바람과 비가 어떠하든 철마다 좋은 시절이다. 실제로 울산은 부자 도시 1위로 꼽히고 있어 신라의 전성기와 사뭇 비슷하다. 사실 신라의 번영도 울산항을 통해 이루어지던 대외 교역이 밑바탕이 되었다고 해도 과언이 아니니, 신라의 번영은 바로 울산의 융성이라고 바꾸어 말할 수 있다.

그런데 이 울산에 부자의 철학이 있는가? 아니, 30~40년 전에 그토록 꿈꾸고 바랐던 경제 성장을 이룩한 우리나라에 지금 철학이 있는가? 이 물음은 통일을 이루고 태평을 누리던 저 옛날의 신라에도 해당된다. 과연 신라에는 풍요와 번영만이 있었을까? 그 뒤편에 어둠이 있지는 않았을까?

7세기 말, 통일을 이룬 신라는 한동안 평화와 안정을 구가하였다. 그러나 달이 차면 기우는 법! 혜공왕(惠恭王) 때를 지나면서 반역과 반란이 잦아졌다. 이른바 권력 쟁투가 본격적으로 시작되었다. 혜공왕 때부터 신라가 쇠망할 것임은 혜공왕의 탄생에서부터 예견된 일이다. 이에 대해서는 〈경덕왕충담사표훈대덕(景德王忠談師表訓大德)〉에 자세하게 나와 있다.

경덕왕에게는 아들이 없었다. 표훈대덕에게 아들을 얻게 해달라고 부탁하니, 표훈대덕이 하늘에 올라가서 상제에게 그렇게 청하였다. 그러나 "딸은 얻을 수 있지만 아들은 얻을 수 없다"는 게 상제의 대답이었다. 왕이 굳이 아들을 청하니, 표훈대덕이 다시 상제에게 청하였다. 상제는 "아들이 되면 나라가 위태로워질 것이다"라고 하였고, 왕은 그래도 아들을 바란다고 하였다. 결국 왕은 아들을 얻었다. 그 아들이 여덟 살에 왕위에 올라 혜공왕이 되었다. 여자가 되었어야 할 사람이었으므로 부녀자가 하는 짓을 일삼았고, 그 때문에 난리가 생겨서 김양상(金良相)과 김경신(金敬信)에게 죽임을 당했다. 물론 이는 현실에서 일어난 역사적 변화의 원인을 나중에 민중이 이러저러하다는 식으로 지어낸 이야기에 지나지 않을 수 있다. 그러나 이것을 터무니없다고 치부하고 말 수는 없다. 지배층이나 지식인에게 역사를 바라보는 관점이 있는 것처럼 민중은 민중 나름대로 관점을 가지며 세상을 바라본다. 다만 민중이 자신들의 관점으로 이야기한 것들을 기록으로 남겨줄 이가 없었을 따름이다. 그런데 일연이 그 일을 했고, 『삼국유사』를 통해서 그 점을 확인할 수 있다.

어쨌든 혜공왕 때부터 신라는 혼란에 빠지기 시작하였다. 『삼국사기』 권9에는 "혜공왕 16년, 왕은 어린 나이에 왕위에 올랐는데, 장성하자 음악과 여색에 빠져 돌아다니며 노는 것을 절제하지 않았다. 기강이 문란해지니 재난과 괴이한 일이 자주 나타나고, 백성의 마음은 갈팡질팡 안정되지 못해 사직이 위태롭게 되었다. 이찬 김지정(金志貞)이 반란을 일으켜 무리를 모아 궁궐을 에워싸고 침범하였다"는 기사가 나온다. 그러자 김양상과 김경신이 군사를 동원하여 김지정을 베어 죽였는데, 이때 왕과 왕비도 살해되었다. 그리고 김양상이 왕위에 올랐으니, 그가 선덕왕(宣德王)이다. 선덕왕 다음에는 원성왕(元聖王)인데, 바로 김경신이다.

이제는 진골이라면 누구든지 왕위에 오를 수 있는 기회가 열린 셈이다. 홍수나 가뭄으로 백성들이 굶주리거나 전염병이 돌면, 그것은 모반의 명분이 되기에 충분했다. 조금이라도 권력의 맛을 본 자는 쉽사리 그 유혹을 떨치지 못한다. 권력의 중심부에 있는 자들일수록 권력을 탐하는 마음이 더 강하고 많았다. 주로 진골 출신들이 반란을 일으킨 까닭도 여기에 있다.

헌강왕 5년에도 일길찬 신홍(信弘)이 모반을 일으켰다가 사형을 당했다. 그럼에도 태평성대로 묘사되었던 것은 "지는 햇살이 더욱 강렬하다"는 그런 역설의 표현일까? 풍요와 사치, 화려함과 순조로움을 전경(前景)으로 한 채, 그 배경(背景)에서는 지배층의 끝없는 권력욕과 골품제라는 신분제에 대한 불만, 그리고 소외된 민중의 한이 차곡차곡 쌓여가고 있었다. 빛이 강할수록 그 그림자는 더욱 짙어지는 법!

분열의 시대, 통합의 열망으로

망해사지에서 바다를 보려면 동남쪽으로 눈길을 주어야 한다. 물론 바다는 보이지 않는다. 그러나 그쪽으로 가면 망해사를 짓게 된 내력을 들려주는 자취들이 있다. 울산의 남쪽에는 울산석유화학단지가 있는데, 그곳을 지나면 조선시대 개운포성(開雲浦城)이었던 터가 나온다. 지금은 그 흔적만 남아 있는데, 제법 너른 터가 왕이 노닐러 가기에도 알맞아 보인다. 저 영취산의 망해사는 바로 이 개운포성의 터를 향해 있다.

『삼국사기』를 보면, 신홍이 모반을 일으키기 바로 전, 헌강왕이 동쪽으로 순행을 하다가 깜짝 놀랄 만한 모습에 괴이한 옷차림을 한 사람들을 만났다고 적고 있다. 그들은 왕 앞에서 노래를 부르고 춤을 추었다. 당시 사람들은 이들이 산과 바다에 사는 정령이라고 여겼다. 신라 사람들이 아니었다는 말이다. 바로 그들 가운데 하나가 〈처용랑망해사〉에 나오는 처용랑이다.

〈처용랑망해사〉에서는 왕이 물가에서 놀다가 갑자기 낀 구름과 안개로 말미암아 길을 잃었다고 하였다. 동해의 용이 조화를 부려서 그렇게 된 것인데, 왕이 용의 시험에 든 셈이다. 이에 왕이 그 근처에 절을 짓겠다고 하자, 구름과 안개가 걷혔다. 용이 왕의 다짐을 받아들였음을 의미한다. 그리고 왕이 지명을 "구름과 안개가 걷힌 물가"라는 뜻의 개운포라고 하자, 용이 기뻐하여 일곱 아들을 거느리고 나타나서 춤을 추며 음악을 연주하였다. 이윽고 용의 아들 하나가 임금을 따라 서울에 들어가서 정치를 도왔는데, 바로 처용이다. 용과 왕이 서로 주거니 받거니 하는 모습이 무슨 협상이나 타협을 하는 듯하다.

다시 차근차근 음미해보자. 왕은 왕실을 에워싼 여러 세력이 서로 암투를 벌이고 있다는 것을 잘 알고 있었다. 잘 알다시피 헌강왕은 경문왕(景文王, 861~875 재위)의 아들이다. 경문왕은 "임금님 귀는 당나귀 귀"의 그 임금님으로, 헌안왕(憲安王, 857~861 재위)의 사위였다가 왕위에 오른 인물이다. 그렇다면 경문왕이나 헌강왕도 지지기반이 탄탄했다고 보기 어렵다. 게다가 사위가 왕위에 올랐는데, 왕족이라면 누군들 왕위에 오르지 못하겠는가? 바로 그런 상황 속에서 헌강왕은 지금의 울산인 학성(鶴城)으로 강력한 외부 세력의 도움을 받으러 왔고, 그 세력의 시험을 통과한 것이다.

왜 울산이었을까? 울산은 지금도 공업도시이면서 주요한 산물이 드나드는 항구 도시이기도 하지만, 신라 시대에도 그러했다. 특히 가야가 멸망한 뒤에 가야의 철은 이곳으로 들어와서 서울인 경주로 옮겨졌다. 천년도 전에 이미 울산은 철강 산업의 기지였던 것이다. 게다가 울산항을 통해 멀리 아랍의 상인들까지 내왕을 했으니, 이 울산은 철강과 교역이 흥성하던 곳으로 강력한 신흥 세력이 구축될 가능성이 높은 지역이었다.

헌강왕이 바랐던 것은 권력 쟁투로 말미암아 일어난 분열과 대립을 해소시키는 일이었다. 그 분열과 대립은 지혜와 어진 마음을 지닌 자라야 해소시킬 수 있었다. 그래서 선택한 인물이 바로 처용이었다. 처용은 동해 용의 아들로서, 그 이름 그대로 "관용(寬容)에서는 자"다. 관용은 단순히 용서하는 것을 의미하지 않는다. 지혜와 어짊으로 포용하는 것이 관용이다. 따라서 처용은 아득히 펼쳐진 바다를 속으로 갈무리한 사람임이 분명하다. 그런데 『삼국사기』에서 "깜짝 놀랄 만한 모습에 괴이한 옷차림을 했다"고 했으니, 이곳의 토착세력은 또 아니다. 앞서 말한 대로 아랍 계통의 신흥 세력이었을 것이다.

똘레랑스의 실천가, 처용랑

새로운 인물 처용을 데리고 서울로 돌아온 왕은 약속한 대로 영취산 동쪽 기슭에 절을 지었다. 그 절이 망해사다. 그리고 처용의 마음을 붙잡아두려고 미녀를 아내로 주고 또 급간이라는 관직도 주었다. 그런데 참으로 아름다웠던 그 아내를 흠모하는 이가 있었으니, 바로 역신(疫神)이었다. 역신은 역병을 퍼뜨리는 신이다. 어느 날, 처용이 외출한 사이에 그 역신이 처용의 아내와 동침하였다. 집에 돌아와서 그 꼴을 본 처용은 노래를 부르고 춤을 추면서 물러났다.

과연 역신은 누구이며 무엇을 상징하는가? 역병을 퍼뜨리는 신이니, 전염병을 상징한다고 할 수도 있다. 그러나 그렇게 되면, 처용이 물러난 것은 아내가 죽도록 무기력하게 내버려둔 셈이 된다. 물론 노래와 춤, 즉 한바탕 굿으로 역신을 퇴치하려 했다고도 할 수 있지만, 이는 왕이 처용을 데려온 이유와는 거리가 멀다. 그렇다면 어떻게 이해해야 할까? 왕권과 대립하고 있던 세력, 특히 권력욕이나 탐욕에 사로잡힌 무리, 분열과 갈등을 조장하는 세력을 상징하는 것이 아닐까? 탐욕이나 분열은 역병과 다름없는 해악을 끼치는 것이니 말이다. 그렇게 본다면, 처용의 아내가 미녀인 까닭도 새삼 분명해진다.

왕이 처용에게 주었다는 미녀는 곧 권력을 상징한다. 아름다움은 사람의 마음을 끈다. 권력은 탐욕을 부추긴다. 그 둘은 밀접한 연관이 있다는 것이 인류의 역사가 또한 증명하는 바다. '영웅호색(英雄好色)'이라는 말이 있고, 용기 있는 자가 미인을 얻는다는 말도 있다. 영웅이나 용기 있는 자는 곧 권력이나 세력을 의미한다고 볼 수 있으며 여색이나 미인은 아름다움을 뜻하니, 권력과 미녀의 관계를 이처럼 잘 드러낸 말도 없으리라.

그리고 처용이 얻은 관직은 그 권력에 상응하는 지위다. 따라서 왕권을 견제하던 세력에게는 그 권력을 쥔 처용이 매우 껄끄러운 존재일 수밖에 없었다. 그래서 은근히 처용의 권력과 지위를 침해하여 처용의 심사를 건드리며 괴롭히는 음모를 꾸몄을 것이다. 그런 음모를 상징적으로 드러낸 것이 역신이리라. 그러나 처용이 누구인가? 이름 그대로 관용을 베푸는 자이니, 어찌 갈등과 대립을 부추기는 짓을 했겠는가?

처용이 노래를 부르고 춤을 춘 것은 굿을 한 것이 아니다. 그것은 고고한 풍류였다. 바다와 같은 너른 마음, 보살의 원융(圓融)으로 상대를 껴안으려는 풍류였다. 처용은 시쳇말로 '똘레랑스tolerance'를 실천함으로써 갈등과 분열을 극복하려고 하였다. 처용의 관용에 역신도 무릎을 꿇었다. 그 일로 말미암아 나라 사람들은 처용의 형상을 문에 붙여서 사악한 귀신을 물리치는 데 썼다. 그럼에도 결국 처용의 지혜와 어짊은 받아들여지지 않았다. 그러기에는 지배층의 탐욕이 너무 컸으며, 그들 사이에는 불신이 너무도 팽배해 있었다.

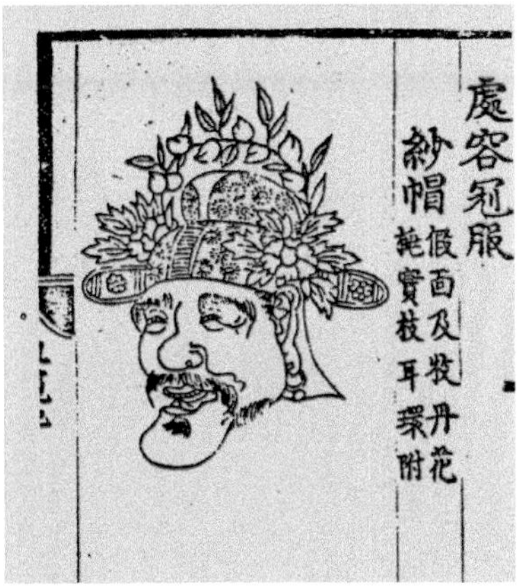

『악학궤범』에 그려져 있는 처용의 얼굴. 온화한 웃음에서 그의 관용이 느껴진다.

철학의 빈곤이 부른 쇠망

개운포성지에서 바다 쪽으로 조금만 더 나가면 처용암이 있다. 바닷물이 들어오는 어름에 떠 있다. 지금 그 바다에는 거대한 선박들이 드나들고 있는데, 저 옛날 신라 때에도 그곳으로 무역 선박들이 드나들었다. 그 선박의 주인공 가운데는 아랍 상인들이 있었다. 『악학궤범』에 그려진 처용의 모습을 보면, 영락없는 아랍인이다. 아닌 게 아니라, 저 멀리 인도양을 건너서 온 아랍 상인의 아들이었을 가능성이 매우 높다.

7~8세기 해상무역로를 개척한 아랍 상인들은 아프리카에서 중

처용암. 바위 뒤쪽의 선박들이 그 옛날 아랍 상인들이 탔던 배를 떠오르게 한다.

국까지 망망한 대해를 오가며 무역을 하였다. 그런데 이슬람사상에는 경제에 관한 한 확고한 철학이 있었다. 부의 축적과 향유를 장려하면서도 합법적으로 취득하여야 하고 또 기꺼이 베풀어야 한다는 것이다. 무슬림이 수행해야 할 의무 가운데 하나가 "기꺼이 베풀어야 한다"는 '자카트' 즉 희사(喜捨)다. 불교에서 말하는 보시(布施)와 다르지 않다. 처용은 바로 그런 철학을 체득한 인물이었다. 게다가 바다를 오가며 다양한 문화를 경험하고 사유의 지평을 넓히면서 바다를 닮은 마음을 지녔던 인물이었다.

이야기의 말미에서 왕은 신들이 나타나 춤을 추는 것을 보았다고 한다. 그런데 이것이 나라가 장차 멸망할 것임을 경고하는 것인 줄을 몰랐다. 그럴 수밖에. 풍요와 번영을 구가하고 있었으니. 더구나 옥좌를 차지한 권력자가 어찌 멸망을 상상이나 했겠는가? 그러나 경제적 풍요는 곧 철학의 빈곤을 불렀고, 철학의 빈곤은 끝없는 추락으로 이끈다. 한때 신라보다 강성했던 가락국이 왜 신라에 멸망했는지를 어느새 잊어버린 것이다.

신라의 통일을 뒷받침한 철학은 원효의 화쟁사상(和諍思想)이었다. 화쟁사상은 아집과 집착을 버리고, 극단에 치우치지 말며, 대립과 갈등을 넘어서 조화를 지향하려는 이론이다. 그런데 통일 뒤, 그 사상은 잊혀졌다. 또 불교 사상을 더 발전시키거나 혁신을 이룩하지도 못했다. 통일신라 말기에 선종(禪宗)이 수용되고 선승들이 지방호족들과 밀착하게 된 까닭도 그 시대가 새로운 사상을 절실하게 필요로 했음을 의미한다. 어쨌거나 민중은 원효를 대신하여 똘레랑스를 실천할 처용을 이야기했으나, 상층 지배층에서는 귀를 기울이지 않았다. 그리고 신라는 쇠망의 길을 걸었다. 아, 아는가? 민심은 천심이라는 것을! 그리고 왕조는 멸망해도 민중은 늘 그 자리에 있다는 사실을!

망국의 여왕 그리고 바다의 영웅 거타지

우리나라에서 육지에 이어진 서쪽 끝은 진도(珍島)다. 1984년 10월에 진도대교가 개통되면서 육지와 이어졌다. 그리고 2005년 12월에 제2진도대교가 개통되었다. 진도대교를 지나다 보면, 역동적인 모습의 이순신(李舜臣) 장군 동상이 눈에 들어온다. 진도대교는 "소리 내어 우는 바다의 길목"을 뜻하는 울돌목 위에 걸려 있는데, 이 울돌목의 한자어가 명량(鳴梁)이다. 아, 명량대첩!

1592년 음력 4월 14일, 15만의 일본군은 대한해협을 아무런 방해도 받지 않고 건너와서 부산포에 닿았다. 일본군은 거침없이 북상하여 불과 20일 만에 한양을 점령하였다. 그리고 두 달 만에 평양까지 함락시켰다. 의주로 피신했던 선조(宣祖)는 선택의 기로에 섰다. 조선을 버리고 명(明)으로 갈 것인가, 아니면 배수의 진을 치고 일본군과 생사를 건 결전을 벌일 것인가? 그때, 일본군의 발목을 잡고 전세를 뒤집는 상황이 벌어졌다. 바로 이순신 장군이 이끄는 수군이 남해에서 일본의 수군을 거듭 쳐부수면서 제해권을 장악한 것이다. 그 때문에 육지에서 북상하던 일본군은 바다를 통해서 보급을 받지 못하는 지경에 이르렀다.

그러나 모함으로 이순신이 파직당하면서 상황은 다시 역전되었으니, 조선은 대부분의 전선(戰船)을 잃고 제해권도 잃었다. 아무리 모함이 있었다고 하더라도, 이순신을 파직시킨 것은 바다의 중요성을 전혀 인식하지 못했음을 의미한다. 결국 전세가 불리해지자 조정에서는 이순신을 복권시킬 수밖에 없었다. 이순신이 돌아왔을 때 남아 있던 배는 고작 열두 척이었다. 그럼에도 이순신은 선조에게 "신에게는 아직 배가 열두 척 남아 있습니다. 신이 죽지 않는 한, 적들은 감히 저희를 업신여기지 못할 것입니다"라는 장계를 올렸다.

수군을 재건하려 애쓴 이순신이지만, 결국 열세 척의 배로 백서른세 척의 일본 수군을 상대해야만 했다. 탁월한 전술가였던 이순신은 적선을 울돌목으로 끌어들였다. 수로가 좁고 물살이 빠른 곳이었다. 이순신의 전술에 말려든 일본 수군은 거의 전멸하였다. 1597년 음력 9월 16일의 해전이었다. 이로써 서해로 진출하려던 일본군의 의지는 완전히 꺾였고, 전쟁의 대세도 완전히 바뀌었다.

곡도를 구하여 영웅이 된 거타지

진도는 "꿈과 낭만이 있는 예술의 고장"으로 일컬어진다. 그 유명한 진도아리랑의 고장이기도 하지만, 인구가 34,000여 명에 불과한 이곳에 추사 김정희 이래로 서예의 대가로 추앙받고 있는 소전(素筌) 손재형(孫在馨, 1903~1981)을 기리는 소전미술관, 소전의 제자인 장전(長田) 하남호(河南鎬)가 세운 남진미술관이 있다는 사실, 나아가 국립남도국악원이 섬의 남쪽 여귀산 자락에 떡하니 서 있다는 사실에서 '예술의 고장'이라는 이름에 걸맞다는 생각이 절로 든다. 뿐만 아니라 곳곳에는 역사와 모듬살이를 느끼게 하는 설화들이 숨 쉬고 있기도 하다. 그 가운데서 역사와 설화가 엉겨서 서린

진도 서남쪽 세방낙조전망대 바로 앞의 곡도. 곡도 앞의 작은 섬은 송도와 납도다.
남해에서 서해로 가고 오는 배들은 이 곡도의 앞과 뒤로 지난다.

곳이 있으니, 바로 곡도(鵠島)다.

곡도는 진도에서 유명한 '세방낙조전망대'로 가면 만날 수 있다. 전망대 저 앞에 떠 있는 섬이 바로 곡도다. 지금은 곡섬으로 불린다. 그런데 의외로 진도의 문화해설가들조차 곡도에 얽힌 이야기는 잘 모르고 있다. 『삼국유사』의 〈진성여대왕거타지(眞聖女大王居陁知)〉에 나오는 이야기인데 말이다.

신라의 제51대 진성여왕(?~897) 때 일이다. 아찬 양패(良貝)가 당나라에 사신으로 가려는데, 후백제의 군사들이 서해의 진도(津島)에서 길을 막는다는 말이 조정에 전해졌다. 그 진도와 지금의 진도(珍島)는 한자어가 좀 다른데, 이런 일은 기록하는 과정에서 흔히 일어나는 오차이니 크게 문제되지 않는다. 어쨌든 궁수(弓手) 쉰 명을 뽑아서 따르게 하였다. 그런데 배가 곡도에 이르자 풍랑이 크게 일었고, 배는 열흘 이상이나 나아가지 못하고 머물게 되었다. 걱정이 된 양패가 사람을 시켜 점을 치고 제사를 지냈더니, 꿈에 한 노인이 나타났다.

노인은 활을 잘 쏘는 사람을 섬에 남겨두면 순풍을 얻을 수 있을 것이라고 알려주었다. 궁수들의 이름을 적은 패쪽을 물에 던져서 가라앉게 하여 제비를 뽑는데, '거타지(居陁知)'라 쓰인 패쪽이 물에 가라앉았다. 거타지가 섬에 남게 되자, 순풍이 일었다. 홀로 남은 거타지에게 한 노인이 나타나서 도움을 청하는데, 노인은 자신을 서쪽 바다의 신이라 하였다. 용왕이라는 말이다.

용왕이라면 바다를 주관하는 왕인데, 바다 위의 섬에서 무슨 곤란을 겪고 있었을까? 날마다 하늘에서 내려와 다라니(陀羅尼)를 외우고서는 노인과 그 자식들을 꼼짝 못하게 하고 그들의 간과 창자를 빼 먹는 중이 있었기 때문이다. 아무리 용왕이라도 가사를 걸친 중, 게다가 다라니를 외우는 중은 감당하지 못했던 것이다. 여기에는 토착의 신앙보다 불교가 우위에 있다는 관념이 잘 드러나 있다.

과연 해가 뜨자, 중이 나타났다. 중은 다라니를 외우면서 노인의 간을 빼려 했다. 이때 거타지가 화살을 쏘아 중을 맞혔다. 그 즉시 중은 늙은 여우가 되어 죽었는데, 곡도 또는 곡섬에 "과녁의 한가운데"를 뜻하는 '곡(鵠)'이 붙은 까닭이 여기에 있다. 흥미로운 것은 본래 권세 있던 용왕이 한낱 노인으로 전락하였고, 반면에 늙은 여우는 그 용왕을 위협하는 존재가 되었다는 사실이다. 용왕이든 여우든 불교 앞에서는 한낱 중생이다. 그런데 불교를 등에 업은 여우가 위세를 얻어 우위에 있게 되었다. 다만 불교의 위세를 사사로운 욕심을 채우는 일에 사용했으므로 거타지에 의해서 죽음을 맞게 되었던 것이다.

거타지의 도움으로 살아남게 된 노인은 딸을 한 송이 꽃으로 변하게 하여 거타지의 품 속에 넣어주면서 아내로 삼게 하였다. 또 두 마리 용을 시켜 거타지를 받들고 사신의 배를 따라가게 하였다. 나중에 당나라에서 귀국한 거타지는 그 꽃을 여자로 변하게 하고는 함께 살았다고 한다.

다라니로 망국을 경고한 왕거인

거타지 이야기는 곤란에 처한 왕을 도와서 그 나라와 백성을 구하고 그 보답으로 공주와 혼인을 했다는 영웅의 설화와 비슷하다. 거타지 이야기는 그 자체로도 완결되어 있고 재미도 있다. 그런데 이 이야기 앞에 역사와 관련된 또 다른 이야기가 놓이면서 새롭게 해석될 여지가 생겼다.

진성여왕이 임금이 된 뒤에 유모인 부호부인(鳧好夫人)과 그 남편인 위홍(魏弘) 잡간 등 총애하는 신하들이 전횡을 일삼았다. 이들 권신(權臣)들이 마음대로 권력을 휘두르면서 정치는 문란해지고 곳곳에서 도적이 일어났다. 도적 가운데는 진성여왕 6년(892)에 완산(完山, 지금의 전주)에 웅거한 견훤(甄萱), 진성여왕 7년(893)에 북원(北原, 지금의 원주)에서 일어난 궁예(弓裔) 등이 있었다. 바야흐로 후삼국 시대가 전개되고 있었다.

이때 누군가가 다라니의 비밀한 말로 글을 지어서 길에 던졌다. "나무망국 찰니나제 판니판니 소판니 우우삼아간 부이사바하"라는 글이었다. 다라니는 범어(梵語, 산스크리트)를 번역하지 않고 소리 그대로 외우는 것인데, 근본 원리나 이치를 언어로 다 드러낼 수 없기 때문이다. 그리하여 진실한 언어인 진언(眞言)이면서 비밀한 뜻을 담고 있는 밀어(密語)로 여겨지는데, 여기서는 예언이나 조짐을 나타내는 언어로서 쓰였다.

다라니의 뜻은 "여왕과 위홍 잡간, 서너 명의 권신, 부호부인 등이 나라를 망친다"는 것이었다. 왕과 권신들은 당연히 놀라고 두려워하였으며, 또 누구의 소행인지 알려고 했다. 이윽고 왕거인(王居仁)이 그랬다고 여겨서 왕거인을 옥에 가두었다. 왕거인은 시를 지어 하늘에 호소하였다.

> 연단(燕丹)의 피울음에 무지개가 해를 뚫고
> 추연(鄒衍)이 비통해하자 여름에 서리 내리도다.
> 이제 나의 불우함은 저 옛일과 같은데
> 하늘은 어이하여 징조를 내리지 않는가.

하늘도 그의 애끓는 호소를 들었는지, 벼락을 쳐서 그를 놓아주었다고 한다.

왕거인의 이름은 "왕은 어짊에 산다"는 뜻이다. 그런 왕거인을 옥에 가두었으니, 왕은 어짊에 살지 않는다는 게 분명하다. 그렇다면 "왕은 어짊에 살아야 한다"는 것을 일깨우는 이름이라 할 수 있다. 또 하늘이 벼락을 쳐서 왕거인을 놓아주었다는 데서도 천심(天心)이 왕에게 있지 않았음을 알 수 있다. 천심은 민심(民心)이다. 천심이 떠났으니, 이는 곧 민심이 떠났음을 의미한다.

거타지와 곡도의 상징적 의미

왕에게서 떠난 민심은 이제 어디로 향할 것인가? 그 민심의 향방을 알려주는 것이 바로 거타지 이야기다. 거타지 이야기는 그 자체로 민중 영웅에 대한 이야기이면서 진성여왕과 그 권신들이 저지른 일에 대한 비유 또는 상징이기도 하다. 물론 이런 비유와 상징은 『삼국유사』 편찬자인 일연에 의해서 이야기가 재구성되면서 부여받은 것이다. 말하자면 이렇다.

거타지 이야기의 곡도는 신라고, 풍랑은 도적들이며, 무능한 노인(용왕)은 진성여왕이고, 늙은 여우인 중은 전횡을 일삼는 권신들이다. 다라니는 권력이고, 간을 빼앗기고 죽은 자식들은 도탄에 허덕이는 백성이다. 또 사신은 신라의 외교력이고 궁수들은 군사력인데, 곡도에서 더 이상 나아가지 못하였으니 이는 곧 그 외교력과 군사력이 무기력해졌음을 의미한다. 실제로 『삼국사기』 권11의 〈진성왕〉 6년조를 보면, "완산의 적당 견훤이 완산주에 웅거해 스스로 후백제를 일컬으니, 무주 동남쪽의 군현들이 항복해 붙었다"라고 적고 있다. 무주 동남쪽의 군현에 이 진도도 포함될 것이다. 그렇다면, 사신 일행은 견훤의 군사들에게 발목을 잡혔다는 뜻이 된다. 이러한 상황이었으므로 거타지와 같은 영웅이 필요했다. 거타지는 궁수들 가운데 한 명이었으나, 섬에 홀로 남아서 용왕을 구하고 곡도를 지키면서 영웅으로 거듭났다. 두 마리 용이 그를 떠받들어 바다를 건너게 한 것은 그가 진정한 영웅이었음을 서해가 인정한 것이다. 그렇다면 서해를 차지한 이가 새로운 영웅이 되어 새 세상을 열어간다는 것을 상징한다고 할 수 있으리라.

거타지는 민중이 갈망한 영웅을 표상한다. 그런데 왜 거타지 이야기는 곡도를 배경으로 했을까? 곡도는 남해와 서해가 만나는 바닷길의 길목이기 때문이다. 신라에서 당나라로 가는 가장 안전한 뱃길은 남해의 해안을 따라가다가 진도를 돌아서 서해안을 끼고 북쪽으로 올라가서 대동강과 압록강 하구를 지나 중국 연안으로 접어드는 길이다. 항해거리가 매우 멀지만, 위험은 비교적 적다. 이를 연근해항로라 한다. 이보다 빠른 항로는 서해 중간 지점, 즉 당진 근처에서 덕적도를 지나 곧장 서해를 가로질러 건너는 길이다. 이를 횡단항로라 한다. 이렇게 연근해항로든 횡단항로든 남해를 지나는 배는 반드시 곡도의 앞이나 뒤를 지나야 한다. 한마디로, 곡도는 해상권을 상징하는 것이다.

용왕이 곡도에 살고 있었다고 한 데서도 곡도가 얼마나 중요한 섬인지 알 수 있다. 그런 곡도가 권신들을 상징하는 중으로 말미암아 죽음의 섬이 되었으니, 이는 곧 신라가 해상권을 상실하여 쇠망으로 치닫고 있었다는 것을 의미한다. 백제가 서해를 잃으면서 멸망의 길로 나아갔음을 어느새 잊어버린 것이다. 이야기는 그런 현실을 반영하고 있다. 그리고 그것은 권력 다툼에 눈이 멀어 앞을 내다보지 못한 신라의 왕과 조정이 초래한 재앙이었다. 문성왕(文聖王) 13년(851)에 청해진을 없앴던 것도 결국 탐욕과 권력 다툼 때문이 아니었던가.

왕건이라는 영웅을 예고한 이야기

〈진성여대왕거타지〉는 왕거인을 통해 후삼국 시대(892~936)가 시작될 것임을 암시하고, 또 거타지를 통해 민중 영웅의 등장을 예고하고 있다. 그러고 보니, 문득 왕건(王建)이 떠오른다. 왕건은 왕

경주 서악의 고분군. 화장하여 그 뼈를 서악에 뿌렸다고 하는데,
무열왕릉 뒤에 있는 이 능들 가운데 하나가 진성여왕의 능이 아닐까 짐작된다.

거인과 같은 왕씨다. 또 그가 궁예 밑에서 결정적으로 부각되었던 것은 서해와 남해를 장악하여 후백제의 활동 영역을 제한하고 압박을 가하면서부터였다. 이야기에서 후백제의 군사들이 서해의 진도에서 길을 막고 있었다고 했는데, 거타지가 거기서 문제를 해결했으니 이는 왕건이 견훤을 눌러 이겼다는 역사적 사실에 대한 상징으로 읽을 수도 있다. 게다가 첫째와 둘째 부인인 신혜왕후(神惠王后)와 장화왕후(莊和王后)는 서해의 강력한 해상세력 집안 출신이 아니었던가.

조선 초기에 편찬된 『고려사(高麗史)』는 「고려세계(高麗世系)」로 시작된다. 거기에 왕건의 조상인 작제건(作帝建)의 이야기가 실려 있다. 작제건은 활을 잘 쏘았는데, 상선을 타고 가다가 바다 한가운데서 서해의 용왕이라는 노인을 만났다. 그 노인의 요청으로 치성광여래(熾盛光如來)의 꼴을 한 늙은 여우를 쏘아 죽이고, 용왕의 딸을 얻어서 장가를 들었다. 이는 오롯이 거타지 이야기다. 또 작제건은 그 이름이 "황제를 낳아 나라를 세운다"는 뜻이 아닌가.

작제건 이야기와 거타지 이야기 둘 가운데 어느 것이 먼저인지는 알 수 없다. 다만 일연이 아홉 살 때 광주의 무량사에 가서 몇 해를 산 적이 있었는데, 그때 그곳에 전해오던 이야기를 들었던 것으로 여겨진다. 어쨌든 중요한 것은 민중의 이야기가 단순히 흥밋거리에서 그치지 않는다는 사실이다.

두 이야기 모두 억압당하고 핍박받던 민중이 자신들을 구원해 줄 수 있는 영웅을 갈망하는 심정에서 빚어낸 것이리라. 그러했기 때문에 민중이 살았던 현실과 뒤얽히게 되었고, 그것이 이야기의 꼴을 갖춘 역사가 되었던 것이다. 아니, 이야기 자체가 하나의 역사가 되었다고 할까?

해양강국을 이룩한 김수로왕

경주를 흔히 '천년고도(千年古都)'라 일컫는다. 과거 한때 천년을 이었던 왕조의 수도였고, 오늘날에도 그 자취가 역력하게 남아 있기 때문이리라. 그러나 어디 이 경주뿐이랴. 김해(金海) 또한 그런 고도의 향취를 여전히 풍기고 있는 도시다. 경주와는 달리 도시 문화의 영향을 꽤 받았지만, 그럼에도 가락국(駕洛國) 오백 년의 기운이 감돌고 있다.

김해의 중심에는 수로왕릉(首露王陵)이 자리하고 있다. 가락국의 시조인 수로왕의 능묘가 2천 년 뒤에도 그 자태를 뽐내고 있다는 것은 결코 가볍게 볼 수 없는 일이다. 수로왕릉의 서쪽에는 수릉원(首陵園)이라는 공원이 있어, 김해 시민의 휴식처 노릇을 하고 있다. 수릉원의 서북쪽에는 대성동고분박물관이 이어 있고, 여기서 좀 더 북쪽으로 올라가면 국립김해박물관을 만난다. 국립김해박물관의 동쪽에는 바로 수로왕이 탄강했다는 구지봉(龜旨峰)이 있다. 마치 국립경주박물관 뒤에 반월성이 있는 것과 같다. 이 구지봉은 곧장 수로왕의 부인인 허황옥의 능묘 곧 수로왕비릉으로 이어져 있다. 이러니, 이 일대를 걷는 일은 그대로 역사의 자취를 밟는 일이 된다. 어찌 '오백년고도'가 아니겠는가만은, 정확하게 말하면 '잊혀진 고도'라고 해야겠다.

다시 수로왕릉으로 돌아가보자. 그 입구는 숭화문(崇化門)인데, 들어서면 '가락루(駕洛樓)'라는 현판을 단 누각이 나오고, 그 아래를 지나가면 '납릉정문(納陵正門)'이라 쓰인 문이 바로 보인다. 납릉정문에는 문양이 그려져 있는데, 물고기 두 마리가 마주보고 있는 형상이다. 김해가 바다를 바라보고 있으니 어쩌면 당연하다고 할 수도 있겠으나, 어쩐지 여기에도 숨겨진 비밀이 있는 듯하다. 이러한 문양은 인도의 아유타국, 즉 수로왕의 부인 허황옥의 고향에서 흔

수로왕릉. 김해시 서상동에 있다.

히 볼 수 있는 것이었다. 따라서 가락국과 아유타국의 관계를 보여주는 문양인 셈이다.

납릉정문 너머에는 거대한 봉분이 나지막한 담장에 둘러싸여 있다. 봉분 앞에는 거대한 빗돌이 서 있고, 그 좌우에는 문관과 무관으로 보이는 석상이 둘씩 나란히 서서 왕을 시위하고 있다. 또 그 앞에는 세 가지 동물의 석상이 좌우에 나란히 서 있다. 말끔하고 산뜻해 보이는 석상은 후대에 세운 것이 분명하고, 봉분 또한 본래의 모습은 아닌 듯하다. 그렇다면 이야기와 함께 그 자취를 더듬어보는 것도 좋으리라.

하늘에서 내려온 왕

수로왕과 가야의 역사를 더듬어볼 수 있는 문헌으로 가장 오래된 것은 『삼국유사』의 〈가락국기(駕洛國記)〉다. 원래 〈가락국기〉는 고려 문종(文宗, 1047~1083 재위) 때 지금의 김해인 금관(金官)에 관리로 파견된 문인이 찬술한 글이다. 이를 일연이 간략하게 줄여서 『삼국유사』에 실었다. 간략하게나마 실어두지 않았다면, 가락국의 역사와 이야기는 망각 속으로 사라졌을 것이다. 물론 유물과 유적이 남아 있기는 하지만, 그래도 생각하면 아찔하다.

〈가락국기〉 외에도 『삼국유사』에는 〈오가야(五伽耶)〉라는 조목이 있기는 하다. 그러나 그것은 가락국 외의 다섯 가야가 각기 어떤 지역에 자리하고 있었는지에 대해서 단 몇 줄로 소략하게 적은 것일 뿐이어서 다섯 가야에 대한 구체적인 역사나 문화에 대해서는 전혀 알려주지 않는다. 따라서 문헌으로는 가락국에 대해서만 좀 자세하게 알 수 있을 따름이다.

〈가락국기〉는 "천지가 개벽한 뒤로 이 땅에 아직 나라 이름도 없고 또 임금과 신하라는 칭호도 없었을 때다"라는 구절로 시작하고 있다. 그래 놓고서는 "아도간(我刀干) · 여도간(汝刀干) · 피도간(彼刀干) · 오도간(五刀干) · 유수간(留水干) · 유천간(留天干) · 신천간(神天干) · 오천간(五天干) · 신귀간(神鬼干) 등 구간(九干)이 있어 백성들을 이끌었다"고 적고 있다. 이를 단순히 논리적인 파탄이라 여겨서는 안 된다. 신화나 서사시에는 겉으로 드러나지 않은, 숨겨진 논리가 따로 있다. 그것을 읽어내야 한다.

처음 가락국이 나라의 꼴을 갖추기 전에는 실제로 임금이나 신하라는 칭호는 없었다. 다만 부족장을 뜻하는 '간(干)'이 있었을 뿐이다. 거대한 몽골 제국의 창업자인 칭기즈 칸의 '칸'이 바로 이 '간'이다. 구간은 수로왕이 나타나기 전에 백성을 이끌었던 존재, 곧 부족장들이다. 그러나 부족 사이의 대립과 갈등을 종식시키고 아홉 부족을 하나로 아우를 수 있는 존재가 필요했으니, 명칭으로는 왕이었다. 칭기즈 칸이 뿔뿔이 흩어져 있던 부족을 통합하면서 몽골 제국을 이루었던 것처럼, 그런 과업을 해낼 왕이 필요했다. 그리하여 나타난 이가 바로 '수로왕'이다.

수로왕은 "처음 나타난 왕"이라는 뜻이다. 최초의 왕, 왕으로서 시초라는 말이다. 그런데 이 왕은 구간과 백성이 빌어서 나타난 것이 아니다. 〈가락국기〉에서는 아홉 부족민이 살던 곳의 북쪽 구지봉에서 이상한 소리가 났고, 구간과 백성들은 그 소리에 이끌려서 거기에 모였다고 하였다. 그러자 모습은 보이지 않고 소리만 났다.

> 구간과 뭇사람 이삼백 명이 거기에 모이니, 사람 소리 같기는 한데 그 모습은 보이지 않고 이런 소리가 났다.

"여기 누가 있느냐?"
구간들이 대답하였다.
"우리들이 있습니다."
"내가 있는 곳이 어디냐?"
"구지(龜旨)입니다."
"하늘이 나에게 명하신 것은 이곳에서 새로 나라를 세워 임금이 되라는 것이었고, 그래서 여기에 내려왔다. 너희들은 이 산의 꼭대기를 파서 흙을 긁으면서 '거북아, 거북아! 머리를 내놓아라. 내놓지 않으면, 구워서 먹겠다'라고 노래를 부르며 춤을 추어라. 그러면 곧 대왕을 맞이하게 될 것이니, 너희들은 아주 기뻐서 춤추며 뛰게 될 것이다."

하늘이 명했다는 것은 일종의 장치다. 즉 그 땅의 사람이 아닌 이방인이 자신의 존재를 정당화하기 위해서 내세운 구실에 불과하다. 이야기 속에서도 "사람 소리 같기는 한데 그 모습은 보이지 않고"라고 서술되어 있다. 이는 분명 누군가가 자신을 드러내지 않은 채, 마치 신이 내려와서 알리는 것처럼 꾸몄다는 것을 의미한다. 그리고 자신이 있는 곳이 어디냐고 물었으니, 이방인이었음이 더더욱 분명해진다. 그러니 하늘을 등에 업지 않고서는 구간과 뭇사람을 설복시키기가 어려웠을 것이다. 결국, 중국의 천자(天子)가 '하늘의 아들'로서 하늘의 대리자라고 자칭하는 것과 같은 방식을 선택한 것이다. 그러나 그러한 구실을 대더라도 실질적인 효과를 발휘하려면 하늘의 명을 받았다고 주장할 만한 능력도 있어야 한다. 이야기에서는 새로 나라를 세워서 임금이 될 만한 자질을 지닌 이가 내려올 것임을 명확하게 밝히고 있으니, 능력은 의심하지 않아도 되었

구지봉 정상. 여기에 황금색 알 여섯 개가 하늘에서 내려왔다.

다고 할 수 있다.

여기에 더하여 중요한 것은 아홉 부족이 하나로 합쳐야 할 때가 임박했다는 사실이다. 즉, 부족을 통합할 인물이 요구되는 때가 되었고, 그때에 맞추어서 그런 능력을 갖춘 영웅적인 왕이 나타나게 되었다는 것이니, 그때와 그 사람이 절묘하게 합치된 것이다. 그러나 때가 되었다고 해서 그냥 나타날 수 없고, 아무렇게나 맞이할 수도 없는 노릇이다. 최초의 왕을 맞이하는 일이니만큼 이런 거룩한 일에는 그에 상응하는 의식을 치러야만 한다. 노래를 부르면서 춤을 춘 것은 바로 그 때문이다.

원시와 고대에는 노래와 춤이 단순한 놀이가 아니었다. 그것은 하늘과 땅, 신과 인간을 연결하는 과정이요 소통 방식이었다. 그 모습은 오늘날의 굿에도 남아 있다. 굿에서 무당은 신을 맞이하기 위해 노래를 하고 춤을 춘다. 이를 영신(迎神)이라 하는데, 종묘의 대제에서도 영신례(迎神禮)가 있어 이와 같다. 바로 그러한 흔적이 가락국 신화에 남아 있는 것이다.

노랫말이 "거북아, 거북아"로 시작된 것은 이런 제의가 행해진 곳이 구지봉, 즉 거북이 엎드린 형상을 하고 있는 곳이었기 때문이다. 말하자면, 구지봉의 신을 불러서 바라는 것을 알린 것이다. 이는 사실 주객이 전도된 것이다. 구간과 그 부족민이 필요에 의해서 스스로 한 일이 아니라, 누군가의 요구에 의해서 따른 것이기 때문이다. 그러면서도 단순히 바람을 말하는 데서 그치지 않고, 어딘지 위협이나 협박을 하듯이 "구워서 먹겠다"고 한 것은 기이하다면 기이하다고 할 수 있다. 그러나 바로 여기에 숨은 뜻이 있다. 즉 구간과 뭇사람이 간절하게 바라므로 '모습을 보이지 않은 그 소리'가 어쩔 수 없이 그 바람을 들어주어서 이루어주는 것처럼 한 것이다. 참으로 엎드려 절 받기라고 할 터인데, 가만 생각해보면 절묘한 장치라고 하지 않을 수 없다. 어쨌든 그런 제의 과정을 거친 덕분에 하늘에서 자주색 줄이 드리워져 땅에 닿았다.

줄 끝에는 금합을 싼 보자기가 있었다. 금합을 여니, 황금색 알이 여섯 개가 있었다. 후한(後漢)의 광무제(光武帝) 때인 42년, 음력 3월 3일의 일이었다. 여기서 흥미로운 것은 하늘에서 내려온 이가 수로왕 혼자가 아니었다는 사실이다. 하늘에서 여섯 개의 알이 내려왔다고 하는데, 이는 훗날 가야가 육가야로 일컬어진 것과 짝이 되도록 하려는 의도에서 비롯된 것이리라. 신화는 이렇게 이야기하는 사람의 경험과 이해에 의해서 새롭게 다듬어지고 변하는 것이다. 그러니 신화를 문면에 드러난 의미로만 이해해서는 안 된다.

황금색 알 여섯은 12일이 지나자 모두 어린아이로 변했고, 다시 10여 일이 지나자 풍채 당당한 사내가 되었다. 이들은 각기 여섯 가야국을 다스리는 임금이 되었다. 이렇게 세상에 처음 나타났다고 해서, 아니 정확하게는 세상에 처음 나타난 왕이라고 해서 '수로'라 하였다.

바다를 건너온 소녀, 왕후가 되다

수로왕은 먼저 도읍을 세울 만한 땅을 골라서 외성을 두르고 궁궐을 짓게 하였다. 궁궐은 44년에 완성되었다. 이로부터 왕정(王政)이 시작되었다. 수로는 나라 이름을 대가락(大駕洛)이라 하였다. 그런데 이 대가락을 가야국(伽倻國)이라고도 한다고 했다. 이는 무얼 의미하는가?

'가야'라는 말은 이제 우리에게 아주 익숙하다. 부산에도 '가야'로 불리는 곳이 있지 않은가. 그런데 이 말은 아궁이가 '불의 신'을 뜻하는 산스크리트 '아그니'에서 온 말인 것처럼 인도에서 건너 왔다. 인도 서북부의 비하르에 가야Gaya라는 곳이 있다. 본래 가야는 힌두교의 주요 성지다. 거기서 서쪽으로 가면 우타르프라데시라는 곳이 나오는데, 바로 그곳에 옛날에 '아유타'라는 왕국이 있었다. 거의 2천 년 전, 그곳에서 한 여인이 바다를 건너오면서 '가야'는 이 땅에서 나라 이름이 되고 땅 이름이 되었다.

48년 5월 즈음, 아유타의 국왕과 모후는 딸에게 "꿈에 상제가 나타나, 공주를 가락국의 왕에게 보내어 배필로 삼게 하라는 말을 해주었다"고 하면서 가락국으로 떠나라고 하였다. 공주는 부모와 작별하고 생면부지의 남편을 찾아서 아득한 바닷길을 나섰다. 공주의 성은 허(許)요, 이름은 황옥(黃玉)이며, 나이는 열여섯 살이었다. 물론 그 성씨와 이름은 가락국에 도착한 뒤에 붙여진 것이다. 성씨인 허는 수로왕에게 혼인을 허락했다는 의미에서 붙여진 것이고, 황옥은 그 피부색과 자태에 대해서 붙여진 것이리라. 어쨌든 이제 갓 피어난 꽃 같은 소녀가 그저 부모의 명을 받아서 위험천만한 항해에 나섰으니, 참으로 대담하기 짝이 없다. 비록 호위하고 시종하는 이들이 있었겠으나, 그럼에도 소녀가 망망한 대해를 건넌다는 것은, 게다가 무작정 낯선 나라의 왕을 만나러 간다는 것은 결코 쉽지 않은 일이다. 결단력과 대담함을 아울러 갖추었던 소녀였음이 분명하다. 따라서 세오녀에 견줄 만한, 어쩌면 더 뛰어난 여성이었는지도 모른다.

음력 7월 27일 즈음, 배는 김해 앞 바다의 서남쪽에서 북쪽으로 들어섰다. 거제도의 동쪽을 지나 가덕도의 서쪽으로 들어온 것이다. 배는 붉은 돛을 달고 붉은 기를 휘날리고 있었다. 망산도(望山島)라는 곳에서 수로왕의 신하인 유천간이 기다리고 있다가 맞아들였다. 그러나 허황옥은 경솔하게 따라나서지 않았다. 공주는 위엄과 절도가 있었고, 예의에 맞게 행동하였다. 수로왕은 신하를 이끌고 행차하여 임시로 지은 행궁(行宮)에서 직접 허황옥을 기다렸다가 맞이하였다. 이렇게 해서 허황옥은 수로왕의 부인이 되었다. 허황옥은 수로왕보다 나이가 열 살 정도 많았다고 한다. 말하자면, 연상의 여인이었던 셈이다.

그런데 혼인을 한 뒤에 왕후가 타고 온 배는 다시 본국으로 돌아갔다. 과연 쉽사리 돌아갈 수 있었을까? 사실 왕후가 탄 배는 아유타국에서 두 달가량이 지나서 김해 앞바다에 이르렀다. 이는 참으로 빠른 속도라 할 수 있다. 어떻게 이것이 가능했을까? 당시 인도 북동부의 벵골은 동서 교역의 중심지였다. 기원을 전후한 시기에 인도양을 통해서 서쪽 로마에서 동쪽 중국까지 무역을 주도했던 이들은 벵골 사람들이었다. 인도의 동쪽 바다를 '벵골만'이라 부르는 까닭도 여기에 있다. 이 벵골 서쪽에 이웃해 있던 곳이 바로 가야와 아유타국이었으니, 허황옥의 일행이 탄 배가 바다를 통해서 김해에 이르고 다시 그 배가 되돌아가는 일은 어렵기만 하지는 않았으리라.

해양국가로 나아간 가락국

수로왕의 가야국은 여섯 가야 가운데 하나였다. 말하자면, 통일국가도 아니었고 거대하지도 않았다. 반면 허황옥의 고향인 아유타국은 이미 상당히 발달한 국가 체제를 갖추고 있었다. 이미 마우리아 왕조(기원전 322~기원전 185)를 통해 거대한 제국이 건설되면서 정치 제도가 체계화되고 찬란한 문화가 이룩되는 시기를 경험했기 때문이다. 그리고 국가 체제의 발달은 곧 문명의 발달을 의미한다. 따라서 바다를 건너온 허황옥은 신분만 높은 공주가 아니었다.

허황옥은 인도의 발달한 문명 속에서 태어나고 성장하였다. 더구나 공주였으니, 상당한 정도로 문명을 체득한 존재였다고 할 수 있다. 이제 막 한 나라의 기틀을 다지고 있던 가락국으로서는 더할 나위 없는 원군을 얻은 셈이다. 수로왕은 왕후를 통해서 선진 문물을 배우고 또 국가를 운영하는 요체에 대해서도 알게 되었을 것이다. 실제로 왕후를 맞이한 뒤에 수로왕은 본격적으로 제도를 정비하기 시작하였다고 한다.

수로왕은 나랏일을 체계적으로 처리하기 위해서는 직위와 명칭을 바로잡는 일이 시급하다고 여겨서 신라의 직제를 채용하는 한편, 중국 주나라의 제도와 한나라의 법도도 아울러 썼다. 나라를 다스리는 원리는 중국이나 인도가 다르지 않았겠으나, 구체적인 제도나 법도는 아무래도 중국의 것이 용이하고 효율적이었을 것이다. 국가의 체제를 정비한 수로왕은 이윽고 해양국가의 면모를 갖추려고 하였다.

가락국은 바다를 앞에 두고 또 강—바로 낙동강(洛東江)이다. 낙동강은 가락국의 동쪽을 흐르는 강이라는 뜻이다—을 끼고 있었으니, 바다와 강을 활용하는 것이 매우 중요했다. 그러나 어떻게 해야 할지에 대해서는 아직 지식이나 정보가 부족했다. 그때 마침, 아유타국에서 배가 온 것이다.

왕후가 타고 온 배는 대양을 오갈 수 있는 선박의 건조 기술, 그리고 먼 바다를 다닐 수 있는 항해술의 집약이었다. 비록 본국으로 되돌아갔다고 하지만, 그것으로 교류가 끝난 것은 아니었으리라. 가락국과 아유타국이 혼인으로 맺어진 나라였다면, 교류는 지속적으로 이루어졌을 것이다. 그리고 그 과정에서 수로왕과 가락국은 더없이 긴요한 선박 건조 기술과 항해술을 배우고 익혔을 것이다.

당시 인도는 이미 상당한 수준의 금속 기술을 갖고 있었음도 잊어서는 안 된다. 기원전 800년 즈음부터 철제 농기구를 사용한 인도였으므로 허황옥이 건너올 즈음에는 철 제련 기술이나 금속 가공 기술이 상당한 수준에 이르렀으리라 여겨진다. 바로 그런 기술도 가락국에 전해져서 수로왕이 강력한 해양국가를 건설하는 데 기여했다고 볼 수 있다.

김해 앞바다. 멀리 보이는 섬은 가덕도다.
그 너머로는 허황옥이 인도에서 왔고, 이쪽에서는 탈해가 신라 쪽으로 달아났다.

탈해 또는 신라를 쫓아내다

가락국이 해양국가의 면모를 갖추었다는 사실은 어떻게 알 수 있는가? 〈가락국기〉에 아주 흥미로운 이야기가 전하는데, 그것은 수로왕과 탈해의 대결이다. 알다시피 탈해는 바다를 건너온 인물이다. 따라서 탈해 또한 상당한 정도의 해양세력을 대표하는 존재라고 할 수 있다. 바로 그가 수로왕에게 "나는 왕의 자리를 빼앗으러 왔소"라고 선언하자, 둘 사이에 왕위쟁탈전이 벌어졌다.

수로왕과 탈해는 갖가지 기이한 술책으로 대결을 벌였고, 왕이 이겼다. 항복한 탈해는 곧장 나루터로 가서 "중국 배가 와서 대는 뱃길을 따라" 떠났고, 수로왕은 그가 반란을 꾸밀까 염려하여 "수군을 실은 배 5백 척을 보내어 그를 쫓았다." 수로왕과 탈해의 대결은 곧 해양세력 간의 대결을 상징한다. 수로왕의 승리는 외부의 해양세력을 물리친 것이며, 그 위세가 신라보다 우위에 있었음을 의미한다고 할 수 있다. 이런 상징성 외에도 여기에는 두 가지 주요한 정보가 담겨 있다.

하나는 중국의 배가 김해 앞으로 오갔다는 사실이다. 어쩌면 이는 당연하다. 멀리 인도에서도 배가 오가는데, 가까운 중국에서 배가 오가지 않았겠는가. 이로써 남쪽 바다는 2천 년 전에도 이미 세계를 향해 활짝 열려 있었고, 지속적으로 교통이 이루어졌음을 알 수 있다. 더욱 중요한 것은 가락국에 이미 5백 척의 배가 있었다는 사실이다. 그 크기는 정확하게 알 수 없으나, 크기와 상관없이 당시에 5백 척의 배를 동원할 수 있었다는 것은 실로 대단한 일이다. 이는 허황옥을 맞아들인 뒤에 본격적으로 선박을 건조하여 해양국가로 발돋움하게 되었음을 구체적으로 보여주는 것이면서 동시에 가락국이 해양국가의 면모를 상당한 수준까지 갖추었음을 의미한다. 그리고 실제로 그 후로 오랫동안 가야는 남해를 주름잡으며 동아시아 해상 교역의 중심에 있었다.

그런데 이렇게 강력했던 해양국가, 신라보다 우위에 있었고 일본에까지 영향력을 행사했던 가야가 왜 신라에 복속되어 삼국보다 먼저 쇠망하게 되었을까? 그 실마리는 왕후 허황옥에게 있으며, 『삼국유사』 속 다른 이야기에 숨겨져 있다.

2부 불교와 바다

이루지 못한 불국토의 꿈, 허황옥

김해의 수로왕릉에서 곧장 북쪽으로 가면 거기에 수로왕비릉, 즉 허황옥의 묘가 있다. 그런데 흥미로운 것은 수로왕비릉이 구지봉 바로 곁에 있다는 사실이다. 하늘에서 구지봉으로 내려온 수로왕의 능은 구지봉에서 남쪽으로 멀찌감치 떨어진 곳에 있는데, 오히려 왕비의 능이 구지봉 곁에 있는 것이다. 지금 구지봉과 수로왕비릉 사이에는 길이 나 있어서 쉽사리 오갈 수 있다. 어찌하여 수로왕비릉을 여기에 두었을까? 이는 단순한 예우를 넘어선, 애정의 표현이자 숭앙의 표시다. 『삼국유사』〈가락국기〉에서는, 허황옥이 후한(後漢) 중평(中平) 6년(189)에 157세의 나이로 세상을 떠났다고 한다.

> 온 나라 사람들은 마치 땅이 무너진 것처럼 슬퍼하며 구지봉 동북쪽 언덕에 장사지냈다. 그리고 이윽고 백성을 자식처럼 사랑하던 왕후의 은혜를 잊지 않으려고 왕후가 처음 와서 배를 대고 닻을 내린 나루터를 주포촌(主浦村)이라 하였다.

왕후 허황옥의 능을 구지봉 근처에 둔 것은 구지봉이 나라의 중심이었던 것만큼 왕후 또한 나라의 주추요 기둥으로서 역할을 했기 때문이리라. 이는 왕후가 수로왕을 단순히 보좌한 정도가 아니라 수로왕과 나란히 나라를 다스렸음을 의미한다. 처음 배를 대고 내렸던 곳을 "주인 또는 군주의 배가 닿았던 물가"라는 뜻의 주포촌이라 한 데서도 짐작할 수 있다.

그리고 수로왕의 8대손인 김질왕(金銍王)이 왕후를 위해 명복을 빌려고 "원가(元嘉) 29년(452)에 수로왕과 왕후가 혼인한 곳에 절을 세우고 '왕후사(王后寺)'라 하였다"고 한다. 왕을 위해서가 아니라 왕후를 위해서 절을 세운 것이다. 그런데 왕후가 세상을 떠난 지 260여 년이 지난 뒤에야 절을 지어서 명복을 빈 까닭은 무엇인가? 왕후가 처음 왔을 때에 불교가 전래되지 않았다는 말인가? 왕후는

수로왕비릉. 오늘도 구지봉 곁에서 가락국의 장수를 빌면서 누워 있다.

분명 인도에서 불교가 흥성할 때 왔는데, 어찌 〈가락국기〉에서는 이에 관한 소식을 들려주지 않을까?

바다의 신을 달랬던 파사석탑

수로왕비릉 아래에는 '파사각(婆娑閣)'이 있다. 다가가서 들여다보면 나지막한 오층탑이 있다. 탑이라고 보기에는 사실 별 볼품이 없다. 단순히 평평한 돌을 차례로 쌓아 올린 것으로 보일 뿐이다. 이 탑은 '파사석탑'으로 불린다. 나로서는 과연 2천 년 전의 탑인지 분간하지 못하겠으나, 일연은 〈금관성파사석탑(金官城婆娑石塔)〉에서 "탑은 사면이 5층으로 그 조각은 매우 기묘하며, 돌에는 옅고 불그스레한 무늬가 있고 그 질도 무르고 좋은데, 이 땅의 것이 아니다"라고 적고 있다. 그 재질이 바다 건너서 온 것이라는 말이다. 그렇다면 어떻게 해서 이 탑은 가락국에 이르게 되었을까? 역시 〈금관성파사석탑〉에서 이야기하고 있다.

파사석탑. 투박해서 정이 느껴지는 탑, 참 민중적이다.

파사석탑은 48년, 허황옥이 아유타국에서 싣고 온 것이라고 한다. 처음에 부모의 명을 받들어 가락국으로 향해 바닷길을 나섰으나, 수신(水神)의 노여움을 사서 나아가지 못하고 돌아가게 되었다. 수신의 노여움이란 바닷길의 험난함을 상징적으로 드러낸 것이다. 당시 인도, 특히 벵골 사람들이 아무리 바닷길에 익숙했다고 하지만, 바다로 나서서 항해하는 일은 늘 위험천만한 일이었다. "전쟁에 나갈 때는 한 번 기도를 하고, 바다에 나갈 때는 두 번 기도를 하라"는 말이 있지 않은가.

수신의 노여움으로 말미암아 되돌아온 딸에게 부왕은 석탑을 주며 싣고 가라고 하였다. 그 덕분에 순조롭게 바다를 건너서 금관국의 남쪽 해안에 이를 수 있었다. 일연은 이 일을 두고 이렇게 노래하였다.

탑 싣고 붉은 돛 달고 붉은 기 펄럭이며
신령께 빌어서 거친 파도 잠재우고 왔구나!
어찌 해안에 이르러 황옥만을 도왔으리오,
천년 동안 남쪽 왜국의 침략을 막았도다!

앞의 두 줄은 허황옥이 파사석탑을 싣고 금관국에 이른 일을 두고 일컬은 것이다. 아래의 두 줄은 제8대 질지왕(銍知王)—〈가락국기〉에서는 김질왕이라 했는데, 이렇게 다른 이유는 〈가락국기〉는 문인이 기록한 글인 반면에 이 〈금관성파사석탑〉은 민중이 말로써 전하던 이야기이기 때문이다—이 왕후사를 세워서 복을 빌며 아울러 남쪽 왜국을 진압하였던 일을 두고 노래한 것이다. 그러나 과연 탑 하나를 실었다고 해서 바다의 파도가 잠잠해지고 왜국의 침략을 막을 수 있었을까? 물론 아니다. 이는 당시 사람들도 알고 있었다. 그렇다면 이는 무엇을 의미하는가?

탑은 하나의 상징이다. 본래 탑은 무덤이었다. 부처의 사리를 넣기 위해서 흙이나 돌을 쌓아올린 것이 바로 스투파Stupa였는데,

이를 한역(漢譯)하여 탑이라 불렀다. 부처의 사리를 모신 이 거룩한 구조물은 부처와 그 가르침을 나타내는 상징이 되었다. 부처는 우주의 이법을 깨달은 존재로서, 그 이법을 어리석은 중생에게 일깨워준 성자요 스승이다. 중생에게 부처는 신과 같은 신령한 존재였으므로 중생은 그에게 의지하는 것만으로도 위안을 얻었다. 그러니 그 가르침 즉 불법(佛法)은 자연과 인간 세상의 횡포를 누그러뜨리거나 견뎌낼 수 있는 버팀목이었다.

바다의 신은 힘으로써 횡포를 일삼았던 신이고, 왜국은 무력으로써 침략을 일삼던 어리석은 중생이다. 반면에 불법은 지혜와 자비로써 포용하고 관용하는 철학이요 종교다. 따라서 허황옥이 탄 배는 탑을 실음으로써 불법이라는 버팀목에 기대어 바다의 신을 달래거나 누를 수 있었다. 여기서 바다의 신과 불법의 만남은 고대와 중세의 만남, 또는 고대에서 중세로 전환하는 과정을 보여주는 것이다. 동시에 탑은 이것과 저것, 안과 밖이 둘이 아닌 하나라는 불교의 요체를 상징하는 것이므로, 이것과 저것은 다르고 안과 밖은 대립한다고 여겨서 침략을 일삼는 왜국을 막을 수 있었던 것이다.

호계사의 연화대석

파사석탑이 지금은 수로왕비릉 아래에 서 있지만, 본래는 여기에 있지 않았다. 호계사(虎溪寺)라는 절에 있었다고 하는데, 그 호계사가 어디에 있었는지는 전혀 알려져 있지 않다. 〈금관성파사석탑〉에서도 그 이름만 언급되고 있을 뿐이다. 그런데 흥미로운 것은 호계사에 있었다고 알려져 있는 '연화대석(蓮花臺石)'이 지금 수로왕릉이 있는 납릉정문 앞에 있다는 사실이다. '연화대'는 연화좌(蓮華

座)라고도 하는, "부처가 앉는 자리"를 뜻한다.

이 연화대석은 신라 황룡사 터에서 나왔다는 '가섭불연좌석'을 연상시킨다. 『삼국유사』에서도 〈금관성파사석탑〉 바로 앞에 그 이야기가 나오는데, 가섭불이 좌선을 할 때 앉았던 돌을 가리킨다. 가섭불은 과거칠불—과거세에 세상에 출현했다고 하는 일곱 부처—가운데 하나이니, 그 돌은 참으로 아득한 때로부터 있었다는 얘기가 된다. 그렇다면 인도에서 역사적인 존재로서 석가모니가 태어나기도 전에 신라에 부처가 와서 머물렀다는 말인데, 참으로 대단한 상상력이다. 사실 이런 상상력을 바탕으로 해서 나온 것이 바로 "신라가 불국토다"라고 하는 불국토사상이다. 불국토사상이 신라 땅에 본격적으로 나타나기 전에 이미 가락국에도 있었음을 보여주는 것이 이 연화대석이다. 과연 그러한가? 후대에 신라의 불국토사상에 영감을 얻은 민중이 호계사의 연화대석에 관해서도 비슷한 이야기를 만들어냈던 것은 아닐까?

그렇지만 파사석탑에 관한 이야기가 남아 전하고 또 연화대석도 남아 있으니, 가락국도 초기에는 불교와 깊은 인연이 있었음이 분명하다. 〈금관성파사석탑〉에서 일연은 "수로왕이 허황옥을 맞아들여 함께 나라를 다스린 게 150여 년이다. 그러나 당시에 해동(海東)에는 절을 세워서 불법을 받드는 일이 아직 없었다. 대개 불교가 미처 이르지 않아서 이 땅의 사람들이 믿고 따르지 않았다. 그래서 〈가락국기〉에는 절을 세웠다는 글이 없다"라고 적고 있다. 말하자면, 가락국 사람들이 불교의 가치와 의의를 알지 못해서 절을 짓지도 않고 불법을 받들지도 않았다는 것이다.

이렇게 가락국에서는 신라와 달리 불국토를 구현하지 못하였는데, 이것이 바로 가락국의 비극이었다. 가락국은 허황옥이 왕후가 되면서 해양국가의 면모를 본격적으로 갖추기 시작했고, 그 뒤로도 오랫동안 그 위세를 떨쳤다. 게다가 철이 생산되면서 동북아시아에서 매우 중요한 위치를 차지하였다. 역사를 청동기 시대와 철기 시대로 나누는 것은 철의 제련과 사용이 문명의 발전에서 근대를 열었던 산업혁명에 버금가는 의미를 갖기 때문이다. 한마디로 당시에 철은 선진과 후진을 가르는 우듬지였다.

그러나 철을 앞세워 해상무역을 주도한 가락국은 결코 통일국가가 아니었다. 〈가락국기〉에도 나오듯이 구지봉에 내려온 황금빛 알은 모두 여섯 개였다. 주몽신화나 알지신화에서 볼 수 있듯이 대체로 알은 하나가 등장한다. 왕은 둘일 수 없기 때문이다. 그런데 가락국신화에서는 알이 여섯 개로 묘사되고 있다. 이는 통일을 이루지 못한 여섯 가야국의 병립에 대해서 후대의 민중이 나름대로 찾아낸 합리적인 설명 방식이었다고 하겠다.

어쨌든 가야는 그 탄생에서부터 여러 소국들의 연맹이었고, 멸망에 이를 때에도 연맹 체제를 지속하고 있었다. 가락국은 그 가운데 하나의 나라일 뿐이었다. 그렇다면 가락국 또는 다른 가야국들은 연맹체가 아닌 통일된 가야를 이루고 싶지 않았을까? 그 열망에 대해서는 알 길이 없다. 다만 바다를 건너온 허황옥에게는 그런 바람이 있었을 것이라 생각한다.

왕후 허황옥은 인도의 역사, 특히 아쇼카왕의 위업을 잘 알고 있었다. 아쇼카왕이 인도를 통일하고 가장 먼저 한 일은 불교를 널리 펴는 일이었다. 단순히 참혹한 전쟁을 일으킨 데 대한 반성에서가 아니라, 다시는 그런 전쟁과 분란을 되풀이하지 않는 길이 '무력'이 아닌 '이법(理法)'으로써 다스리는 데에 있다는 진리를 깨달았기 때문이다. 허황옥이 아유타국을 떠나오던 당시의 쿠샨 왕조도 불교를 통해 통합과 번영을 구가했으니, 허황옥도 불교를 통해 여러 가야국을 통일시키고 싶었으리라. 그러나 허황옥의 바람은 이루어지지 않았다.

불국토의 꿈이 서린 불모산 장유사

수로왕비릉에서 서남쪽으로 가면 장유면이 나온다. 이 장유면은 불모산(佛母山)을 마주하고 있다. 불모라니! 말 그대로는 "부처의 어머니"를, 상징적으로는 "지고무상한 반야지혜와 광대무변한 자비"를 의미한다. 이 말은 신라인들의 '불국토'와 다를 바 없는 무게로 다가온다. 앞서 언급한 연화대석처럼 말이다.

이 불모산에는 가벼이 지나칠 수 없는 절이 있으니, 바로 장유사(長遊寺)다. 장유면도 장유사도 동일한 이름을 그 근원으로 하고 있음을 알아챌 수 있다. 산 어귀에서 시원한 폭포수 소리를 들을 수 있는데, 이 소리를 뒤로한 채 꾸불꾸불 구절양장 같은 길을 한참, 정말 한참을 올라가면 세월에 빛이 바랜 종루가 눈에 들어온다. 종루 너머로 장유사 대웅전이 보인다. 그리고 대웅전 뒤편에 '장유화상사리탑'이 있다. 장유화상, 그가 바로 장유면과 장유사가 있게 한 장본인이다.

장유화상사리탑. 이루지 못한 불국토를 꿈꾸는 듯, 고향 아유타국을 그리워하는 듯.

〈가락국기〉에서는 "452년에 수로왕과 허황옥이 혼인한 곳에 절을 세우고 왕후사(王后寺)라 했다"고 한 뒤에, "그로부터 5백 년이 지난 뒤에 또 장유사를 세웠다"고 적고 있다. 그런데 장유화상이나 그 사리탑에 대해서는 전혀 언급하고 있지 않다. 장유화상이 허황옥의 동생이라면 결코 간과할 수 없는 존재인데, 어떻게 문헌에도 민중의 이야기에도 전혀 남아 있지 않을까? 장유화상사리탑 또한 그 모양새로 보자면, 결코 가락국 때의 것이 아니다. 이를 어떻게 받아들여야 할까?

허황옥은 아유타국에서 올 때, 파사석탑을 싣고 왔다. 이는 불교도 다른 문물과 함께 전해졌음을 의미한다. 그러나 불교는 쉽게 이해될 수 없는 가르침이었다. 불교는 단순히 "뭇 생명을 사랑하라"는 자비심만 가르치지 않는다. 자비심과 함께 반야지혜도 아울러 가르치는데, 이 반야지혜를 터득하는 일이 참으로 어렵다. 그리고 지혜가 없이는 자비심도 있을 수 없다. 석가모니의 제자들이 대부분 당시에 학식이 높은 이들이었다는 사실도 이와 관련이 있다. 따라서 겨우 수로왕이라는 존재가 등장하여 나라의 꼴을 갖추기 시작한 가락국의 사람들로서는 불교의 진면목을 알아보거나 그 진가를 알기가 어려웠다. 이를테면, 불교와 가락국 사람들 사이에 아직 시절인연이 익지 않았다고 할 수 있다.

그로부터 먼 훗날, 가야가 멸망에 이른 뒤에야 이곳의 민중은 불교가 얼마나 긴요한 종교였는지, 또 얼마나 절실하게 필요했던 철학이었는지를 비로소 느끼고 깨달았던 것이다. 장유사의 장유(長遊)는 "길이 노닌다"는 뜻인데, 그런 염원이 담겨 있는 셈이다. 오늘날에는 장유를 장유(長有)로 쓰는데, "오래도록 있다"는 뜻이니 역시 서로 통한다. 이 장유사를 품은 산이 불모산으로 불리게 된 것도 불국토를 이루고자 했으나 이루지 못한 허황옥의 꿈이 오래도록 가락국을 떠돌며 남아 있었기 때문이리라.

금이 아닌 쇠의 바다, 김해

불교는 보편적인 원리나 이치를 가르친다. 불교가 비록 고대에 등장했지만, 중세에 가장 큰 기여를 한 이유가 여기에 있다. 인도의 고대는 각 부족 또는 민족이 서로 치열하게 다투던 때였다. 그런 다툼을 그치게 할 종교나 철학이 필요했고, 그 과정에서 불교가 탄생했다. 그런 불교는 지배층에게는 통합과 통일을 이루고 유지하는 토대로 여겨졌고, 억압받고 핍박받는 삶을 살던 민중에게는 편안하게 기댈 안식처로 여겨졌다.

가야와 이웃해 있던 백제와 신라도 본래 여러 부족 집단의 연맹체로 출발하였다. 그들은 각기 통합과 융합을 꾀하였고, 결국 하나가 되었다. 그리고 제도의 정비와 함께 불교를 받아들여서 통합과 융합을 더욱 공고히 하였다. 그러나 가락국은 그러하지를 못했다. 그 결과 신라에 복속되었다. 이는 허황옥을 통해 불교를 가장 일찍 접했음에도 그 가치와 필요를 알아채지 못했기 때문이다. 어쩌면 철강을 바탕으로 한 강력한 경제력과 군사력이 역설적으로 불교의 가치와 의미를 간과하게 만들었는지도 모른다.

그리하여 가락국은 해상무역으로 짧은 기간 이익을 누리는 데 그치고, 강력했던 해양국가로만 남게 되었다. 그리고 진정한 '금의 나라'가 되지 못하고 '쇠의 나라'에서 그쳤다. 가락국의 역사, 그리고 김해(金海)라는 이름은 철학, 나아가 문화야말로 굳은 쇠를 누를 수 있는 부드러움의 힘을 지녔다는 것을 새삼 일깨워준다.

철강과 철학의 조화,
황룡사장륙존상

진흥왕 35년(574) 봄 3월에 황룡사의 장륙상(丈六像) 주조를 마쳤는데, 구리의 무게가 3만 5천 일곱 근(斤)이었고 도금한 무게는 1만 1백 98푼이었다.

『삼국사기』 권4, 「신라본기」에 나오는 기사다. 진흥왕(眞興王) 35년의 일로는 이것이 전부다. 황룡사에서 장육상을 주조하였고, 구리와 금이 얼마나 들었는지를 적은 것인데, 그 내력에 대해서는 전혀 언급하고 있지 않다. 진흥왕 35년에는 매우 많은 일이 신라에 있었을 터인데, 왜 이에 대해서만 짤막하게 언급하고 있을까? 이 일이 가장 중요했기 때문일까? 그렇다. 동상 제작과 도금은 제련 기술과 연관이 있고, 제련 기술은 당시에 첨단 기술이었기 때문이다. 그러나 이것이 숨겨진 의미의 전부일까?

신라에서 불교를 공인한 때는 진흥왕의 숙부인 법흥왕(法興王) 15년(528)이다. 물론 그 전에 불교가 신라 땅에 이미 들어왔을 터이지만, 국교로서 인정을 받은 것은 바로 이때였다. 공인하는 과정도 결코 만만치가 않았으니, 이차돈(異次頓)의 순교가 바로 그 어려움을 단적으로 보여준 일이다. 그런데 진흥왕 14년이던 553년에 궁궐을 고쳐서 황룡사로 만들었다.

> 진흥왕 14년 봄 2월에 왕이 관련 부서에 명을 내려 월성 동쪽에 새 궁궐을 짓게 했는데, 황룡이 그 터에 나타났다. 왕은 의아하게 여겨서 궁궐을 고쳐 절을 만들고는 황룡사라 하였다.

진흥왕이 월성 동쪽에 새 궁궐을 지으려 했던 것은 국가의 면모를 일신할 필요에 따른 것이었으리라 여겨진다. 실제로 진흥왕은 12년(551) 봄 정월에 연호를 고쳐 '개국(開國)'이라고 하였다. 그런데 새 궁궐의 터에서 황룡이 나타난 것이다. 진흥왕은 이것이 길조인지 흉조인지 알 수 없었던 모양이다. "의아하게 여겼다"고 한 데서 판단을 내리기 어려웠음이 느껴진다. 결국 절을 세움으로써 원만하게 해결하였다. 바로 그 절이 황룡사다.

진흥왕 14년에 착공한 황룡사 조영은 27년(566)에 끝났다. 불교가 공인된 때로부터 40년도 채 되지 않아서 거대한 사찰을 월성 동쪽에 두었다는 것은 실로 대단한 일이다. 바로 이 황룡사 창건에 이어서 앞의 장륙상이 주조되었으니, 장륙상의 주조 또한 대단한 역사(役事)였음이 분명하다. 그러나 과연 그뿐일까? 이에 대해서는 『삼국유사』의 〈황룡사장륙존상(黃龍寺丈六尊像)〉에서 이야기로 풀어놓고 있다.

동쪽의 천축, 동축사

〈황룡사장륙존상〉에서는 황룡사가 30년(569)에 완성되었다고 적고 있어서 『삼국사기』의 기록과는 조금 차이가 난다. 그러나 그

차이는 그다지 중요하지 않다. 그보다는 장륙존상의 주조에 사용된 재료가 바다를 건너왔다는 사실이 중요하다.

(황룡사를 완성하고) 얼마 안 가서 바다 남쪽에서 큰 배 한 척이 떠 와서 하곡현(河曲縣)의 사포(絲浦)—지금 울주(蔚州)의 곡포(谷浦)—에 머물렀다. 배를 점검해보니, 공문서가 있었다. 서쪽 천축(天竺)의 아육왕(阿育王)이 황철(黃鐵) 5만 7천 근, 황금 3만 푼을 모아서 석가(釋迦)의 삼존상을 주조하려다가 뜻을 이루지 못했다. 그래서 배에 실어 바다에 띄우면서 "인연 있는 국토에 가서 장륙존상이 이루어지기를 비노라"라고 축원하였다는 것이다. 그래서 부처 하나와 보살 둘의 상도 모형을 만들어서 배에 함께 실었다. 하곡현의 관리가 이 사실을 문서로써 아뢰었다. 왕은 그 현의 성 동쪽에 높고 메마른 땅을 골라서 동축사(東竺寺)를 세워 세 불상의 모형을 모시게 하였다.

하곡현 사포는 지금의 울산 염포(鹽浦)다. 태화강으로 들어오는 바닷물을 사이에 두고 울산항과 바로 마주하고 있는 곳이다. 염포의 내륙 쪽에 '염포삼거리'가 있는데, 삼거리 한가운데에 커다란 바위가 하나 세워져 있다. 거기에는 '염포 삼포개항지'라고 쓰여 있다. 조선조에 부산포(釜山浦), 내이포(乃而浦)와 함께 일본과의 교역에서 주요한 역할을 했던 곳임을 기념하기 위해 세운 것이다. 이 바위 뒤로 길게 능선이 이어져 있는데, 마골산(麻骨山)이라 한다.

마골산의 동쪽 자락에 절이 있으니, 바로 '동축사'다. 그 이름은 "동쪽 천축에 있는 절"이라는 의미다. 여기서 동쪽 천축은 동인도를 가리키지 않는다. 동쪽에 있는 천축, 곧 신라를 가리킨다. 이 이름은

동축사. 자그마한 이 절로"동쪽의 천축"이라 자부했던 신라인의 기상이 새삼스럽다.

서쪽 천축, 곧 부처의 나라인 인도와 짝이 된다는 의미에서 붙여진 것이다. 아육왕, 곧 아쇼카왕이 불상 셋을 만들려다 실패하여 그 황철과 황금을 배에 싣고서 인연 있는 땅으로 가라고 해서 이른 곳이 바로 사포, 지금의 염포였기 때문이다.

민중의 상상력은 참으로 대단했다. 아쇼카왕은 기원전 3세기에 재위한, 마우리아 왕조(기원전 322~기원전 185)의 왕이었다. 그런 그가 띄운 배가 6세기 후반이 되어서야 사포에 닿았다니, 아니 이 배가 무슨 유령선처럼 800여 년을 바다에서 떠돌았다는 말인가? 아니다. 그만큼 신라가 인도 또는 인도 불교와 깊은 인연이 있었다는 것을, 나아가 신라가 바로 불국토라는 것을 강조하기 위함이었다. 이 세상을 아무리 뒤져도 아쇼카왕의 바람을 이루어줄 수 있는 나라는 신라뿐이라는 것이다. 이는 불국토사상의 한 자락을 보여주는 이야기다.

〈황룡사장륙존상〉에는 장륙존상에 대한 또 다른 이야기가 실려 있는데, 이 또한 민중의 상상력을 엿보게 해준다. 거기에서는 아쇼카왕이 띄워 보낸 배가 남염부제(南閻浮提, 인간세상)의 16 대국(大國)과 5백 중국(中國), 1만 소국(小國), 8만 촌락을 두루 다니지 않은 곳이 없다고 하였다. 그럼에도 모두 불상을 주조하는 데 실패하였고, 이윽고 신라에 이르자 진흥왕이 문잉림(文仍林)에서 그것을 주조하여 불상을 완성하니 모습이 온전하게 갖추어졌다고 한다. 이 일로 말미암아 아육왕을 무우왕(無憂王)으로도 번역하여 부른다고 하였다.

산스크리트 아쇼카Ashoka는 본래 "걱정이나 슬픔이 없는"을 뜻하는 말이다. 이는 아쇼카왕이 불교에 귀의하면서 비폭력과 사랑, 진리, 관용 등을 실천하였기 때문에 붙여진 이름인데, '아육왕'이 아쇼카왕을 그 소리로써 부른 이름이라면 '무우왕'은 뜻으로써 붙인 이름이다. 그러나 민중은 이러한 사정을 알지 못했고, 다만 아쇼카왕을 무우왕으로도 부른다는 사실만 알고 있었다. 그랬기 때문에 신라에서 불상이 완성되면서 걱정거리가 없어져 무우왕이라 불리게 되었다고 한 것이다. 민중이 이렇게 이해하거나 해석한 것을 아주 틀렸다고 말할 수만은 없다. 이 또한 인도와 신라가 둘이 아닌 하나라는, 아쇼카왕과 진흥왕이 하나로 이어져 있다는 인식의 표현이기 때문이다.

지금은 동축사에 부처 하나와 보살 둘의 상이 남아 있지 않다. 처음부터 그런 상은 없었으며 민중의 이야기에서만 존재했는지도 모른다. 그러나 동축사는 〈황룡사장륙존상〉의 이야기와 마골산 기슭에 여전히 남아서, 신라가 서쪽 천축 아쇼카왕이 이루지 못한 일을 이룬 '인연 있는 땅,' 곧 불국토였음을 말해주고 있다.

철과 황금이 들어왔던 염포

동축사에 모셔진 세 불상, 그리고 황철과 황금을 실은 배가 닿은 곳을 이야기에서는 '사포'라 했다. 사포(絲浦)란 아마도 "비단이 들고나던 포구"를 가리키는 말이었을 것이다. 사(絲)는 비단을 뜻하는 말로 널리 쓰였기 때문이다. 그래서 옛날에 서역 저쪽에서는 중국을 "비단의 나라"라는 뜻으로 '사국(絲國)'이라 불렀고, 장안(長安)을 "비단의 도시"라는 뜻으로 '사도(絲都)'라 불렀던 것이다.

비단은 고대에서 중세 내내 전 세계에서 널리 교역되던 중국산의 진귀한 물건으로, 서쪽으로는 아라비아와 로마까지 그리고 동쪽으로는 신라와 일본에까지 전해질 정도로 명품의 대접을 받았다. 중국에서 서아시아와 지중해 연안 지방을 잇는 고대 무역로를 '비단길Silk Road'이라 부를 정도였으니, 더 말해 무엇하랴. 사포는 바로 그 비단이 들어오던 포구였을 것이다. 이는 곧 일찍부터 선진 문물이 드나드는 포구였음을 의미한다. 사포가 염포로 명칭이 바뀐 것은 드나드는 주요 산물이 달라졌던 사정과 관련이 있으리라.

지금은 염포에서 가장 눈에 띄는 것이 자동차선적장이다. 저 옛날 비단이 들어왔던 곳에 자동차들이 배에 실리기를 기다리고 있다. 근처에 있는 건물들도 자동차 공장이거나 자동차와 관련된 일을 하는 곳이다. 이쯤되면 사포가 염포로 바뀌었던 것처럼 염포도 '차포(車浦)'로 그 명칭이 달라져야 하지 않을까?

그리고 염포에서 바다 쪽으로 더 나가면 조선소가 있고, 거대한 배가 떠 있다. 그 풍경을 보면, "참으로 기묘하다!"는 느낌이 절로 든다. 1400여 년 전, 이 바다로 인도에서 띄운 배가 철과 황금을 싣고 들어왔기 때문이다. 그런데 이제는 여기서 철로 '황금 같은' 배가 만들어지고 다른 나라로 수출되어 나가고 있으니.

그런데 이야기 속의 그 배는 정말로 아쇼카왕이 띄운 것이었을까? 어떻게 800년이나 바다에서 떠돌다가 이 포구로 들어섰을까? 어찌하여 진흥왕 때였고, 하필이면 황룡사가 창건된 뒤였을까? 민중의 이야기는 역사서의 기록보다 덜 사실적이다. 그러나 기록이 역사의 전부는 결코 아니다. 오히려 이야기가 기록이 말해주지 않은 것을 들려주는 일이 더 많다. 그리고 역사가 놓친 것을 다시 생각하게 만든다. 이야기는 사실보다 진실을 들려준다고 할까? 그러

염포 앞바다.
그 옛날 철이 들어온 이 바다에서 이제는 황금이 된 철이 나가고 있다.

니 우리는 그 진실에 귀를 기울이고, 숨겨진 역사를 읽어야 하리라.

그 감추어진 진실, 숨겨진 역사를 읽으려면, 황룡사로 발길을 돌려야 한다. 황룡사로 향하기 전에 한번 생각해보자. 울산은 한국 자동차 산업의 메카다. (메카Mecca라는 말을 이제는 자연스럽게 쓰지만, 이는 본래 이슬람교의 창시자인 마호메트가 태어난 곳으로 이슬람교 최고의 성지를 가리키는 말이었다. 그리하여 "동경과 숭배의 대상이 되는 곳"을 의미하게 되었는데, 지리적으로는 사우디아라비아 남서부에 있는 홍해 연안의 도시로, 주요한 교역이 이루어졌던 곳이다. 신라 때 사포로 들어왔던 아랍 상인들 가운데 이 메카에서 왔거나 메카로 돌아갔던 이들이 분명 있었을 것이다. 그렇게 보면, 염포와 메카 사이에는 시간과 공간을 뛰어넘는 무언가가 있는 것 같다.)

자동차 산업은 철강 산업을 기반으로 한다. 그런데 그 철강 산업의 원재료는 이미 6세기에 염포를 통해 들어오고 있었다. 그리고 신라의 장인들은 그 철을 가지고 황룡사의 장륙존상을 빚어냈다. 지금은 그 장인들이 경주가 아닌 울산에 있는 셈이지만.

철강과 철학이 빚어낸 장륙존상

진흥왕 때 신라는 본격적으로 영토 확장을 꾀하였다. 그리하여 한강 유역으로 진출하였고, 북쪽으로 함경남도와 함경북도까지 진출하였다. 그때 남긴 '북한산순수비(北漢山巡狩碑)'와 '마운령비(摩雲嶺碑)' 등이 지금도 남아 있어 그 사실을 입증해준다. 한마디로 거칠 것이 없었다. 그러나 이런 과업이 그저 이루어진 것은 아니었다. 법흥왕이 다져놓은 토대 위에서 이루어진 일이었다.

법흥왕은 517년에 병부(兵部)를 설치하였고, 524년에는 남쪽 국경을 순행하면서 땅을 넓혔다. 이윽고 532년에 금관국(가락국)의 왕이 왕비 및 그 아들들과 함께 금관국의 보물들을 가지고 와서 항복하였다. 단순히 군사력을 갖추는 데만 힘쓴 것이 아니었다. 520년에는 율령을 반포하였고, 528년에는 처음으로 불법(佛法)을 시행하였다. 제도와 문화에서도 혁신이 있었다.

법흥왕의 치적 가운데서 특히 금관국의 항복은 신라의 발전을 이끄는 큰 동력이 되었다. 철의 생산지를 확보함과 동시에 철과 관련된 기술을 넘겨받았기 때문이다. 뿐만 아니라 남해의 해상권을 장악할 수 있는 기회도 얻었다. 그렇다면 진흥왕 때 염포를 통해 들어온 그 배는 실제로는 인도 아쇼카왕이 보낸 배가 아니라, 가야 지역에서 철을 싣고 온 신라의 배였다고 하는 게 옳다.

그렇다면 왜 인도, 게다가 아쇼카왕이라 하였을까? 그것은 불교 그리고 통일 때문이다. 법흥왕에 의해서 시행된 불법은 진흥왕을 통해서 본격적으로 뿌리를 내리게 된다. 진흥왕 때인 544년에 흥륜사가 낙성되었고, 또 누구나 출가하여 승려나 비구니가 될 수 있도록 허락한 것도 그때였다. 누구든지 승려가 되어 불교를 공부할 수 있는 길이 열린 것이다.

549년에는 유학승 각덕(覺德)이 남조(南朝)의 양(梁)나라에서 돌아왔다. 양나라는 남조에서 가장 불교가 흥성한 나라였다. 565년, 남조의 진(陳)나라에서 불경 1,700여 권을 보내 왔다. 남조와의 교류는 당연히 남해의 해로를 통해서 이루어졌을 것이다. 566년에는 기원사(祈園寺)와 실제사(實際寺)가 낙성되고, 황룡사도 완성되었다. 이런 일련의 과정은 불교라는 보편적인 종교 또는 철학이 신라 땅에 깊이 뿌리를 내리기 시작했음을 의미한다.

그리고 574년 3월, 황룡사의 장륙존상이 주조되었다. 〈황룡사장륙존상〉에서는 그 일이 "단번에 이루어졌다"고 묘사되고 있다. '단번에'라는 말은 철의 제련 기술과 불교 철학이 절묘하게 결합되고 또 제대로 이루어졌음을 의미한다. 인도에서 최초의 통일국가를 이룩하고 불교도들에게는 이상적인 왕으로 칭송되었던 아쇼카왕조차 이루지 못한 일을 신라에서는 이루어냈다는 말이다. 물론 아쇼카왕은 이루지 못했다는 것이 아니라, 신라인이 그보다 더 위대한 일을 해냈다는 뜻이다. 한마디로 장륙존상은 '철강과 철학의 조화가 빚어낸 걸작'이었다.

열반에 든 장륙존상

황룡사는 월성 동쪽에 창건되었다고 한다. 그러나 지금은 그 자태를 볼 수 없다. 웅장했음을 짐작하게 하는 터만 덩그러니 남아 있다. 터의 한가운데에는 신라 삼국통일의 상징이었던 구층탑을 떠받쳤을 초석들이 남아 있고, 거기서 북쪽으로 바로 앞에 금당의 터가 있다. 넙적한 바위만 셋 남아 있는데, 바로 여기에 부처 하나와 보살 둘의 장륙존상이 앉아 있었을 것이다. 그런데 이제 그 불상들은 어디로 갔을까?

〈황룡사장륙존상〉 뒤에 나오는 〈사불산굴불산만불산(四佛山掘佛山萬佛山)〉에는 신라 사람들이 만든 불상을 보고 당나라 대종(代宗, 726~779)이, "신라 사람의 기교는 하늘의 조화지 사람의 기교가 아니다"라고 탄복하는 대목이 나온다. 얼마나 대단했으면 '하늘의 조화(天造)'라고 했겠는가. 장륙존상이 지금 남아 있지 않은 것은 아마도 이 '하늘의 조화' 탓이 아닐까? 그 조화가 아무런 흔적도 남기지 않는 '무여열반(無餘涅槃)'에 들게 한 셈이니 말이다.

황룡사장륙존상은 석가모니처럼 열반에 들었어도 여전히 우리에게 가르침을 베풀어주고 있다. 그 가르침을 『삼국사기』의 기록에서는 찾을 수가 없지만, 민중의 이야기를 통해서 엿들을 수 있다. 장륙존상은 신라가 어떻게 강대국이 될 수 있었는지를 이야기해준다. 무력만으로는 강대국이 될 수 없으며, 철학을 바탕으로 한 문화가 뒷받침되어야 한다는 것을 일깨워준다.

장륙존상이 만들어진 뒤로 100년 만에 신라는 삼국을 통일하였다. 가야를 포함한 네 나라 가운데서 가장 후진이었던 신라가 말이다. 그리고 그 100년 사이에 신라의 불교철학은 그 이후 오늘날까지도 도달하지 못하고 있는 경지에 이르렀다. 이 얼마나 경이로운

황룡사의 금당 터.
여기에 앉았던 장륙존상은 열반에 들었으리라.

가! 그러나 열반에 이르기 위해서는 고해를 건너야만 하듯이, 그 경이로움은 아쇼카왕의 배가 오랜 세월 동안 거친 바다를 헤치고 신라에 이르렀던 것과 같은 그런 과정을 겪고서야 나온 것이다.

오늘 우리는 남과 북으로 나뉘어 있다. 진정으로 통일을 꿈꾼다면, 그래서 그 꿈을 이루고자 한다면, 황룡사장륙존상에 숨은 뜻대로 통일을 위한 철학을 먼저 마련해야 하리라. 이미 경제적으로는 큰 성취를 이루었으니, 이제는 철학과 문화에서 더 큰 성취를 이루어야만 진정으로 통합과 통일의 시대를 열 수 있으리라.

바닷길을 지켜준
관음보살들

국립경주박물관에 들어서자마자 시계 반대방향으로 돌아가면, 잔디밭에 서 있는 관음보살상(觀音菩薩像) 하나를 만나게 된다. 연화대 위에 서 있는 모습이 꽤 늘씬하게 잘 빠졌다. 높이가 무려 376cm다. 보통 사람의 두 배다. 최근에 그 입체적인 화면과 놀라운 상상력으로 대중을 사로잡은 영화 '아바타'에 등장하는 인물들과 흡사하다.

찬찬히 뜯어보니, 보계(寶髻)가 지나치게 높다랗게 솟아 있고, 아랫입술이 윗입술보다 두툼하며, 목은 어깨에 붙어 있고, 눈매가 약간 매섭게 느껴진다. 어딘지 부드러움보다는 엄격함이 묻어나는 게, 신라의 여느 관음보살상과는 사뭇 다르다. 그것은 우리네 여인의 모습이 아니기 때문이리라. 어찌하여 이런 관음보살상이 신라 땅에 서 있게 되었을까?

신라의 위대한 고승 원효에 대해 〈설총〉 열전에서 고작 "(설총의) 부친은 원효다. 원효는 처음에 중이 되어 불서(佛書)에 통달하였으나, 나중에 환속하여 스스로 '소성거사'라 불렀다"고만 적고 있는 『삼국사기』에서 그 답을 구하기는 애초에 글렀다. 관음보살상 곁의 팻말에는 "낭산 기슭에 있는 중생사 근처 밭에 묻혀 있던 것을

경주 낭산의 서쪽 기슭에 있는 중생사.
이제는 그저 살림집 같은 이곳에서 신라의 불교예술이 태동했다.

1997년에 복원하여 세워둔 것이다. …… 제작 연대는 8세기 초반으로 추정된다"고 적혀 있다.

그렇다면 아무래도 중생사와 연관이 있을 듯한데, 중생사는 박물관에서 그리 멀지 않은 곳에 지금도 남아 있다. 박물관에서 동남쪽으로 그리 멀지 않은 곳에 낭산이 있다. 낭산의 서쪽 기슭에 문무왕의 주검을 화장한 터라고 하는 능지탑이 보인다. 그 탑 곁으로 쭉 들어가면 여염집과도 같은 작고 허름한 절이 하나 나오는데, 그 절이 바로 중생사(衆生寺)다.

중생사는 그 이름처럼 투박하고 꾸밈이 없다. 그러나 그 마당에 서 있는 오층석탑, 한쪽 구석에 나란히 놓인 각종 부재(部材), 그리고 보물로 지정되어 있는 마애삼존불(磨崖三尊佛) 등은 절이 유서 깊은 고찰이었음을 알려준다. 이나마 남아 있으니 얼마나 다행인가. 더욱 다행인 것은 『삼국유사』의 〈삼소관음중생사(三所觀音衆生寺)〉에 이 중생사에 얽힌 이야기가 실려 있다는 사실이다.

화공을 지켜준 관음보살

중국에 천자의 총애를 받는 여인이 있었다. 참으로 아름다웠으므로, 천자는 그 모습이 헛되이 사라지지 않게 하고 싶었다. 그래서 솜씨가 빼어난 화공을 불러서 그 모습을 그리게 하였다. 그런데 다 그린 화공이 실수로 붓을 떨어뜨리는 바람에 배꼽 밑에 붉은 점이 찍히게 되었다. 아무리 해도 고칠 수 없었던 화공은 "여인에게는 태어날 때부터 붉은 사마귀가 있었을 것이다"라고 생각하면서 고치는 일을 그만두었다.

그림을 보던 천자는 배꼽 밑에 사마귀가 있는 줄을 어떻게 알고 그렸느냐고 성을 내며 벌을 주려고 하였다. 그때 곁에 있던 신하가 천자를 달랬고, 천자는 화공에게 자신이 어젯밤에 꿈에서 본 사람의 형상을 제대로 그린다면 용서해주겠다고 말하였다. 화공은 십일면관음보살(十一面觀音菩薩)의 모습을 그려서 바쳤다. 천자가 꿈에 보았던 그 모습과 똑같았다. 비로소 마음이 풀린 천자는 화공을 놓아주었다.

간신히 죄에서 벗어난 화공은 박사(博士) 분절(芬節)에게 말했다. "내가 들으니 신라국에서는 불법을 신봉한다는데, 그대와 함께 배를 타고 그곳에 가서 함께 불사(佛事)를 닦아 그 어진 나라를 널리 이롭게 하는 것이 어떻겠는가?" 그리고는 함께 신라국에 이르렀다. 말하자면, 망명을 한 셈이다. 이는 천자라는 지존(至尊)이 자신에게 성을 내고 벌을 주려 한 데서 느낀 위태로움, 또 진정으로 자신을 알아주지 않았다는 데 대한 안타까움에서 비롯된 선택이요 결단이었으리라. 무엇보다도 불화(佛畵)를 잘 그렸으므로 그런 자신의 능력과 재주를 십분 발휘할 수 있고 또 가치를 인정받을 수 있는 곳으로 가고 싶었을 것이다. 그리고 바다 동쪽의 나라에서 불법을 깊이 숭앙하며 불공(佛工)을 귀하게 대접한다는 소문도 듣고 내린 결정이었다.

그렇다면, 이 화공은 누구일까? 일연은 "그 이름이 전하지 않는데, 혹은 장승요(張僧繇)라 한다"고 적고 있다. 민중은 그 화공이 장승요일 것이라고 여겼다는 말인데, 왜일까? 장승요는 양나라 무제(武帝, 502~549 재위) 때 활동한 화가다. 양 무제는 자신을 여러 차례나 절에 시주하여 신하들이 거금을 들여서 빼내게 할 정도로 불교에 심취했다는 황제다. 무제는 인도에 사람을 보내어 사위국(舍衛國)의 불상을 모사해 왔다고도 한다. 그리고 장승요는 당시에 인도의 화법을 배워서 '몰골화법(沒骨畵法)'이라는 새로운 화풍을 수립하고 불교 인물화나 사찰의 벽화를 많이 그린 화가로 알려져 있다. 그랬기 때문에 민중은 장승요가 천자의 여인을 그린 화공이었을 것이라 여겼던 것이다.

흥미로운 것은 장승요든 아니든 이 화공이 배를 타고 남해를 지나 신라에 이르렀다는 사실이다. 이는 신라가 양나라보다, 신라의 국왕이 양나라 무제보다 더 불교를 독실하게 믿었다는 것, 그리고 신라가 진정한 불교국가였다는 것을 상징한다. 무엇보다 중요한 것은 신라의 불교예술이 이렇게 바다를 건너온 화공에 의해서, 즉 선진문화를 체득한 인물의 도래와 함께 시작되었음을 의미한다는 점이다.

이윽고 신라에 이른 화공은 중생사에 머물면서 관음보살상을 만들었는데, 이것이 바로 국립경주박물관에 서 있는 그 관음보살상이 아닐까 여겨진다. 아니면, 적어도 그 관음보살상과 깊은 연관이 있으리라고 본다. 그래서 이 관음보살상이 신라의 여인네와는 다른 모습을 한 게 아닐까?

그런데 왜 이 화공은 관음보살상을 만들었을까? 첫째는 그가 천자의 노여움에서 벗어날 수 있었던 것이 십일면관음보살 덕분이

중생사의 관음보살상. 그 모습이 이국적이다. 토착적이면서 아름다운 자태와 미소는 나중에야 나타났다.

었기 때문이다. 둘째는 그가 남해로 해서 신라에 이르는 동안, 바다에서 자신을 지켜준 보살이 관음보살이라 믿었기 때문이다. 관음보살은 석가모니 입적 후에 미륵보살이 출현할 때까지 중생을 고통으로부터 지켜주는 대자대비한 보살인데, 특히 동아시아에서는 바닷길을 지켜주는 보살로서 널리 숭앙되었으므로 그러한 사실과 연관이 있을 것이다.

화랑을 구해준 백률사

〈삼소관음중생사〉는 그 제목과 내용의 차이 때문에 다소 혼란스럽다. 제목은 "세 곳의 관음과 중생사"라는 뜻인데, 이야기 속에는 중생사만 등장하기 때문이다. 그런데 이 이야기에 이어서 〈백률사(栢栗寺)〉와 〈민장사(敏藏寺)〉 이야기가 나온다. 두 이야기 모두 관음보살상과 관련된 내용을 담고 있다. 따라서 〈삼소관음중생사〉의 '삼소관음'은 중생사와 백률사, 민장사 세 곳의 관음을 아울러서 말한 것이라 할 수 있다. 이 가운데서 백률사는 특히 중생사와 관계가 깊다.

국립경주박물관에서 곧바로 북쪽으로 가면, 거기에 북산인 금강령(金剛嶺)이 있다. 이른바 소금강산(小金剛山)이다. 백률사는 이 소금강산에 있다. 527년에 불교를 일으키기 위해서 기꺼이 몸을 내던진 이차돈(異次頓)이 목을 베였을 때, 그 목이 솟구쳐 올라서 떨어진 곳이 바로 백률사 자리였다고 한다.

지금은 백률사가 아주 작고 볼품이 없는 사찰로 남아 있지만, 국립경주박물관에 소장되어 있는 금동약사여래입상(金銅藥師如來立像)을 보면 신라 때는 꽤 홍성했으리라 짐작된다. 중생사와 비슷한

홍망성쇠를 겪은 듯한데, 그 백률사에도 관음보살상이 있었다고 한다. 이제는 남아 있지 않지만, 중생사의 관음보살상을 만든 그 화공이 만들어서 안치한 것이라 한다.

693년 3월, 국선(國仙)인 부례랑(夫禮郞)은 무리를 거느리고 놀러나갔다가 북명(北溟, 지금 북한의 원산만)에 이르렀는데, 거기서 말갈족에게 붙잡혀 갔다. 무리는 어쩔 줄 몰라 하며 돌아왔고, 안상(安常)이라는 벗만 홀로 쫓아갔다. 그때, 월성(月城)의 천존고(天尊庫)에 보관하고 있던 신적(神笛) 곧 만파식적과 현금(玄琴) 두 보물도 사라졌다. 두 보물은 부례랑과 안상을 상징하는 것이니, 이는 당시에 화랑의 위상이 얼마다 대단했는지를 나타내는 것이다. 실제로 삼국통일의 위업을 이루는 데 앞장섰던 이들이 화랑이었다.

5월 15일, 부례랑의 양친은 백률사의 불상 앞에서 여러 날 동안 기도하였다. 그랬더니 향을 피우는 탁자 위에 갑자기 신적과 현금이 나타났고, 이어 부례랑과 안상도 불상 뒤에서 나타났다. 어떻게 이런 일이 일어날 수 있었을까? 이는 경험상으로도 논리적으로도 입증할 수 없는 일이다. 오로지 믿음으로써만 받아들일 수 있는 일이다. 종교적 이적(異蹟)이나 신통은 초월적 경험에서 비롯되기 때문이다. 따라서 거기에 담긴 상징적인 의미를 읽어내는 것이 중요하다. 부례랑은 양친에게 이렇게 말했다고 한다.

"말갈족인 대도구라(大都仇羅)의 집에서 방목하는 일을 할 때, 모습이 단정한 스님이 손에 신적과 현금을 들고 나타나서는 저를 위로하면서 '고향 생각을 하느냐?'고 묻기에, '어찌 말로 다 할 수 있겠습니까?'라고 말했습니다. 그러자 스님은 당신을 따라오라면서 해변으로 데리고 갔습니다. 거기서 안상을 만났습니다. 스님은 신적을 둘로 쪼개어 우리 두 사람에게 타라고 하였고, 자신은 현금을 타고서 바다를 둥실둥실 떠 갔습니다. 그리고 잠깐 사이에 이른 곳이 여기였습니다."

부례랑에게 나타난 스님은 곧 백률사 관음보살상의 현신이었다. 그리고 신적과 현금을 배로 삼고 동해의 바닷길로 내려왔던 것이다. 현금에 대해서는 알려진 것이 없으나, 신적인 만파식적은 동해에 떠 있는 섬에서 얻은 대나무로 만든 것이니 바다를 무사히 건너는 데에 더없이 도움이 되었을 것임은 분명하다. 이로써 관음보살이 바닷길을 안전하게 지켜주는 보살임이 분명히 드러난다. 물론 이는 민중의 경험과 이해에서 말미암은 것이지만.

장사꾼을 구해준 민장사 관음보살

관음보살은 관세음보살(觀世音菩薩) 또는 관자재보살(觀自在菩薩)로도 불린다. '관음'과 '관세음'은 "소리 또는 세상의 소리를 보거나 살핀다"는 뜻이다. 참으로 역설적인 말이지만, 이는 불교의 진리를 드러낸다. 소리란 우리가 들을 수 있는 것이 전부가 아니다. 우리가 듣지 못하는 소리가 있다. 우리가 듣지 못한다고 해서 그 소리가 없는 것은 아니다.

우리가 쉽게 듣지 못하는 소리, 그것은 마음의 소리다. 특히 이 세상의 중생은 끊임없이 괴로워하면서 신음하지만, 그 괴로운 마음을 쉽사리 드러내지 못한다. 괴로움을 해소시켜줄 수 있는 자들(지배층)은 들어주거나 알아주려고 하지 않고, 들어주고 알아주는 이들(민중)은 해결해줄 능력이 모자란다. 그런데 관음보살은 그런 중생의 소리, 마음속 괴로움의 소리를 잘 보고 살핀다. 그래서 "소리를 듣지" 않고 "소리를 살피는" 보살이다. 또 중생을 구제하기 위해 어디에나 나타나므로 "자유자재하다"는 뜻의 관자재보살로 불리기도 한다.

화공을 위태로운 지경에서 건져준 십일면관음보살의 얼굴이 열하나인 것은 모든 중생을 두루 살피기 위함이다. 천 개의 손에 천 개의 눈이 달렸다는 '천수천안관세음(千手千眼觀世音)' 또한 뛰어난 중생 구제력을 드러낸 이름이다. 이런 관음보살의 구제를 받아서 거친 바다에서 살아난 장사꾼이 있었다.

가난한 여인 보개(寶開)에게는 장춘(長春)이라는 아들이 있었다. 장춘은 상인을 따라 바다를 두루 다녔는데, 오랫동안 소식이 없었다. 그 모친은 민장사의 관음보살상 앞에서 이레 동안 기도를 하였다. 그랬더니 갑자기 장춘이 돌아왔다. 바다에서 회오리바람을 만나서 배는 부서지고 동료들도 모두 죽었는데, 장춘만은 오나라 해변에 닿아서 살아남았다. 거기서 농사를 짓고 있다가 이상한 스님을 만나서 동행하게 되었다. 깊은 개천—서해를 상징한다—앞에서 스님이 장춘을 끼고 훌쩍 건너뛰는 순간, 신라 땅이었다고 한다. 장춘이 살아서 돌아온 과정은 부례랑이 겪었던 과정과 아주 비슷하다. 같은 경험을 하고 살았던 민중의 이야기이기 때문이리라.

이야기에서는 오후 네 시쯤에 오나라에서 떠나 오후 여덟 시쯤에 신라에 이르렀다고 하지만, 굳이 이를 믿거나 따질 필요는 없다. 그보다는 장춘이 남해를 거쳐서 신라에 이르렀다는 것, 관음보살의 보살핌으로 무사히 돌아왔다는 것, 특히 모친의 지극한 마음이 이루어낸 일이었다는 것, 이러한 사실과 진실이 이야기 속에 숨겨져 있음을 아는 것으로 충분하다.

여기에 덧붙이자면, 중국에서 항해의 수호신으로 숭앙되고 있는 '마조(媽祖)'도 관음보살의 화신이라는 사실이다. 어려서부터 『관음경』—『법화경』의 제25품인 「관세음보살보문품」을 따로 떼어내서 하나의 경전처럼 만든 것—을 독송하였는데, 그 신통이 마조로 하여금 바다에서 곤란을 겪고 있던 오빠들을 구하게 해주었던 것이다. 물론 관음보살이 직접 현신하여 구해준 것이 아니라 마조가 관음보살을 대신한 것이지만, 그 상징적 의미는 크게 다르지 않다.

종교와 예술, 그 지극함에서 만나다

화공은 십일면관음보살을 만나서 위기를 벗어나고 또 바다를 건너 신라에 이를 수 있었다. 부례랑과 안상, 장춘 등도 관음보살상 덕분에 고향으로 돌아올 수 있었다. 단순히 이러한 사실을 믿고 이것이 전부라고 여겨서는 안 된다. 믿음은 언제나 필요하고 중요하지만, 일연은 그 이상을 이야기해주려고 했다.

중세에서 근대로 오면서 종교와 예술은 점점 멀어졌다. 이른바 인간 중심의 사유가 깊어지고 널리 퍼지면서 예술은 종교와 점점 거리를 두기 시작하였다. 이윽고 예술은 종교와 별개로 독자적인 영역을 구축하였고, 나아가 자본주의와 긴밀한 관계를 맺게 되었다. 그러나 과연 예술과 종교는 다시는 만날 일이 없을까? 그리고 종교가 훨씬 우위에 있었던 중세에 왜 종교는 예술을 만나야 했을까? 그 둘 사이에는 무언가 통하는 것이 있지 않을까?

화공은 그림을 그릴 때, 마음을 지극하게 다하였다. 그랬으므로 보지도 않은 여인의 배꼽까지 저절로 그릴 수 있었다. 여인의 배꼽을 그리는 일은 일종의 '화룡점정(畵龍點睛)'이라 할 수 있는데, 이는 단순히 예술적 수준에서 이루어지지 않고 종교적인 차원에서 이루어졌다. 말하자면, 예술과 종교는 그 궁극에서는 만나 하나가 된다는 것이다. 이는 십일면관음보살의 도움에서 명확해졌다.

마찬가지로 부례랑의 부모도, 장춘의 모친 보개도 지극한 마음으로 빌었기 때문에 자식들이 돌아올 수 있었다. 그 지극한 마음들이 바로 거룩한 마음이고 불심(佛心)이다. 일연이 말하고자 한 것이 이것이다. 불심이 없으면 부처나 보살을 만날 수 없듯이, 지극한 마음이 아니면 예술은 고작 기술로 전락하고 만다는 것이다. 이렇게 예술가의 정신과 수행자의 마음은 그 지극함에서 하나다.

왜 신라와 고려 시대에 그토록 아름답고 장엄한 불교예술과 탁월한 불교사상이 이룩될 수 있었는지, 그리고 오늘날에는 왜 그렇게 할 수 없는지, 『삼국유사』의 이야기는 우리로 하여금 가만히 되돌아보게 한다. 단순한 믿음이 아니라 지극한 마음을 지닐 때에만 지극한 경지에 이르고, 종교와 예술은 하나가 된다.

바다 건너온 부처님 사리와 불경

1981년 8월 24일, 중국 서안(西安)에서 서쪽으로 120km 정도 떨어져 있는 법문사(法門寺). 열흘째 폭우가 쏟아지더니, 결국 천둥번개가 쳐서 13층 팔각의 진신보탑(眞身寶塔)을 두 동강을 냈다. 그로부터 5년 뒤, 탑을 철거하고 유물을 발굴하기 시작하였다. 바닥에 조그만 굴이 있었고, 그 굴을 파고 내려가니 돌문이 나왔다. 발굴하던 팀은 흥분했다. 숨겨져 있던 지하궁의 입구였던 것이다.

그 속에는 수많은 보물이 있었다. 그 가운데서도 네 개의 사리는 더없는 보배였다. 사리(舍利)는 산스크리트 사리라Sarira를 소리나는 대로 옮긴 것으로, 석가모니나 성자의 유골을 가리키는 말이었다. 네 개의 사리 가운데 하나는 부처님의 손가락뼈, 곧 불지사리(佛指舍利)였다. 이 사리는 영골(靈骨)이라 하는데, 바로 진신사리(眞身舍利)다. 나머지 세 개는 어떤 고승의 사리인데, 이는 영골(影骨)이라 한다.

당나라 때 여덟 명의 황제가 법문사의 진신사리를 황궁에 맞아들여 공양하였는데, 그 과정에서 온 백성이 거리에서 환호하며 구경거리로 삼았다. 이는 불교가 완전히 중국 땅에 뿌리를 내렸음을 입증하는 것이면서 동시에 불교계가 타락해가고 있음을 보여주는 사건이기도 했다. 정점에 이르면 내려가는 길밖에 없지 않은가!

그 호들갑을 마뜩찮게 여겼던 유학자 한유(韓愈, 768~824)는 「논불골표(論佛骨表)」라는 글을 써서 헌종(憲宗)에게 간하다가 오히려 좌천되었다. 「논불골표」가 비록 유교적 관점에서 불교를 논한 것이기는 하지만, 종교의 본질에 대한 이해 없이 미신적이고 맹목적으로 믿는 세태를 비판한 내용은 새겨볼 만하다. 결국 9세기 후반, 당나라 의종(懿宗)은 법문사의 지하궁을 단단히 봉해버렸다. 그리하여 진신사리는 망각 속에 묻혔다. 그런데 진신사리는 중국뿐만 아니라 신라에도 전해졌다고 한다. 『삼국유사』의 〈전후소장사리(前後所將舍利)〉에 자세하게 나와 있다.

통도사 금강계단.
여기에 부처의 진신사리가 모셔져 있다고 한다. 이곳의 사리는 계율 또는 율장이었으리라.

바다를 건너온 진신사리

'전후소장사리'는 "앞서서 또 나중에 가지고 온 사리"라는 뜻이다. 사리가 전해진 것이 한 번이 아니라는 말이다. 먼저 549년에 양(梁)나라 황제가 사신 심호(沈湖)를 시켜 사리를 몇 알 보내 왔다. 이에 대해서는 『삼국사기』 진흥왕(眞興王) 10년(549)의 기사에서도 "봄에 양나라에서 사신과 그곳에서 유학하고 있던 승려 각덕(覺德) 편에 부처의 사리를 보내 왔다"라고 적고 있으니, 사실이라 할 수 있다. 이때의 사리가 '앞서서' 가지고 온 사리다.

양나라에서 보냈다고 했으니, 이 사리는 남경(南京)에서 출발하여 우리나라의 남해를 지나서 울산항으로 들어왔으리라. 그런데 참으로 흥미로운 것은 이 경로로 해서 전해진 또 다른 사리, 바로 '나중에' 가지고 온 사리다. 이에 대해서 『삼국사기』에서는 전혀 언급이 없는데, 〈전후소장사리〉에서는 분명하게 적고 있다.

> 선덕여왕 때인 정관 17년 계묘년(643)에 자장법사(慈藏法師)가 당나라에서 부처의 머리뼈와 어금니, 그리고 사리 백 알, 부처가 입던 붉은 깁에 금점이 있는 가사 한 벌을 가지고 왔다. 그 사리는 세 부분으로 나누어 한 부분은 황룡사 탑에 두고, 한 부분은 태화사 탑에 두고, 한 부분은 가사와 함께 통도사 계단(戒壇)에 두었다.

참으로 놀라운 일이다. 신라에 불교를 전해준 중국에서도 진신사리는 한 알뿐이었는데, 게다가 부처의 머리뼈와 어금니라니! 머리뼈와 어금니, 사리 백 알이면 부처의 유골 전부라고 해도 과언이 아니다. 어떻게 이것이 흩어지지 않은 채 천년을 내려올 수 있었으며, 또 신라에 전해질 수 있었을까? 다소 과장된 것이라고 치부해버리고 말아야 할까? 일연은 이를 사실이라 믿었을까? 『삼국사기』에서는 왜 기록하지 않았을까? 이 엄청난 내용은 『삼국사기』의 편찬자로 하여금 사실이 아닌 허구일 것이라는 인상을 심어주었을 것이 분명하다. 물론 사실이 아닐 가능성이 있고, 단순히 민중이 전한 이야기에 지나지 않는다고 얼버무릴 수도 있다. 그럼에도 『삼국유사』에 실린 것은 무언가 의미심장한 진실이 담겨 있어서가 아닐까?

자장법사가 가지고 온 사리는 셋으로 나누어 황룡사의 탑, 태화사(太和寺)의 탑, 통도사 계단(戒壇)에 각각 두었다고 한다. 황룡사 탑은 신라의 통일과 관련되며, 자장법사가 왕에게 아뢰어서 세워진 것이다. 통도사는 자장법사가 창건하였고, 계단을 세워서 계율을 정립하여 신라 불교의 토대를 단단하게 한 절이다. 그렇다면 태화사는 어떤 절인가? 바로 여기에 사리에 대한 진실이 숨겨져 있다.

불경의 상징으로서 사리

중국에서 남해를 지나 울산항으로 들어오면 내륙으로 이어지는 강이 있는데, 바로 태화강이다. 이 태화강 곁에 세워진 절이 태화사다. 이제는 흔적조차 찾을 수 없지만, 태화사 터에서 발견된 십이지상부도(十二支像浮屠)가 지금 울산의 학성공원 한 구석에 남아 있어 그 역사적 실존을 외로이 증언해주고 있다.

자장법사는 중국에 가서 청량산(淸凉山) 곧 오대산(五臺山)에서 기도하였는데, 오대산은 문수보살이 머물고 있다는 성지다. 문수보살의 이름인 판차-쉬카Panca-sikha가 다섯 봉우리[五頂]를 뜻하니, 아마도 이 이름으로 말미암아 청량산이 오대산으로 불리게 되었을 것이다. 이 오대산에서 자장법사는 지극하게 기도하였고, 이에 감응하여 문수보살이 나타나서 게송과 함께 가사와 사리를 주었다. 자장법사는 곧바로 오대산 북대(北臺)의 태화지(太和池)로 갔다. 그 태화지의 '태화'를 빌어서 나중에 울산에 태화사를 세웠다. 울산의 서쪽에 문수산을 비롯해서 '문수'라는 이름을 빌어온 것이 매우 많은 것도 자장법사의 행적과 깊은 연관이 있다.

그런데 문수보살이 준 가사와 사리는 일종의 상징이다. 문수보살은 반야지혜를 상징하는 화신이다. 그렇다면 그 가사와 사리를 준 것은 자장법사가 부처의 가르침, 불교의 요체를 온전하게 체득했음을 인정해준 것이다. 이렇게 보면, 자장법사가 가지고 온 것은 물질로서 사리가 아니라 사리로 상징되는 불법의 요체나 그 정수를 담고 있는 무언가를 가리킨다고 해야 할 것이다.

태화사의 십이지상부도. 이 부도가 본래 있었던 태화사는 자취도 없으나, 그때 갈무리되어 있던 불경은 팔만대장경으로 변신하여 남아 있다.

실제로 〈전후소장사리〉는 먼저 사리에 대해 길게 이야기를 하다가 갑자기 불경에 대해서 이야기를 하고 있다. 565년에 진(陳)나라 사신 유사(劉思)와 승려 명관(明觀)이 경전과 논서 1,700여 권을 가지고 왔고, 이어 643년에 자장법사가 경(經)·율(律)·논(論) 삼장(三藏) 4백여 상자를 싣고 왔다고 하였다. 정확하게 자장법사가 가지고 온 것은 삼장이었다. 삼장은 불법의 전부이니, 이야말로 진신사리가 아닌가.

또 다른 이야기 〈자장정률(慈藏定律)〉을 보면, "자장은 신라에 아직 불경과 불상이 갖추어져 있지 못한 것을 생각하고, 당나라 황제에게 청하여 대장경(大藏經) 한 부를 비롯해서 복이 되고 이익이 될 만한 것을 얻어서 배에 싣고 왔다"고 한다. 신라의 불교가 흥성하려면, 부처의 가르침을 기록한 경전, 그 경전의 뜻을 풀이한 논서, 부처가 정한 계율에 관한 율장 등이 필요했다. 『대장경』은 그것들을 모두 아우른 것으로, 앞서 자장이 싣고 왔다고 한 4백 여 상자의 삼장이 이것이다. 셋으로 나누었다는 사리는 이 삼장을 의미하리라.

〈자장정률〉에는 사리 이야기가 없다. 그럴 수밖에 없는 것이 사리가 곧 불경을 상징하는 것이기 때문이다. 사리가 무엇인가? 세존을 다비했을 때, 살과 힘줄 등 몸이 완전하게 다 타고 남은 유골이다. 즉 변해서 없어질 것은 뺀 나머지 유골, 그것은 변화 속에서도 오롯하게 남은 것이다. 세존이 입멸했을 때, 남김이 없는 완전한 열반에 들었을 때, 그때 남은 것은 그 가르침, 그 법이었다. 그래서 불교(佛敎)요 불법(佛法)이라고 하는데, 이것이 사리로써 상징화된 것이다.

신룡조차 도운 대장경 전래

『열반경』에 이런 대목이 나온다. 세존이 입멸하기 전에 아난을 비롯한 제자들은, "이제 우리의 큰스승은 이 세상에 계시지 않는다!"고 안타깝게 생각하였다. 이에 세존은, "내가 입멸한 뒤에는 내가 지금까지 너희에게 설했던 법과 율, 이것이 너희의 스승이 될 것이다"라고 다시금 일깨워주었다. 세존이 입멸한 뒤, 제자들이 모여서 세존의 언행을 기억에서 끄집어내어 모아 엮은 것이 바로 경전이다. 그리고 그 모임을 결집(結集)이라 한다.

역사적으로 네 차례의 결집이 있었고, 이 결집을 통해서 삼장이 형성되었다. 그리고 이 삼장에 불교 관계의 사서(史書)까지 합쳐서 집대성한 것이 바로 '대장경'이다. 〈전후소장사리〉에서는 자장법사가 먼저 삼장을 가지고 왔고, 이어서 9세기에 보요선사(普耀禪師)가 두 번이나 오월국(吳越國)에서 대장경을 가지고 왔다고 이야기한다. 특히 보요선사가 대장경을 가지고 올 때, 신룡(神龍)이 거센 바람과 파도로써 막으려 하였다가 보요선사의 정성스런 축원에 의해서 오히려 감화되어 함께 대장경을 받들고 왔다고 한다. 그리하여 지은 절이 해룡왕사(海龍王寺)라는데, 그 절이 있던 곳이 어딘지는 지금 알 수 없다.

그 후, 고려 때에도 여러 차례 중국에서 대장경을 구해 왔다고 한다. 그 가운데서도 『요판대장경(遼版大藏經)』은 세 부를 가지고 왔고, 그 한 부가 해인사에 있었다고 한다. 참 기묘한 인연이다. 고려에서 11세기에 만든 『초조대장경(初雕大藏經)』이 몽고의 침입 때 불타버리자 다시 만든 『고려대장경(高麗大藏經)』('팔만대장경'으로 널리 알려져 있다)이 바로 해인사에 보관되어 있으니 말이다.

〈전후소장사리〉에는 몽고의 침입 때 부처의 어금니가 사라진 일에 대해서 길고 자세하게 이야기하고 있다. 갑작스런 난리로 도성을 개성에서 강화로 옮길 때 챙기지 못했다는 것을 뒤늦게 알고서, 관련된 자들을 일일이 불러 캐물었으나 결국 찾지 못하였다. 그러다가 부처의 어금니가 든 함이 갑자기 나타났다고 한다. 이 일에 대해 길게 이야기한 것은 『초조대장경』이 불에 타 없어져서 다시 『고려대장경』을 조판한 일을 상징적으로 드러내기 위해서라고 여겨진다. 따라서 부처의 어금니는 대장경을 상징하는 것임이 분명하다.

이제 그 사리들은 어디에 있는가

〈전후소장사리〉에는 또 흥미로운 말이 하나 나온다. 바로 '변신사리(變身舍利)'다. 변신사리는 진신사리와 짝이 되는 말이다. 불법으로 말하자면, 진신사리는 법신(法身) 자체이며, 진실이요 본체다. 반면, 변신사리는 화신(化身)이며, 방편이요 작용이다. 서두에서 언급한 영골(靈骨)이 진신사리, 영골(影骨)이 변신사리에 해당한다. 이를 삼장에 견주면, 경장과 율장이 진신사리고, 논장은 변신사리다. 경장과 율장은 세존이 직접 가르친 법이기 때문에 바로 진신사리다. 논장은 경장과 율장에 대한 고승이나 성자들의 해석이요 주석이기 때문에 변신사리다.

이렇게 사리는 하나의 상징으로 이야기되고 있다. 그런데 〈전후소장사리〉에서는 사리뿐만 아니라 부처의 머리뼈와 어금니까지 등장한다. 법문사를 비롯한 중국 쪽에서는 보이지 않는 것들이다. 이는 신라의 불교가 중국과 버금가거나 오히려 우위에 있었다는 것을 상징적으로 나타낸 것이다. 또 신라는 석가모니가 태어나서 가르침을 펴고 입적을 한 인도와 대등하며 하나라는 자부심의 표현이기도 하다. 적어도 민중은 그렇게 이해하고 이야기를 했으며, 실제로도 크게 어긋남이 없었다. 중국 쪽에서 편찬한 『속고승전』과 『송고승전』 등에 신라의 고승들이 입전(立傳)된 데서도 입증된다.

그런데 이제 신라와 고려의 그 사리들은 어디에 있는가? 어딘가에서 법문사의 진신사리처럼 우리를 간절하게 기다리고 있지 않을까? 사리, 특히 진신사리가 법신 자체를 상징하는 것이라면, 그것은 시간과 공간을 초월해서 한결같이 존재한다. 결코 사라진 것이 아니다. 사람들이 잊고 있을 뿐이다. 이제 어떻게 해야 그 사리들을 되찾을 수 있을까? 해인사의 팔만대장경을 그저 문화유산이라고 떠받들고 있으면 그만인가? 이것은 오늘날 우리에게 던져진 화두다!

동해의 수호신이 된
관음보살과 두 고승

2005년 4월 4일, 강원도 양양읍에서 대형 산불이 났다. 그 산불은 바람을 타고 낙산(洛山)까지 번지더니, 4월 5일 마침내 천년 고찰 낙산사에 이르렀다. 일주문과 원통보전, 보타각 등을 하나씩 태우기 시작해서 절과 함께 그 역사까지 집어삼켰다. 낙산사 동종(銅鐘)까지 녹아내렸으니, 목조로 된 건물들이야 오죽했겠는가.

낙산사는 의상(義湘, 625~702)이 창건한 절로 알려져 있다. 『삼국사기』 권7의 문무왕 16년조를 보면, "봄 2월에 고승 의상이 왕의 뜻을 받들어 부석사(浮石寺)를 창건하였다"는 기사가 나온다. 부석사 창건은 기록되어 있는데, 낙산사 창건에 대해서는 전혀 기록이 없다. 아마도 부석사와 달리 낙산사는 의상이 자신의 신심(信心)만으로 지었기 때문일 것이다.

낙산사 창건에 대해서는 『삼국유사』의 〈낙산이대성관음정취조신(洛山二大聖觀音正趣調信)〉(이하 '낙산이대성'으로 줄여 부른다)에 이야기로 남아 전한다. 그런데 이 이야기 속에도 들불이 낙산까지 번진 일이 나온다.

범일(梵日, 810~889)이 낙산 위에 불전(佛殿) 세 칸을 지어 그

정취보살의 불상을 모신 뒤, 1백여 년 만에 들불이 이 산까지 번져 왔는데, 관음·정취 두 성인을 모신 불전만은 홀로 그 화재를 면했고, 나머지는 다 타버렸다.

범일 스님이 낙산에 불전을 지은 때로부터 백여 년 뒤라고 했으니, 지금으로부터 거의 천년 전의 일이다. 어찌 그렇게도 2005년의 화재와 비슷한지! 그때 이 낙산에는 두 성인을 모셨다. 관음보살과 정취보살. 그러나 이제는 낙산이 관음보살의 성지로만 알려져 있다. 그렇게 된 까닭에 대해서는 의상과 원효(元曉, 617~686) 두 고승의 자취를 따라 가보아야 알 수 있다. 그 자취는 〈낙산이대성〉 속에 남아 있다.

길이 달랐던 원효와 의상

원효와 의상은 신라뿐만 아니라 중국과 일본에서도 높이 평가받고 숭앙받는 고승들이었다. 중국의 『송고승전(宋高僧傳)』—송대의 승려 찬녕(贊寧, 919~1002)이 987년에 편찬하였다—에 그 전기가 당당하게 실려 있을 정도다. 『송고승전』의 〈의상전〉을 보면, 두 고승이 당나라에서 유학하려고 했던 일이 나온다.

둘은 바다를 건너서 당나라로 들어가려고 서해 쪽으로 갔다. 지금의 당진이나 화성 쪽이었으리라 여겨진다. 그러나 도중에 큰비를 만나는 바람에 토굴에서 비를 피하게 되었다. 이튿날 보니, 그곳에는 오래된 무덤의 해골이 있었다. 여전히 비가 내렸으므로 길을 나서지 못하고 다시 그곳에서 밤을 보내야 했다.

그날 밤, 귀신이 나타나자 놀란 원효는 "삼계는 오직 마음이고,

만법은 오로지 의식이 만든 것이다"라는 이치를 깨닫고는 당나라에 건너가지 않기로 하였다. 그리고 바랑을 메고서 신라로 되돌아갔다. 홀로 남은 의상은 유학의 뜻을 버리지 않았다. 다행히 귀국하던 당나라 사신의 배를 얻어 탈 수 있었으므로 뜻한 대로 바다를 건너갈 수 있었다. 이때가 661년이었다.

의상은 장안 근처의 종남산(終南山)에 있던 지상사(至相寺)로 가서, 화엄종의 2대 조사인 지엄(智儼, 600~668)의 문하에 들어갔다. 지엄에게서 화엄철학을 두루 배운 의상은 668년에 〈화엄일승법계도(華嚴一乘法界圖)〉를 지어 스승으로부터 인가를 받았다. 그리고 670년에 귀국하였다. 그런데 10여 년의 유학 생활을 마치고 돌아온 의상이 먼저 찾아간 곳은 동해안에 있는 어떤 해변이었다. 의상이 이 해변을 찾아간 데서 〈낙산이대성〉은 시작된다.

낙산사의 해수관음상. 동해의 용은 호법신이 되고, 관음보살은 동해의 수호신이 되었다.

옛날 의상법사가 처음에 당나라에서 돌아왔을 때, 대비진신(大悲眞身, 관음보살)이 이 해변의 굴 안에 머물고 있다는 말을 들었다. 그래서 낙산이라 이름을 붙였는데, 아마 서역에 보타락가산이 있기 때문일 것이다. 이를 소백화

(小白華)라 하는데, 이는 곧 백의대사(白衣大士, 관음보살)의 진신이 머물고 있는 곳이기 때문에 이 이름을 빌려 온 것이다.

의상이 이르기 전에 이미 관음보살의 진신이 이 해변에 나타났다고 한다. 의상은 다만 낙산이라는 이름을 새로 붙였을 뿐이다. 낙산은 인도의 '보타락가산(寶陁洛伽山)'에서 따온 이름이다. 보타락가산은 인도 남단에서 바다를 바라보는 산으로, 관음보살이 살고 있는 곳이라고 한다. 낙산 또한 동해를 바라보는 곳에 있고 관음보살도 살고 있으니, 잘못 붙여진 이름은 아니다.

관음보살의 진신을 본 의상

그런데 의상은 왜 귀국하자마자 낙산으로 가서 관음보살을 만나려고 했는가? 그것은 의상이 중국에서 유학한 일과 관련이 있다. 〈낙산이대성〉에는 의상의 유학에 대한 이야기가 없지만, 의상이 관음보살의 진신을 만나는 과정을 이야기함으로써 의상이 당나라에서 무엇을 공부하고 돌아왔으며 어떤 경지에 이르렀는지를 상징적으로 보여주는 내용이 나온다.

보타락가산에 관음보살이 살고 있다는 이야기는 『화엄경』의 「입법계품(入法界品)」에 나온다. 천하의 선지식들을 두루 찾아다니던 선재동자는 보타락가산에 이르렀고, 거기서 관음보살을 친견하였다. 의상 또한 선지식을 찾아서 당나라에 갔고, 거기서 지엄을 만났다. 그리고 지엄에게서 화엄의 종지를 배워서 높은 경지에 이르렀다.

민중은 의상을 선재동자의 현현으로 여겼다. 그래서 선재동자처럼 낙산으로 가서 관음보살을 만나려 했다고 이야기한 것이다. 의상은 낙산 해변의 굴 안에 산다는 관음보살의 진신을 보기 위해서 이레 동안 재계(齋戒)를 하였다. 그러자 천룡팔부(天龍八部)라는 신장(神將)들이 나타나서 그를 해변의 굴 안으로 인도하였다. 의상은 굴 안에서 수정염주 한 꾸러미를 받아 나왔으나, 관음보살을 보지는 못하였다. 이는 의상이 아직 지고한 경지에 이르지 못했음을 의미한다.

그 뒤에 다시 동해의 용이 나타나서 의상에게 여의보주(如意寶珠) 한 알을 바쳤다고 한다. 여의보주를 받아서 나온 의상은 다시 이레 동안 재계하였고, 그런 뒤에야 비로소 관음보살의 모습을 볼 수 있었다. 이로써 의상이 상당한 경지에 이르렀음이 인정되었다. 그런데 동해의 용은 본래 낙산 인근, 더 멀리는 동해의 모든 민중이 섬기던 신이었다. 이제 그 용은 천룡팔부처럼 호법신이 되어 관음보살을 시위(侍衛)하게 되었으니, 토착신이 불교의 신격으로 승진을 한 셈이다.

또 이야기에서는 관음보살이 의상에게 "앉아 있는 곳의 산꼭대기에 한 쌍의 대나무가 솟아날 것이니, 그곳에 불전을 지어라"라고 일러주었다 한다. 문득 만파식적이 떠오른다. 동해를 떠다니는 산에서 대나무를 얻어 만든 것이 만파식적이었으니 말이다. 아마도 동해 바닷가에 살던 민중 사이에서 전해지던 이야기들이라서 그런 유사성이 있는 듯하다.

지금 동해의 파도가 부딪쳐 부서지고 있는 벼랑 위에 의상대(義湘臺)가 세워져 있는데, 의상이 관음보살을 보기 위해서 재계하며 앉았던 곳일 것이다. 산꼭대기는 바로 낙산이며, 거기에 지은 불전이 지금의 낙산사를 이루었다. 관음보살의 진신을 본 의상은 금당

의상대. 의상이 해변의 굴 안에 들어가기 전에 재계하였던 곳이다.

(金堂)을 짓고 관음상을 모셨는데, 그 금당이 지금의 원통보전(圓通寶殿)이다. 그래서 원통보전을 관음전으로도 부르고 대웅전이라고도 한다. 이렇게 창건된 낙산사는 원래 그곳에 있던 용 대신에 불법으로써 동해를 지키는 관음보살의 도량이 되었다.

또 이야기는 낙산사와 인도의 보타락가산, 의상과 선재동자, 서로 관음보살을 만난 일 등에서 상통하는 점을 내포하고 있어, 신라와 인도가 둘이 아닌 하나로서 대등하다는 것을 은근히 드러내고 있다. 아니, 정확하게는 신라의 땅이 부처가 태어난 불국토라는 인식의 표현이라고 할 수 있다.

관음보살의 화신을 만난 원효

의상이 낙산의 해변에서 관음보살을 만난 뒤, 원효도 뒤이어서 관음보살을 만나려고 하였다. 처음에 낙산 남쪽 교외에 이르니, 논 가운데서 흰옷을 입은 여인이 벼를 베고 있었다고 한다. 아마도 지금의 주문진과 양양군 사이에 있는 논이 아니었을까 여겨진다. 원효는 여인에게 장난삼아 벼를 달라고 하였고, 여인은 "벼가 여물지 않았다"며 장난스럽게 대답하였다. 여인의 말은 원효가 아직 진신을 볼 만한 경지에 이르지 못했음을 은근히 꾸짖은 것인데, 원효는 미처 알아채지 못하였다.

원효는 계속 길을 갔고 어떤 다리 밑에 이르렀다. 개짐을 빨고 있던 여인에게 물을 달라고 청하였다. 여인은 빨래하던 그 더러운 물을 떠서 주었고, 원효는 그 물을 엎질러 버리고는 자신이 냇물을 떠서 마셨다. 그때 들 가운데의 소나무 위에서 파랑새가 원효에게 "제호(醍醐) 스님은 가지 마세요!"라고 말하고는 갑자기 보이지 않았다. 소나무 아래에는 신 한 짝이 있었다고 한다.

여인이 더러운 물을 준 일은 원효를 시험한 것이다. 더러움과 깨끗함이 다르지 않다는 것, 본래 둘이 아니라 하나라는 것을 일깨워주려던 것이었다. 그러나 원효는 깨닫지 못했다. 그랬기 때문에 파랑새가 "가지 마세요"라며 말렸던 것이다. 어차피 깨달음을 얻지 못한 바에야 낙산에 간들 진신을 뵙지 못할 것이기 때문이다.

그러나 여인들의 은근한 일깨움과 파랑새가 한 말의 진의를 알아차리지 못한 원효는 제 뜻대로 낙산사에 갔다. 절의 관음보살상 밑에 신 한 짝이 있는 것을 보고서야 비로소 앞서 만났던 두 여인이 바로 관음보살이었음을 알았다. 그럼에도 원효는 해변의 굴에 들

홍련암. 이 암자 아래의 굴이 관음보살이 살았다는 곳이다.

어가려고 했는데, 이는 여인들이 관음보살인 줄은 알았으나 그들이 나타났던 참뜻까지는 깨닫지 못했기 때문이다. 결국 풍랑이 크게 일어서 들어가지 못하였다. 원효가 들어가지 못한 그 굴 위에 지금은 홍련암(紅蓮庵)이 자리하고 있다.

원효가 만난 관음보살은 의상이 만난 관음보살과는 달리 평범한 여인들이었다. 이야기에서는 그 여인들 또한 진신이었다고 하지만, 굳이 따지자면 화신(化身)이었다. 하기야 진신과 화신 모두 실상을 가리키는 이름일 뿐이고 또 결코 둘이 아니니, 틀렸다고 할 수는 없다. 진신은 곧 법신(法身)으로, 부처의 참된 몸이다. 그 진신이 중생을 교화하기 위해서 다양한 꼴을 하고 나타나는 것이 화신이다. 차근차근 따져보면, 여인들은 바로 관음보살의 화신이고, 관음보살은 또 부처의 화신이다. 여인과 관음보살과 부처, 어찌 다르다고 할 것인가.

『화엄경』에 "부처와 중생과 마음, 이 셋은 아무런 차별이 없다"는 말이 나온다. 또 원효는 의상과 함께 유학의 길을 나섰다가 문득 "삼계는 오직 마음이다"라고 하는 이치를 깨닫고서 되돌아온 경험이 있다. 화엄학의 대가였던 원효, 스스로 깨침을 경험한 원효조차 차별하는 마음, 분별심을 완전히 버리지 못하였다. 이는 그만큼 불법의 도리를 깨치는 일이 어렵다는 것을 일깨워준다. 그런 일깨움을 민중이 이야기로써 은근히 드러내고 있으니, 이야기야말로 경전에 버금가는 것이며 민중이야말로 수행자의 참된 선지식이라 해도 과언이 아니리라.

불국토의 상징, 낙산사와 관음보살

왜 의상에게는 관음보살의 진신이 나타났고, 원효에게는 진신이 아닌 화신이 나타났을까? 진신이든 화신이든 모두 상징이다. 결코 실상 자체가 아니다. 『선가귀감(禪家龜鑑)』에서도 "굳이 여러 가지 이름을 붙여서 마음이라, 부처라, 중생이라 하였으나, 이름에 얽매여 분별을 내서는 안 된다"는 글이 나온다. 실상을 있는 그대로 보기 위해서는 이름에 매여서는 안 된다는 것이니, 이름 너머에 있는 또는 이름에 숨어 있는 참뜻을 보라는 말이다. 이는 바로 상징을 읽어내는 일과도 통한다.

민중은 이야기를 통해서 원효와 의상이 각기 다른 수행 과정을 거쳤으며 교화의 길도 달랐음을 보여주는 데에 이 상징을 이용하였다. 참으로 대단한 상상력이다. 앞서 말한 대로 의상은 화엄종의 본산이라 할 수 있는 당나라의 지상사에서 화엄학의 대가로부터 그 종지를 직접 배우고 익혔다. 이는 진리 그 자체인 법신을 만난 것과 같다. 또 의상은 〈화엄일승법계도〉를 지었는데, 거대한 화엄철학의 세계를 간략하게 요약한 것으로서 곧 법신이요 진신이라 할 수 있다.

반면에 원효는 불교철학이 척박한 신라에서 정해진 스승도 없이 스스로 탐구하면서 경험을 통해 요체를 터득하였다. 그러면서도 화엄학에 관한 여러 저술을 남겨 화엄학의 고승으로 숭앙받았다. 그뿐만이 아니다. 화엄학을 넘어서 거의 모든 불교학에 통달하였으니, 말하자면 하나인 진신이 아니라 무수한 화신을 꿰뚫은 셈이다. 원효의 학문적 여정이나 수행 방식이 이러했으므로 진신보다 화신이 더 어울렸다.

동해의 해변에 낙산이 있고 거기에 관음보살의 진신과 화신이 나타나서 의상과 원효를 만났다고 하는 이야기는 신라의 화엄철학이 대단한 경지에 이르렀음을 보여주려는 것 이상의 의미를 담고 있다. 두 고승이 신라를 진정한 불국토로 만드는 데 기여했다는 의미만을 추출한다면, 이는 오히려 피상적인 이해에 그친 것이다. 그보다는 체계적인 공부나 수행을 하지 않은 민중이 오히려 관념에 치우지지 않고 경험 그 자체를 통해서 이치를 깊이 터득하고 깨달을 수 있다는, 그래서 민중 또는 중생이 결코 부처와 차별될 수 없다는 의미를 읽어내야 하지 않을까? 그것이 바로 『화엄경』의 요지가 아닐까?

동해 물고기들의 성지가 된
만어산

부산의 서쪽에는 낙동강(洛東江)이 흐르고 있다. 낙동강은 한반도에서 압록강 다음으로 큰 강으로, 영남의 대부분이 이 강을 끼고 있다. 그런데 왜 낙동강이라 했는가? 부산 사람들에게는 분명 서쪽에 있는 강인데 말이다. 그러나 뜻을 풀어보면 짐작할 수 있다. 낙동강은 "가락(駕洛)의 동쪽에 흐르는 강"이다. 가락은 곧 가야국이니, 고대에 강성했던 가락국이 이 강을 동쪽으로 두고 있었기에 붙여진 줄을 알겠다.

그 낙동강을 하구에서 거슬러 올라가면, 김해의 신어산(神魚山)을 끼고 서북쪽으로 꺾인다. 그리고 이내 삼랑진(三浪津)이다. 삼랑진을 지나면, 서쪽으로 이어지는 낙동강 본류에 북쪽에서 내려오는 밀양강이 만나 세 줄기를 형성한다. 이 세 갈래의 물결로 말미암아 삼랑진이라 불렸다. 삼랑진의 북쪽에 산이 하나 솟아 있으니, 이를 만어산(萬魚山)이라 한다.

신어산과 만어산! 신령한 물고기와 온갖 물고기라는 뜻이다. 왜 산에 물고기인가? 이곳이 옛날 가락국의 땅이었음을 감안하면, 어느 정도는 짐작이 간다. 김해 수로왕릉의 입구인 납릉정문에도 한 쌍의 물고기가 그려져 있다. 아무래도 가락국이 바다와 긴밀한 관계에 있었고, 시조의 왕후가 또 인도에서 바다를 통해 왔기 때문이리라. 그러나 더 자세한 내력은 알 수가 없다. 다만 만어산에 대한 이야기가 전하고 있어 한번쯤 상상의 나래를 펼칠 만하다.

만어산은 삼랑진읍에서는 북쪽에 있고, 밀양에서는 동남쪽에 위치해 있다. 동서남북 어디로 해서든 오를 수 있는 이 산에는 같은 이름의 절이 있다. 만어사(萬魚寺)다. 만어산에 만어사라! 어찌하여 산과 절에 물고기가 올라왔을까?

독룡과 나찰녀가 만나 사귄 만어산

『삼국유사』에 〈어산불영(魚山佛影)〉이라는 이야기가 있다. 제목은 "어산에 어린 부처의 그림자"를 뜻한다. 어산은 만어산이다. 이 만어산에 부처님이 계시는 것이 아니라 부처님의 그림자가 어린다니, 낭만적이면서도 흥미롭다. 만어산은 자성산(慈成山) 또는 아야사산(阿耶斯山)으로도 불렸다고 한다.

자성산은 "자비가 이루어지는 산"을 뜻하니, 불교와 깊은 연관이 있는 게 분명하다. 아야사산의 '아야사'는 '마야사'가 옳으며, 이는 풀이하면 '어(魚)'가 된다고 한다. 그러면 아야사산은 '마야사산'이 되니, 그 소리는 '만어산'에 가깝고 뜻으로도 '어산(魚山)'이 된다. 이렇게 그 명칭에서도 물고기와 불교가 서로 관련을 맺고 있는 이 만어산에 도대체 무슨 이야기가 숨겨져 있을까? 이야기는 이렇다.

옛날에 수로왕이 하늘에서 내려와 나라를 다스릴 때였다. 이 나라 안에는 옥지(玉池)가 있었는데, 거기에는 독룡이 살고 있었다. 독룡은 만어산에 있던 다섯 나찰녀(羅刹女)와 사귀었다. 독룡과 나찰녀가 만났으니, 상서롭지 못한 일이 일어날 수밖에 없다. 이윽고 때때로 천둥을 동반한 비가 쏟아져서 4년 동안 오곡이 여물지 못했다. 왕은 주술로써 막으려 했으나, 어찌할 수가 없었다.

여기서 옥지는 지금의 밀양호로 여겨진다. 낙동강 본류에서 밀양강을 따라 거슬러 가면 만나게 되는데, 2001년에 댐이 완공되면서 밀양댐으로도 불리고 있다. 〈어산불영〉에는 고려 때의 승려 보림(寶林)이 쓴 글이 실려 있다. 거기에 "산 가까운 곳이 양주(梁州) 경계의 옥지인데, 이 못 안에 독룡이 살고 있다"고 한 내용이 나온다. 양주는 지금의 양산이다. 따라서 밀양시 · 양산시 · 창녕군 세 곳에 물을 공급하는 밀양호가 밀양과 양주 경계의 옥지에 해당한다고 할 수 있다.

이 옥지에 살던 독룡은 본래부터 "해독을 끼치는 용"이 아니었다. 가락국에 살았던 사람들이 고대부터 받들었던 용신(龍神)으로, 토착신이었다. 그 토착신이 중세에 불교라는 보편종교가 들어오면

다대포 앞. 멀리 보이는 신어산을 끼고 돌면 삼랑진에 이르고,
그 뒤에 만어산이 있다.

서 서서히 배척되다가 결국 독룡으로 불리게 되었던 것이다. 그래서 불교의 악귀(惡鬼)인 나찰녀를 만나 사귀었다. 사람을 잡아먹는 나찰녀는 본래 바다에서 산다고 하는데, 바다에서 낙동강을 거슬러 올라와 만어산에 머물고 있었던 것이다.

독룡과 나찰녀의 사귐은 곧 백성을 괴롭히는 횡포가 되었다. 이 횡포를 막으려고 왕은 주술을 썼지만, 불가항력이었다. 독룡과 나찰녀들은 중세가 되면서 악신으로 내몰렸으므로 고대의 방식인 주술로써는 퇴치할 수 없었던 것이다. 그래서 부처를 청하여 설법으로써 물리칠 수밖에 없었다.

동해 물고기들의 성지가 된 만어산

부처는 설법을 하였고, 그제야 나찰녀들은 오계(五戒)를 받았다. 오계는 불교에 귀의한 재가의 신자들이 지켜야 할 다섯 가지 금계(禁戒)로, "죽이지 말라, 훔치지 말라, 음란한 짓을 하지 말라, 거짓말하지 말라, 술을 마시지 말라" 등이다. 오계를 받은 것은 불교에 귀의했다는 뜻이다. 독룡과 나찰녀들은 불교에 귀의하면서 악신이 아닌 수호신이 되었고, 그때부터는 재앙이 없어졌다.

독룡과 나찰녀는 모두 강이나 바다와 연관이 있는 신격이다. 그런 신격이 불교에 귀의했으니, 그들을 따르던 강이나 바다의 생물도 따라서 귀의했으리라 짐작할 수 있다. 〈어산불영〉에서는 "동해의 고기들과 용이 마침내 돌로 변하여 골짜기 속에 가득 찼는데, 각기 종과 경쇠의 소리가 난다"라고 적고 있는데, 바로 그런 일을 두고 한 말이다.

만어산의 만어사 앞 골짜기에는 지금도 돌이 가득하다. 마치 강

만어사 앞의 돌들. 동해의 물고기들과 용이 저 멀리 고해(苦海)에서 올라와 해탈한 것이리라.

물을 거슬러 오르는 연어처럼 산꼭대기를 향하고 있다. 만어사에서 멀리 동남쪽을 바라보면, 운해(雲海) 사이로 낙동강이 어렴풋이 눈에 들어온다. 물고기들과 용은 나찰녀처럼 만어산에 오르기 전에 낙동강을 따라 올라왔다. 만어산을 내려가서 낙동강 줄기를 따라 하구로 가면, 강물은 부산 다대포(多大浦) 앞에서 바다와 만난다. 다대포는 동해와 남해의 바닷물이 만나는 지점이다. 동해의 고기들과 용은 바로 이곳을 거쳐서 만어산에 이르렀다.

만어는 온갖 물고기를 뜻하니, 이는 그대로 만물(萬物)과 통한다. 여기서 만물은 온갖 유정물(有情物)을 가리키므로 곧 중생이다. 부처님의 설법을 들으려고 고해(苦海)에서 거슬러 올라온 물고기들과 용은 곧 백성과 왕을 상징한다. 종과 경쇠가 되어 소리를 냈다는 것은 열반에 들었다는 뜻이다. 만어산에서 물고기들과 용이 번뇌를 떨어내고 해탈을 하였으니, 만어산은 바로 피안(彼岸)이다. 이로써 나찰녀가 살던 만어산은 불교의 영산(靈山)이요 성지가 되었음을 알 수 있다.

만어산에 어린 부처의 그림자

〈어산불영〉에는 『관불삼매경(觀佛三昧經)』에 나오는 이야기도 실려 있다. 부처가 야건가라국(耶乾訶羅國)의 아나사산(阿那斯山)—위에서는 아야사산이라 했는데, 아야사산의 '야(耶)'와 아나사산의 '나(那)'는 글자 형태가 비슷하다. 이 때문에 필사할 때에 혼동한 것으로 여겨진다—에 이르렀더니, 다섯 나찰이 여룡(女龍)으로 변하여 독룡과 사귀며 서로 우박을 내리고 난폭한 행동을 하였고 이에 기근과 질병이 4년 동안 이어지고 있었다고 한다. 왕의 요청으로 부처는 그 문제를 해결하였고, 용왕과 나찰녀는 부처에게 예를 드리면서 계율을 받았다. 여기까지는 만어산의 이야기와 거의 같다.

그런데 『관불삼매경』에는 더욱더 흥미로운 대목이 이어지고 있다. 계율과 가르침을 받은 용왕은 자신의 근기가 얕아서 최상의 오묘한 깨달음을 얻지 못할 것이라고 말하면서, 부처에게 늘 그곳에 머물러 주기를 청했다. 그러자 부처는 용왕에게 나찰이 있던 석굴을 시주하면 거기에 천오백 년 동안 머물겠다고 말하였다. 부처는 몸을 솟구쳐 석굴의 돌 속으로 들어갔고, 이에 돌은 맑은 거울과 같아졌다. 부처는 돌 속에 있으면서 밖으로 빛을 내뿜었는데, 중생들이 볼 때는 멀리서 바라보면 나타나고 가까이서 보면 나타나지 않았다고 한다.

부처가 돌 속으로 들어간 것은 곧 열반에 든 일을 상징한다. 돌은 부처가 깃들면서 맑은 거울이 되었고, 이 맑은 거울은 중생의 불성을 비추는 거울로서 곧 불법을 뜻한다. 돌 속에서 부처가 밖으로 빛을 내는 것은 설법하는 일을 상징적으로 드러낸 것이다. 부처가 열반에 든 뒤에도 그 가르침은 남아서 법이 되어 중생을 가르치며 이끌고 있다는 의미다.

그러나 부처의 설법은 아무나 들을 수 있거나 알 수 있는 게 아니다. 멀리서 바라보면 나타나고 가까이서 보면 나타나지 않는다고 한 것은 아무리 불법이나 지고한 이치라도 집착해서는 알 수도 없고 깨칠 수도 없다는 것을 의미한다. 참된 가르침, 지고한 이치는 깨닫겠다는 집착조차 버릴 때에만 비로소 체득할 수 있다는 말이다.

이로써 "만어산에 어린 부처의 그림자"가 뜻하는 바가 명확해진다. 역사적 존재로서 부처는 이미 세상을 떠났다. 그러므로 만어산에는 진신(眞身)이 없다. 다만 부처가 남긴 가르침, 그 법이 그림자처럼 남아서, 보일 듯 보이지 않고 들릴 듯 들리지 않으면서 전해지고 있을 뿐이다. 이제 그 법을 보거나 듣는 것은 오로지 중생에게 달려 있다.

희미한 옛 불국토사상의 그림자

『삼국유사』에는 〈아도기라(阿道基羅)〉라는 이야기가 있다. 거기에는 법흥왕(法興王)이 불교를 공인하기 전에 신라에 이미 묵호자(墨胡子)나 아도(阿道)와 같이 서역이나 고구려에서 온 승려가 불교를 전했다고 하는 일이 거론되고 있다. 그런데 〈어산불영〉은 그와 달리 가락국을 통해서 신라에 불교가 전해졌을 가능성을 말해주고 있으며, 그렇게 볼 만한 실마리가 상징적으로 드러나 있다.

이야기에서 만어산에 오른 중생은 남해가 아닌 동해의 물고기들과 용이었다. 이는 신라와 관련된다. 남해는 불교를 먼저 받아들였던 백제와 가락국의 영역에 속하기 때문에 남해의 중생은 새삼스럽게 불교에 귀의해야 할 일이 없었던 반면에, 동해를 끼고 있던 신라는 아직 불교를 접하지 못하고 있었다. 실제로 신라는 삼국 가운데서 가장 늦게 불교를 받아들인 나라였다. 그러했으므로 동해 쪽 물고기들과 용은 낙동강을 거슬러 올라가서야 만어산에서 불법을 들을 수 있었다. 이는 불법에 대한 중생의 열망이 얼마나 대단했던가를 보여주는 것이기도 하다.

또 만어산의 기이한 일은 천축의 야건가라국에서 있었던 일과 유사하다. 경전 속의 일이 만어산에서 재현되었다고도 할 수 있다. 이는 마치 가락국이 천축과 다르지 않다고 하는, 어쩌면 똑같다고 하는 사유를 드러낸 것인데, 그 사유는 불국토사상과 비슷하다. 오늘날에는 불국토사상이 불교에 대한 신라인의 사유로 알려져 있다. 그렇지만 이 〈어산불영〉에서는 가락국이 그 불국토사상의 원천이었던 것처럼 묘사되고 있다. 신라가 가야를 복속하면서 이 사상도 가져갔던 것이 아닐까? 아니면 가야의 후손들이 옛 시절을 그리워하면서 뒤늦게나마 불국토사상과 통하는 이런 이야기를 만들어냈던 것일까?

만어사 삼층석탑. 고려 시대에 세워진 이 탑은 자비심 가득한 모습으로 운해(雲海)를 내려다보며 서 있다.

고기잡이를 방해한 산속의 석탑

『삼국유사』를 편찬하면서 일연이 중시한 것은 민중의 이야기였다. 민중의 이야기는 특정한 관념에 매이지 않은, 꾸밈없고 소박한 민중의 삶에서 나온 경험의 축적이며 때로는 그들의 상상력이 빚어낸 창작이기도 하다. 결코 가벼이 여기거나 한낱 허구라고 치부해버릴 수 없는 삶의 무게와 진실을 담고 있다. 물론 민중은 이를 의도하지 않았을 수 있지만, 일연은 그 점을 꿰뚫어 보았다.

그런데 일연 본인이 아닌, 그 제자가 남긴 글도 『삼국유사』에 실려 있다. 『삼국유사』는 일연이 생존했을 때 완성되지 못했다. 그만큼 심혈을 기울인 저술이었다고 할 수 있는데, 그 바람에 일연의 사후에 판각되어 나왔던 것이다. 그 과정에서 백운자(白雲子)라는 제자가 스승의 의도에서 벗어나지 않으리라 여긴 글을 하나 덧붙였다. 「탑상」편에 실려 있는 〈오대산문수사석탑기(五臺山文殊寺石塔記)〉(아래에서는 '석탑기'로 줄여서 부른다)다. 오대산 문수사에 석탑을 세우면서 그 내력에 대해 쓴 글인데, 내용은 오롯이 민중의 이야기다.

〈석탑기〉에서 말하는 오대산 문수사를 지금의 오대산 상원사(上院寺)라고 추정하고 있기도 한데, 정확한 것은 알 수 없다. 오대산은 본래 중국의 산서성(山西省) 북동쪽에 있는 산으로, 당대(唐代) 이전부터 문수보살이 살고 있는 곳으로 널리 알려졌다. 우리나라의 오대산 또한 그 명칭에서도 같을 뿐 아니라, 문수보살이 현현하는 곳이라는 점에서도 서로 통한다. 따라서 '오대산 문수사'라고 하면, 오대산에 있는 모든 절이 이에 해당한다고 해도 과언이 아니다.

사실 민중의 이야기를 듣거나 읽으면서 그것의 사실성을 지나치게 따지고 증명하려다 보면, 이야기의 본령에서 벗어날 수도 있다. "옛날 옛적에 호랑이가 담배 피우던 시절에"로 시작되는 이야기를 실증주의적인 태도로 대한다면, 이야기를 하는 사람은 아주 기운이 쏙 빠져버릴 것이다. 이야기는 먼저 재미와 즐거움에서 주고받는 것이기 때문이다.

그러면 여기서는 왜 이야기에 나타난 상징들을 통해 숨은 진실이나 이치를 캐고 드는 것일까? 그것은 아무리 흥미나 재미로서 주고받는 이야기라도 전혀 현실적인 맥락이 없는 것은 아니라는 점, 게다가 일연이 특정한 의도에서 특정한 방식으로 편집하였기 때문에 새로운 의미망이 형성되었을 것이라는 점 때문이다. 〈석탑기〉 또한 그런 이야기로서 읽을 때, 또 다른 맛을 느낄 수 있다.

어부를 화나게 만든 석탑

(문수사의) 뜰 가의 석탑은 신라 사람이 세운 것인 듯하다. 만듦새는 꾸밈이 없고 소박하여 공교하지는 않으나, 그 영험은 매우 많아서 이루 다 기록할 수 없을 정도다. 그 가운데 한 가지를 여러 노인들에게서 들었는데, 이러했다.

"옛날 연곡현(連谷縣) 사람이 배를 타고 근처 바다에서 고기를 잡고 있었는데, 갑자기 불탑 하나가 배를 따라 오니 물고기들이 그 그림자를 보고는 모두 흩어져 달아났다. 그래서 어부는 한 마리도 잡지 못하게 되자 성이 나서 참을 수가 없었다. 그 그림자를 찾아서 가보니, 이 석탑 같았다. 이에 어부는 도끼를 휘둘러서 탑을 부수고는 가버렸다. 이제 이 탑은 네 귀퉁이가 모두 이지러져 있는데, 그 때문이다."

이야기를 실은 백운자는 석탑에 영험이 많다고 했다. 그런데 그 영험 가운데서 유독 탑이 수난을 겪은 일을 썼다. 이 또한 영험을 보여준 일이라고 여겼기 때문이다. 그렇지만 이 밖에도 기이한 감응이나 신이한 영험에 대해 들었을 것인데, 어찌하여 어부의 행패에 탑의 네 귀퉁이가 이지러졌다는 이런 이야기를 실었을까? 그저 석탑이 자비를 베풀어 물고기를 구했다는 데에 초점을 맞춘 것뿐일까? 그렇지만은 않을 것이다. 적어도 백운자는 이 이야기가 일연의 의도와 부합한다고 여겼을 것이니, 그렇다면 단순하게 볼 수 없는 뜻이 숨어 있다고 보아야 한다.

이 이야기는 불교와 관련된 이야기다. 불교 이야기라면 불교의 교리나 사상을 담고 있으면서 그것을 널리 전하는 구실을 하는 것이 마땅하다. 그렇게 본다면, 이 이야기의 일차적인 의미는 석탑이 물고기들을 구해주었다는 것, 즉 석탑은 부처의 상징이기 때문에 고통에 신음하는 중생 곧 물고기들을 구해주었다고 하는 것이 된다. 이는 이야기의 맥락에서도 벗어나지 않으며, 또 불교의 본령에서도 벗어나지 않는다.

그런데 초점을 어부에게 맞추면 어떻게 될까? 어부는 고기잡이를 생업으로 하는 중생이다. 그가 불교도인지 아닌지는 알 수가 없

연곡 해수욕장. 어부가 고기를 잡으려 한 곳은 이 앞의 바다였다.

다. 다만 신라나 고려 때에는 거의 모든 백성이 불교를 신앙했으니, 불교도였으리라 추정해도 크게 틀리지 않을 것이다. 그러나 중요한 것은 어부라는 사실이다. 어부이므로 바다에서 물고기를 잡아야만 자신과 가족이 먹고살 수 있다. 어부가 아닌 농부라면 밭을 갈아서 먹고 살겠지만, 어부이니 고기잡이를 피할 수 없다. 그리고 그것은 조상 대대로 해온 일이다. 바로 여기서 어부라는 직업과 불교도라는 종교적 입장이 맞질린다. 불교에서는 살생을 금하기 때문이다.

오늘날 우리가 생각하기에는 어부가 직업을 바꾸면 맞질리는 문제는 간단히 해결된다고 할지 모르지만, 중세에 민중이란 자신의 직업을 선택할 자유조차 허락되지 않은 존재들이었다. 어부의 자식으로 태어났으므로 평생을 바다에 나가 물고기를 잡아야만 했다.

그렇다면 부처는 누구를 먼저 도와야 할까? 살기 위해서 물고기를 잡아야 하는 어부인가, 살기 위해서 달아나야 하는 물고기인가? 아니, 그런 선택이 필요하기는 한가?

부처에게는 어부와 물고기 모두 중생이다. 중생에는 우열이 없다. 『화엄경』에서는 "부처와 중생과 마음, 이 셋은 아무런 차별이 없다"고 하였는데, 하물며 중생들 사이에서 차별이 있겠는가. 인간으로 태어나는 것이 짐승으로 태어나는 것보다 복된 것이라고 할지 모르겠지만, 그것은 순전히 인간중심적인 분별심일 뿐이다. 중생이라는 점에서는 똑같으며, 부처의 입장에서 보더라도 똑같다. 따라서 어부나 물고기 모두 중생인데, 어찌하여 석탑은 물고기 편을 들어서 어부의 고기잡이를 방해하는가? 어느 한쪽을 돕기로 한다면, 오히려 불교를 신앙하는 어부의 편을 들어주어야 하지 않는가?

이야기로 하는 민중의 항변

만약에 불교를 신봉하는 어부가 부처나 보살에게 물고기를 많이 잡게 해달라고 빈다고 해보자. 그러면 부처나 보살은 어부의 바람을 이루어줄 것인가? 그렇지는 않을 것이다. 어부가 극락왕생을 바라서 빈다면, 그 정성에 따라 기꺼이 그 바람을 들어줄 것이다. 그러나 남을 해치는 일을 바란다면, 그 바람은 결코 들어주지 않을 것이다. 불교는 자비를 가장 고귀한 덕목으로 내세우므로.

어부를 돕자니 물고기들이 죽게 되고, 물고기들을 살리자니 어부의 생업이 막막해진다. 어느 쪽에도 손을 들어줄 수가 없다. 둘 다 생사가 걸린 문제로 대립하고 있고, 어느 한쪽이 살면 다른 한쪽은 죽어야 한다. 이때, 부처는 어떻게 할 것인가? 이야기의 화자와 청자, 즉 민중은 무슨 생각으로 이런 이야기를 주고받았을까? 백운자는 어찌하여 『삼국유사』에 이런 이야기를 실었는가?

표면적으로는 이야기를 통해 답을 찾아낼 수 없다. 이야기를 하거나 듣는 사람이 스스로 판단하도록 내버려두고 있는 것이다. 그럼에도 이야기의 이면에는 답이 숨겨져 있다고 할 수 있다. 아니, 그 답을 이야기 밖의 사람들이 스스로 끌어내도록 하려는 것이 이야기의 목적인지도 모른다.

어부가 석탑을 찾아내서 도끼질을 한 것은 단순히 화가 나서가 아니었다. 그것은 석탑, 정확하게는 부처나 보살이 어부 자신과 물고기의 관계, 삶의 본질적인 문제에서 각자가 처한 상황에 따라 스스로 해결해야 하는 문제에 부당하게 개입한 데 대한 항변이었다. 부처는 중생들 각자의 바람이 다른 중생의 생사 문제와 맞질리지 않을 때에만 부처나 보살이 개입할 수 있을 뿐이라는 주장이다. 이는 참으로 대단한 항변이다.

대체로 사람들은 자신의 바람만을 중시한다. 그 바람을 이루는 과정이 어떠하든지, 또 그 바람을 이루는 과정에서 누가 영향을 받게 되든지, 그 영향이 좋든지 나쁘든지 대체로 개의치 않는다. 아예 생각조차 하지 않는 경우가 대부분이다. 그런데 이 이야기는 바로 그 문제, 어쩌면 종교나 신앙에서 가장 첨예하게 논란이 될 이 문제를 정면에서 다루고 있는 것이다.

이리하여 이야기는 결코 흥밋거리에서 그치지 않았다. 그것은 화자나 청자의 삶과 경험, 현실적 문제들과 결부되어 있기 때문이다. 이 이야기는 경전이나 논서, 탁월한 현자나 스승들에게서도 듣기 어려운 화두를 던지고는 대답을 유도하고 있다. 이야기와 철학, 이야기와 종교가 그리 멀리 있지 않음을 참으로 절묘하게 보여주고 있는 셈이다. 〈석탑기〉에는 이렇게 철학적이고 근본적인 문제를 다룬 또 다른 이야기가 있어 주목된다.

가운데에 서 있지 않은 석탑

석탑은 그 위치가 절의 중앙이 아니라 동쪽으로 치우쳐 있었다. 이 이야기를 실은 백운자는 직접 그것을 목도하였다. 그래서 그 위치가 괴이하게 여겨져서 그 자초지종을 적은 현판을 보았다고 한다. 그 내용은 이러하다.

> 비구 처현(處玄)이 이 절에 머문 적이 있었는데, 문득 탑을 뜰 한가운데로 옮겼다. 그로부터 20여 년 동안은 신령한 감응이 전혀 없었다. 나중에 일관(日官)이 좋은 터를 구하다가 여기에 이르러서 보고는 "이 뜰의 가운데는 탑을 둘 곳이 아니오. 어찌 동쪽으로 옮기지 않소?"라고 탄식하였다. 이에 중들이 깨닫고는 다시 예전의 자리로 옮겼으니, 지금 서 있는 곳이 그곳이다.

현판에 적혀 있었다고 하는 이 글도 어쩌면 이야기로 전승되던 것이었으리라. 여기에 보면, 나름대로 지혜롭고 현명하다고 하는 승려가 탑을 뜰의 한가운데로 옮겼다고 한다. 한가운데란 곧 중(中)이니, 중용(中庸)이요 중도(中道)다. 중용은 일상에서 가운데를 잡는 것, 상황에 알맞게 행동하는 것을 이른다. 그런데 그 '가운데'라는 것이 단순하지 않다. 시간과 공간의 변화나 다양성을 무시한, 이것과 저것의 물리적인 중간을 가리키는 것이 아니기 때문이다. 복잡다단한 상황 속에서 파악해야 하기 때문에 그 가운데는 늘 다르

오대산 상원사의 석탑. 이야기 속의 탑인지는 알 수 없으나, 약간 오른쪽으로 치우쳐 있는 것이 그 탑인 듯도 하다.

다. 그래서 『중용』에서도 "천하와 나라와 집안을 다스릴 수는 있다. 높은 벼슬과 녹봉을 사양할 수는 있다. 시퍼런 칼날을 밟을 수는 있다. 그러나 일상에서 가운데를 잡는 일은 잘 할 수 없다"라고 말했던 것이다.

불가에서는 중도를 말한다. 중도는 어디에도 치우지지 않는 도리를 뜻한다. 이 역시 중용과 통하는 말이다. 부처는 왕자로서 궁궐에서 호사를 누리며 즐겁게 살았다. 그러나 이는 인간이 보편적으로 겪는 고통을 인식하지 못하게 만들 뿐, 진정한 즐거움도 자유도 주지 못하는 것이었다. 결국 몰래 궁궐을 빠져나가서 고행의 길을 걸었으나, 가혹한 고행 또한 몸을 괴롭힐 뿐 깨달음을 얻거나 문제를 해결하는 데에 아무런 도움이 되지 않는다는 것을 알게 되었다. 그리하여 선택한 것이 중도였다.

깨달음을 얻기 위해서 가져야 할 여덟 가지 바른 자세, 곧 팔정도(八正道)가 중도의 구체적이고 완전한 수행법이다. 정견(正見), 바르게 보기. 정사유(正思惟), 바르게 생각하기. 정어(正語), 바르게 말하기. 정업(正業), 바르게 행동하기. 정명(正命), 바르게 살기. 정정진(正精進), 바르게 정진하기. 정념(正念), 마음을 바르게 지니기. 정정(正定), 바르게 삼매에 들기. 여기서 '바르다'는 것은 곧 "알맞게 가운데를 잡는다"는 뜻으로, 이 역시 정해져 있는 어떤 꼴이 아니다. 그래서 팔정도를 실천하는 일이 쉽지 않다.

실천만 어려운 것이 아니라, 중도의 참뜻을 아는 것도 어렵다. 이야기에서 비구 처현은 바로 그 참뜻을 알지 못한 인물로 묘사되고 있다. 그저 뜰의 한가운데가 진정한 가운데인 것으로 잘못 알았던 것이다. 그것은 고작 물리적인 또는 기하학적인 중심일 뿐이고, 절이라는 제한된 공간 안에서의 중심에 지나지 않는다는 것을 알아채지 못했던 것이다. 중심은 정해져 있지 않다. 상황이나 환경에 따라 중심은 달라진다. 중심이란 가변적인 것이지, 결코 불변하는 것이 아니다. 가운데와 가녘이 따로 없다. 어디든 가운데가 될 수 있고 또 가녘도 될 수 있다. 처현은 이를 알지 못했던 것이다. 그래서 탑을 자신이 생각한 가운데로 옮겼으나, 이로 말미암아 탑은 더 이상 영험을 보여주지 못하게 되었다. 이는 탑이 곧 죽었다는 것을 상징하며, 그 죽음은 처현이라는 승려의 그릇된 관념 또는 망상에서 비롯된 것이다.

중도를 배우고 실천하는 승려가 왜 그것을 알아채지 못했을까? 이는 수행을 위한 수행, 정확하게 말하자면 맹목적인 수행을 했기 때문이다. 출가하여 승려가 되었다는 것만으로 이미 참된 수행자가 되었다고, 진정한 수행을 하고 있다고, 깨달음의 길로 나아가고 있다고 착각한 것이다. 이는 승려들에게만 해당되는 것이 아니다. 지식인이라면 누구나 그런 착각을 한다. 그리하여 이야기는 공부를 더 많이 하고 지식이 더 많은 승려나 지식인들에게 그런 경고의 메시지를 보내고 있는 것이다.

승려가 알지 못했던 것을 세간의 일관(日官)은 알았다. 이 또한 중심에 대한 통찰을 보여주는 대목이다. 출세간의 길을 걷는다고 해서 승려가 아니며, 승려라고 해서 깨닫는 것은 아니라는 말이다. 세간과 출세간을 나누는 것 자체가 작위적인 짓이 아니겠는가. 어디까지가 세간이고, 어디서부터가 출세간이란 말인가? 그런 구분이 애초부터 있었던가? 도대체 누가 기준을 세우고 누가 나누었는가?

그렇게 나누는 것은 모두 관념의 소산이다. 관념은 자칫 망상으로 이어지고, 망상은 미혹에 빠지게 만든다. 엄연한 실상을 놓치고 헤매게 만든다. 승려라는 신분이 오히려 "나야말로 깨달음을 추구하는 자, 그러니 내가 깨달으리라"는 아상(我相)에 빠져들게 만들 수 있다. 반면 천문을 비롯해서 삼라만상을 들여다보며 점을 치는 일관은 자신이 수행한다는 생각을 가진 적이 없으면서도 승려보다 더 탁월한 안목을 갖추었다. 일관이 하는 일도 결국에는 천지만물에 담겨 있는 법칙을 발견하는 일이니, 이법을 깨달아서 지혜를 갖추려는 수행자와 무엇이 다르겠는가. 오히려 망상이나 아상이 없으니, 더욱 유리하지 않겠는가.

앞서 어부의 이야기에서는 이야기를 전승하던 민중이 승려나 지식인들보다 더 이야기의 속뜻을 잘 읽어냈다고 말했다. 이제 처현의 이야기에서는 중심은 정해져 있지 않으니 어디에나 중심이 될 수 있다는 것, 수행의 길을 걷는다고 해서 반드시 올바른 길로 나아가거나 성취를 하게 되는 것은 아니라는 것, 오히려 일관처럼 자신의 직분에 충실한 것만으로도 실상을 꿰뚫어보는 안목을 갖출 수 있다는 것 등을 읽어낼 수 있다. 이 두 이야기를 잘 연결시켜서 다시 한 번 새겨보면, 또 다른 차원의 의미를 읽을 수도 있으리라.

중심이 따로 없는 바다

민중은 어떻게 이런 이야기를 지어낼 수 있었을까? 어떻게 이런 이치를 담아낼 수 있었을까? 그것은 모두 바다에서 얻은 경험에서 비롯된 것이라 여겨진다.

바다를 보라. 아득히 펼쳐져 있는 창해(蒼海)는 그 넓이를 알 수 없어 방향을 잃게 만들고 헤매게 한다. 인간이 처음에 연안을 따라 항해한 것도, 별자리를 보면서 길을 잡은 것도, 나침반을 만들어서 방향을 잡은 것도 모두 그 아득한 넓이 때문이었다. 그 넓이는 끝도 가녘도 짐작할 수 없게 하는 것이니, 어디에 중심이 있겠는가?

신라의 왕비가 병으로 앓았는데, 아무도 치료하지 못했다. 왕은 당나라에 사람을 보내어 의원을 찾으려고 했다. 사신이 서해 가운데에 이르렀을 때, 한 노인이 나타나서 파도를 헤치고 배 위에 올라왔다. 그 노인은 용왕이었다. 용왕은 용궁에 있던 『금강삼매경』을 주면서 원효법사에게 소(疏)를 지어 강설하게 하면 왕비의 병이 나을 것이라 했다. 그렇게 해서 지은 것이 『금강삼매경론』—처음에는 '금강삼매경소'였는데, 워낙 탁월한 저술이어서 '논'으로 승격된 것이다—이다. 이 『금강삼매경론』에 이런 구절이 나온다.

"무릇 한 마음의 근원은 유(有)와 무(無)를 떠나 홀로 깨끗하고, 삼공(三空)의 바다는 진(眞)과 속(俗)을 아우르며 깊고 고요하다. 깊고 고요하게 둘을 아울렀으면서도 하나가 아니다. 홀로 깨끗하게 가녘을 떠났으면서도 가운데는 아니다."

사람의 마음을 깊이 살펴보면, 그 근원은 바다와 같다. 참으로 넓고 아득해서 있는지 없는지도 알 수 없으며, 참되다느니 속되다느니 할 것도 없다. 어디가 가녘이고 어디가 가운데인지도 알 수 없다. 그럼에도 이것과 저것을 나누고 가르는 것은 근원을 알지 못해서다.

『금강삼매경』이 바다에서 나온 것이라는 데서도 암시되어 있지만, 원효가 이런 도리를 깨치고 글로 남길 수 있었던 것은 바다를 경험했기 때문이리라. 그렇게 바다는 인간에게 한없이 너른 세계가 존재하고 있음을, 땅을 딛고 살다 보면 늘 잊게 되는 그 무한과 영원의 세계를 살피게 해주는 공간이다. 비록 수행자의 길을 걷지는 못했어도 민중은 바다와 함께 살면서 그 바다로부터 어디에도 치우치지 않는 지혜를 자연스럽게 터득할 수 있었고, 이치를 담은 이야기를 빚어낼 수 있었던 것이다.

바다는 고해(苦海)이면서 법해(法海)다. 고통과 죽음을 주면서 동시에 자유와 생명과 해방감도 주는 이중적인 공간이 바다다. 중생과 부처 모두 이 바다에서 산다. 바다에 귀를 기울여서 그 은밀한 일깨움을 듣는 자는 부처가 될 것이요, 그렇지 못한 자는 중생으로 남으리라.

서쪽 유학(留學)의 길을 연
원광법사

고구려, 백제, 신라 삼국의 역사에 대한 기록이라고는 『삼국사기』가 전부라고 해도 과언이 아니다. 그럼에도 빠뜨린 것이 적지 않다. 『삼국유사』는 그 『삼국사기』에 대응하여 편찬된 것으로, 역사에 대한 인식과 기록에서 아주 다른 면을 보여주고 있다. 그것은 『삼국사기』가 유교적 관념을 중시하는 상층 지배층의 인식을 보여주는 것과는 달리 『삼국유사』에서는 하층 민중의 역사 이해 또는 인식을 보여주는 설화를 대거 싣고 있기 때문이며, 또한 『삼국사기』에서는 거의 기술하고 있지 않은 불교사에 관한 내용을 『삼국유사』에서는 매우 풍부하게 싣고 있기 때문이다. 『삼국사기』가 비난을 받는 것 가운데 하나는 바로 불교사에 관한 부분이다.

삼국이 한문을 수용하면서 유교적 이념도 아울러 받아들인 것이 사실이지만, 유교적 이념이 정치나 사회 전반에서 큰 구실을 했다고 보기는 어렵다. 오히려 뒤늦게 수용된 불교가 더욱 중요한 구실을 했다고 할 수 있다. 그럼에도 『삼국사기』에서는 불교와 관련된 기사를 '예의상' 다루었다고 할 만큼 소략하게 서술하고 있다. 이는 아무리 편찬자가 유학자라고 해도 역사가로서의 균형 감각을 거의 갖추지 못했기 때문에 비롯된 일이라고 여겨진다.

가령 탁월한 개인들의 전기를 서술한 「열전」을 보자. 전체 열 권의 「열전」에서 김유신 개인의 전기가 무려 세 권을 차지하고 있다. 아무리 삼국의 통일에서 주요한 역할을 했다고 하더라도 이는 지나치다. 게다가 「열전」의 나머지 인물도 대개는 유교적으로 높이 일컬어질 만한 행적을 남겼기 때문에 입전(立傳)되었다. 「열전」 어디에도 불교를 체득하고 실천한 승려나 불자의 전기가 없다는 것은 그 편파성 또는 편향성을 단적으로 드러낸 일이다. 중국의 고승전에도 전기가 실려 있는 원효와 의상이 전혀 「열전」에 끼이지 못한 것을 어떻게 설명해야 할까? 역사라는 것이 사실 그 자체가 아니라 역사가가 자신의 취사선택에 따라 기록한 것이라 하더라도 최소한의 형평성이라는 것이 있는데 말이다. 그런 면에서 볼 때, 『삼국유사』의 편찬은 삼국의 역사를 살피는 데 있어 최소한의 균형을 이루게 해준다는 의의를 갖는다.

『삼국사기』의 편향성은 〈귀산(貴山)〉 열전에서도 그대로 드러난다. 귀산은 벗 추항(箒項)과 함께 원광법사(圓光法師)를 찾아가서 속세 사람이 평생 동안 지켜야 할 계율을 가르쳐달라고 청한 인물이다. 그래서 원광법사는 '세속오계(世俗五戒)'를 가르쳐주었고, 세속오계는 화랑이 지켜야 할 주요 덕목이 되었다. 그럼에도 원광법사는 승려라는 이유로 「열전」 속에서 번듯한 자리 하나 얻지 못하였다. 과연 원광법사는 그렇게 대접받아도 되는 승려인가? 『삼국유사』에서는 그렇게 대접해서는 안 되는 인물이라고 항변한다.

『삼국유사』에서 「의해(義解)」는 불법의 의리(義理)를 깨달아서 안 승려들의 전기를 싣고 있는 편목이다. 이 편목의 첫머리가 〈원광서학(圓光西學)〉이다. 제목은 "원광이 서쪽으로 가서 배우고 오다"라는 뜻을 담고 있다. 원광은 말 그대로 유학승이었다. 원광법사가

금곡사와 원광법사부도탑.
부도탑은 일부만 남아 있던 것을 복원한 것이다.

유학을 떠나기 전에 머물렀고 또 다녀와서 찾았던 곳이 지금도 남아 있다. 경주 북쪽에 있는 금곡산(金谷山) 금곡사(金谷寺)다. 금곡산을 옛날에는 '삼기산(三岐山)'이라 하였는데, 〈원광서학〉을 보면 민간에서는 '비장산(臂長山)'으로도 불렀다고 한다. 금곡사도 그러하지만 비장산으로 불린 내력도 모두 원광법사와 밀접한 관련이 있다. 금곡사는 원광법사가 창건하고 머물렀다고 하는데, 지금도 원광법사의 부도탑이 남아 있다.

유학을 가서 승려가 된 원광

『삼국유사』에서 원광법사가 「의해」편의 첫머리에 나온다는 것은 곧 신라에서 최초로 불법의 요체를 터득한 승려—물론 알려진 승려들 가운데서 그렇다는 말이다—였음을 의미한다. 이는 곧 신라의 불교철학에 있어서 그 초석을 원광법사가 놓았다는 뜻이기도 하다. 당나라 때 편찬된 중국의 『속고승전(續高僧傳)』—당나라의 율승(律僧) 도선(道宣, 596~667)이 645년에 찬술하였다—에도 그 전기가 실릴 정도였으니, 얼마나 탁월한 승려였는지는 더 말할 필요가 없다. 일연은 『속고승전』에 실려 있는 전기와 고려 때까지 전해오던 설화를 〈원광서학〉에 아울러 실어두었다.

원광은 속세에서 성이 박씨(朴氏)였다. 박혁거세의 후손이었다는 말이다. 처음에는 문장을 익히고 노장 사상과 유학을 두루 배웠으며, 제자백가의 서적과 역사서도 탐구하였다고 한다. 그 덕분에 삼한(三韓)에서 큰 명성을 떨쳤는데, 그래도 중국의 지식인들에 견주면 아무래도 손색이 있었다. 그래서 해외(海外)로 갈 뜻을 스스로 세웠다. 이윽고 원광은 스물다섯 살 때, 배를 타고 금릉(金陵)으로 건너갔다. 금릉은 지금의 남경(南京)이다.

원광이 남경에 이르렀다는 것으로 보아 남해의 해로로 중국에 건너가서 지금의 상해(上海)에 먼저 도착했던 것으로 생각된다. 상해는 아시아에서 가장 길고 세계에서 세 번째로 긴 장강(長江)의 맨 아래에 있는 도시로, 중국 동해 즉 지금 동중국해의 입구다. 그래서 "바다의 첫머리"라는 뜻의 상해라 불린다. 원광은 장강의 하구에 이르렀기 때문에 곧바로 금릉으로 갈 수 있었다. 상해에서 금릉까지는 약 300km 거리지만, 장강을 따라 배를 타고 간다면 그렇게 멀지 않다.

원광은 곳곳을 돌아다녔다. 이렇게 돌아다니며 공부하는 것을 불가에서는 '운유(雲遊)'라 한다. 승려들이 책상을 짊어지고 다니면서 곳곳으로 스승을 찾아다니며 배우는 일이 구름처럼 떠도는 것과 같다고 해서 그렇게 말한다. 운유는 석가모니로부터 시작된 일이다. 이렇게 운유를 하는 것은 한 곳에 머물지 않도록, 곧 특정한 곳에 집착하지 않도록 하려는 뜻도 있지만, 이 넓은 세상에는 곳곳에 배움을 줄 수 있는 스승 또는 선지식들이 있으니 두루 배워야 치우침도 막힘도 없다는 의미가 더 깊이 담겨 있다고 할 수 있다. 원광은 아직 승려가 아니었음에도 그런 불가의 전통을 자연스럽게 따랐던 셈이다.

원광은 곳곳을 돌아다니며 평소에 품었던 의문들을 묻고 그 뜻을 풀어갔다. 이윽고 금릉의 장엄사(莊嚴寺)에서 강설을 듣게 되었다. 세간의 전적(典籍)들을 읽으면서 거기에 이치가 다 있다고 여겼던 원광은 불교의 종지에 대해 듣고서는 눈이 활짝 열렸다. 마치 긴 잠에서 깨어난 듯하였고, 세간의 전적들은 오히려 썩은 지푸라기처럼 여겨졌다고 한다. 원광은 진(陳)나라 임금에게 글을 올려 불법에 귀의하도록 허락해줄 것을 빌었다.

진나라 임금으로부터 허락을 받은 원광은 머리를 깎고 구족계를 받았다. 비로소 승려가 된 원광은 이제 미묘한 불교 이치의 세계에 본격적으로 빠져들었다. 갖가지 경전과 논서를 두루 탐구하였다. 그러다가 소주(蘇州)의 호구산(虎丘山)에 가서 마음을 고요하게 하며 선정에 드는 공부를 하였다. 그의 성취가 알려지자 승려의 무리가 구름처럼 그에게 몰려들었다고 한다.

원광이 유학을 갔던 그때는 남북조시대가 막바지에 이르고 있었다. 마침내 수(隋)나라가 통일을 이루자, 원광은 그 서울인 장안(長安)에 가서 유학하면서 불법을 폈다. 그리고 어느 정도 공을 이루자 신라로 돌아올 생각을 하였다. 수나라 황제는 원광을 두텁게 대접하고 신라로 돌려보내주었다. 처음 중국에 갈 때는 그를 아는 이가 없었으나, 돌아올 때는 진평왕을 비롯해서 온 나라 사람들이 다 알고 기뻐하며 그를 맞아들였다.

토착신이 원광에게 유학을 권하다

『속고승전』에서는 원광이 승려가 되기 전에 스스로 유학을 떠났으며, 신라에서가 아니라 중국에서 구족계를 받고 승려가 되었다고 하였다. 말하자면, 속가의 유학생으로 갔다가 유학승이 되어 돌아왔다고 할 수 있는데, 아마도 이 기록이 맞을 것이다. 그런데 〈원광서학〉에는 이와 다르게 이야기한 것도 실려 있다. 이 이야기는 본래 『수이전(殊異傳)』이라는 기이한 이야기를 모아둔 책에 있던 것을 일연이 옮겨 실은 것이다. 이렇게 서로 다른 이야기를 나란히 실은 것은 사실을 따지기 위해서가 아니고, 각각의 이야기에 숨어 있는 진실이 그 나름대로 합당하다고 판단했기 때문이다. 그 진실을 찾는 몫은 독자에게 있다.

원광은 중이 되고 난 뒤에 나이 서른에 삼기산에서 홀로 머물며 도를 닦았다. 그가 머물렀던 곳이 바로 금곡사다. 금곡사는 특별히 빼어난 풍광이 없는데다 구불구불 산길을 한참 올라가야 하는 외딴 곳에 위치해 있다. 조용하기 그지없어 수행하기에는 더없이 좋은 곳이다.

원광이 머물고 나서 4년이 지났을 때, 또 다른 중이 와서 절을 짓고 머물며 수행을 했다. 그 중은 주술 배우기를 좋아하여 요란한 소리를 내며 수행을 하였다. 그 때문인지 원광이 밤에 홀로 앉아서 불경을 외우고 있는데, 문득 그 산의 신령이 원광에게 나타나서 이렇게 하소연하였다.

"좋습니다, 좋습니다, 당신의 수행은! 무릇 수행자는 많으나, 법에 맞게 하는 이는 매우 드뭅니다. 이제 이웃에 있는 비구를 보니, 주술은 잘 닦지만 얻는 것은 없을 것이오. 그 시끄러운 소리는 남의 고요한 생각을 괴롭히고 그가 머무는 곳은 내가 다니는 길에 방해가 되어, 그곳을 지날 때마다 곧잘 미운 마음이 일어납니다. 법사는 나를 위해서 그에게 알려 다른 곳으로 옮겨가게 해주시오. 그가 만약 오래 머문다면, 내가 갑자기 죄업을 지을 것 같소."

참으로 아이러니하다. 보편적인 이치를 탐구해야 할 승려는 주술에 빠져 있고, 주술에 기대야 할 신은 오히려 주술에 빠진 승려를 나무라며 죄업을 지을까 걱정하고 있으니 말이다. 여기서 신은 당연히 삼기산을 관장하던 토착신이었다. 그런 신이 한낱 주술이나 익히는 비구를 감당하지 못해서 원광에게 하소연한 것은 토착신앙이 불법의 위세에 눌리고 있음을 상징한다.

신의 하소연을 들은 원광은 중을 타일렀다. 그러나 그 중은 신을 여우 귀신이라며 되레 코웃음을 쳤다. 결국 산이 무너져 중이 있던 절을 묻어버렸다. 이는 당연한 귀결이다. 아무리 비구라고 해도 고작 주술을 익히는 데 그친다면, 결코 신을 이길 수 없다. 주술로는 오히려 신이 우위에 있을 것이기 때문이다. 결국 불법을 익혀야 할 비구는 주술을 익히다 죽음에 이르렀고, 주술에 매여 있던 신은 도리어 불법을 가까이함으로써 시대의 변화에 적응하려는 움직임을 보여주었다고 할 수 있다.

이윽고 이 신은 원광에게 "어째서 홀로 이곳에 머물며 자신만을

포항 앞바다. 우연일까? 형산강이 바다와 만나는 이곳은
장강과 동중국해가 만나는 포동과 같다.

이롭게 하고, 중국에서 불법을 배워 와서 이 나라의 중생을 널리 구제하려고 하지 않느냐?"고 다그쳤다. 이 말의 드러난 의미는 원광이 불법의 본령을 깨치기 위해서는 불법이 확고하게 뿌리를 내린 중국에서 배워야 한다는 것이지만, 숨겨진 의미는 원광이 오롯하게 불법을 배워서 자신과 같은 중생을 구제해달라는 것이다. 문제는 원광 자신도 중국에 가고 싶었으나, 바다와 육지가 가로막고 있어서 가지 못한다는 데 있었다. 서해든 남해든 바다는 언제나 위험한 곳이어서 살아서 갔다가 돌아온다는 보장이 없을 뿐 아니라, 백제가 또한 막고 있어 그 어려움은 더욱더 컸다. 또 육지로 요동을 지나서 가려고 해도 고구려가 막고 있으니 갈 수가 없었다. 나중에 원효와 의상도 요동을 거쳐 중국에 가려다가 고구려 병사들에게 잡혀서 되돌아온 일이 있다. 게다가 당시는 신라가 차츰차츰 강성해지면서 삼국이 치열하게 전쟁을 거듭하고 있던 때였으므로, 원광으로서는 유학이 막연한 꿈에 지나지 않았다.

그러나 뜻이 있으면 길이 있는 법. 어쩌면 유학할 뜻이 있었기 때문에 신이 나타나서 그렇게 다그쳤는지도 모른다. 그리고 신이 중국에 가는 길을 가르쳐주었다. 신이 가르쳐준 길이 어떤 길인지 구체적으로 알 길은 없다. 다만 삼기산에서 내려오면 곧바로 형산강을 만나게 되는데, 형산강은 포항의 바다로 이어진다. 원광은 포항의 앞바다에서 신라나 중국의 상선을 타고 남해를 거쳐 중국에 이르렀을 것이다.

신이 일러준 대로 바다를 건너간 원광은 11년 동안 중국에 머물면서 경(經) · 율(律) · 론(論) 삼장에 통달하였다. 그리고 600년에 본국으로 돌아왔고, 먼저 삼기산의 절을 찾아갔다. 원광에게 길을 가르쳐주고 또 안전하게 바닷길을 다녀올 수 있도록 지켜주었던 신을 만나기 위해서였다. 이윽고 신이 나타났다.

신은 원광에게 계를 받고 싶어 했고, 원광은 신에게 계를 주었다. 불법을 깨치기 전에는 승려인 원광이라도 토착신보다 열등한 존재였으나, 불법을 깨치고 나자 원광은 토착신보다 우위에 있게 되었다. 그것은 수행과 득도를 통해서 얻은 우위였고, 그 우위는 상대에게 자비를 베풀고 상대를 포용한다는 점에서의 우위였다.

토착신이 원광에게서 계를 받으면서 토착신앙과 불교는 오롯하게 하나가 되었다. 불교는 보편적인 종교였으니 당연히 토착신앙을 포용할 것이지만, 토착신앙 쪽에서 불교를 적극적으로 받아들인 것은 바로 민중의 절실한 바람과 열린 마음에 따른 것이리라. 이는 법흥왕 때 토착신들을 모시던 귀족 지배층이 불교의 공인을 반대하자

이차돈이 목숨을 내던져야 했던 일—「흥법(興法)」편의 〈원종흥법염촉멸신(原宗興法厭髑滅身)〉에 자세하게 나온다—과는 사뭇 대조적이다.

원광은 자신에게 길을 알려준 신의 참모습이 보고 싶었다. 이에 신은 "내일 아침에 동쪽 하늘 끝을 바라보시오"라고 말하였다. 이튿날, 원광이 동쪽 하늘을 보니, 큰 팔뚝이 구름을 뚫고 하늘 끝에 닿았다. 삼기산을 "팔을 길게 뻗은 산"이라는 뜻의 '비장산'으로도 부른 이유가 여기에 있다.

세속을 도외시하지 않은 원광법사

〈원광서학〉에는 또 다른 이야기가 하나 더 있다. 『삼국사기』의 「열전」에 나오는 이야기라고 하면서 인용한 것이다.

수나라에서 돌아온 원광은 가슬갑(嘉瑟岬)—『삼국사기』 〈추항〉에서는 '가실사(加悉寺)'라고 되어 있다—에 머물고 있었다. 이 가슬갑은 청도 운문사(雲門寺)에서 동쪽으로 9천 보가량 되는 곳이라고 하는데, 지금은 자세하게 알 수가 없다. 흥미롭게도 운문사가 있는 산은 운문산 외에도 '호거산(虎踞山)'으로도 불린다. 호거산은 "범이 웅크린 듯한 산"을 뜻하는데, 원광이 유학을 갔던 중국 소주의 '호구산'과 이름도 비슷하고 뜻도 통한다. 아마 민중의 이야기 속에서 둘이 하나가 되었던 게 아닌가 한다.

이 가슬갑으로 원광을 찾아온 두 청년이 있었다. 바로 귀산(貴山)과 추항(箒項)이라는 선비였다. 그들은 군자와 사귀기 위해서는 먼저 자신의 마음을 바르게 하고 몸을 닦아야 한다고 여겼다. 이는 유교의 본령에 해당하는데, 왜 굳이 승려인 원광을 찾았을까? 『논어』나 『예기』를 읽으면, 충분히 체득할 수 있지 않았을까? 문제는 당시 신라에 전해진 유교의 수준이 그다지 높지 않았다는 데에 있다. 『속고승전』에서 원광이 중국에 가기로 했던 이유도 여기에 있다.

어쩌면 귀산과 추항도 원광처럼 유학을 떠나고 싶었는지도 모른다. 그러나 원광의 경우를 보더라도 바다를 건너가는 일은 결코 만만치 않았다. 그러던 때에 유학을 비롯한 제가의 학문을 먼저 익혔고 또 불법까지 터득하여 중국 땅에서도 이름을 떨치던 원광이 귀국했다는 소식을 들었으니, 가뭄에 단비를 만난 듯했으리라. 그들은 당장에 원광을 찾아가서 가르침을 청하였다.

원광은 그들에게 세간과 출세간의 도리를 절묘하게 조화시킨 가르침을 전해주었다. 그것이 바로 사군이충(事君以忠) · 사친이효(事親以孝) · 교우이신(交友以信) · 임전무퇴(臨戰無退) · 살생유택(殺生有擇)의 세속오계다. 기본적으로는 유교 이념을 바탕으로 하고 있다. 이는 상대가 바로 승려가 아닌, 세속의 선비였기 때문이다. 그렇다고 하더라도 원광은 승려인데, 왜 '임전무퇴(臨戰無退)'와 '살생유택(殺生有擇)'을 가르쳤는가? 이는 신라가 당시에 고구려와 백제를 상대로 전쟁을 거듭하지 않을 수 없었던 상황에 놓여 있었고, 귀산과 추항 역시 언제든지 종군해야 하는 처지였기 때문이다. 말하자면, 어차피 싸워야 한다면 물러나지 않는 대범함과 결단력, 용맹함을 지녀야 하고, 전쟁을 한다면 살생은 불가피한 일이지만 불필요한 희생은 될 수 있는 한 줄이라는 뜻이었다.

원광이 비록 출가하여 "어떤 생명도 죽여서는 안 된다"고 하는 '불살생의 계'를 받은 승려였으나, 그가 살았던 시대를 외면할 수는 없었다. 또 상대가 출가한 승려가 아니었으므로 그들에게 승려로서 지켜야 할 덕목을 강요할 수도 없었다. 부처가 중생의 근기에 맞게 설법을 폈던 것처럼, 원광 또한 속세의 선비에게 그 처지에 알맞은 덕목을 가르쳐주었던 것이다. 이야말로 원광이 펼 수 있는 최상의 방편설법이었다.

유학의 길을 열다

『속고승전』에 따르면 스물다섯에, 『수이전』에 따르면 서른 중반에, 원광은 위험한 바닷길로 해서 중국으로 유학을 갔다. 나이에서는 차이가 있으나, 자각이 있고 난 뒤에 유학을 하였다는 데서는 공통된다. 이치를 탐구하겠다는 열정에는 거친 바다도 낯선 풍토도 문제가 되지 않았다. 중국에서 두루 다니며 배우고 익힌 원광은 먼저

상해의 포동. 우리의 남해를 지나 중국의 상해에 들어설 때 처음 만나는 곳으로 원광도 이곳에 닿았을 것이다.

중국 땅에서 교화를 폈다. 그만큼 그의 성취가 대단했다는 의미다.

그러나 원광은 중국을 떠나 신라로 돌아왔다. 신라야말로 그의 교화가 절실했던 곳이기 때문이다. 이는 토착신과의 약속이기도 했다. 토착신과의 약속은 곧 중생인 민중과의 약속이며, 그 약속은 민중을 구제하겠다는 의지의 표현이다. 출가한 승려는 단 두 가지 목표를 향해 정진한다. 하나는 상구보리, 다른 하나는 하화중생이다. 위로 깨달음을 얻는 것은 궁극에 이르는 필요조건이요, 아래로 중생을 교화하는 일은 궁극에 이르는 충분조건이다. 상구보리는 반야지혜를 얻는 일이요, 하화중생은 크낙한 자비를 베푸는 일이다. 어느 하나도 빠뜨려서는 부처가 될 수 없다. 원광은 그 둘을 모두 이루기 위해서 중국으로 유학을 갔고, 다시 신라로 돌아왔던 것이다.

원광의 일생을 두고 일연은 다음의 시로써 기리었다.

바다 건너서 처음으로 중국 땅의 구름을 헤쳤으니
몇 사람이 오가면서 그 맑고 향기로운 덕을 배웠던가.
지난날의 자취라고는 청산에 남아 있을 뿐이니
금곡사와 가슬갑의 일은 지금도 들을 수 있구나.

원광 이전에도 바다를 건너가서 도를 깨치려고 한 이들이 있었을 것이다. 그들의 이름도 그 자취도 남아 있지 않지만, 원광의 유학에 밑거름이 되었음은 분명하다. 이제는 원광이 그들을 이어서 다음 세대에 진정한 유학의 길을 열어주었으니, 그것은 참된 깨달음을 위한 구법(求法)의 길이었다. 그리하여 원광보다 멀고 험난한 길을 나선 승려들이 잇달아 나타났다. 바로 천축으로 떠난 구법승들이다!

후삼국의 서해와 보양 스님

『삼국유사』를 저술한 일연은 충렬왕(忠烈王, 1274~1308 재위) 4년(1277)에 조칙을 받아서 운문사에 주석하게 되었고, 거기에서 현묘한 기풍을 널리 펼쳤다. 일연이 나이 일흔둘에 주석한 운문사는 경상북도 청도군에 있다. 범이 웅크리고 있는 형상을 하고 있다고 해서 호거산(虎踞山)이라 불리는 산 아래, 거기에 "구름이 지나는 문"과 같이 서 있다.

운문사는 산으로 에워싸여 있다. 운문산과 가지산 등 사방의 산 위를 지나던 구름이 쉴 곳을 찾아서 깃들 만한 곳이라는 생각이 절로 들 정도다. 절문을 들어서면, 비구니 승려들의 수행 도량이어서인지 그 정경이 늘 깨끗하고 조용한 게 하잔하다는 느낌이 든다. 이따금 지나는 비구니 승려들을 보노라면, 세속의 티끌을 씻으려고 출가를 감행한 그들에게서 외경심이 절로 인다.

경내의 오른편에는 허리가 구부러진 노파처럼 축 처진 소나무가 있다. 500년의 세월을 견뎌온 나무다. 운문사의 내력이 만만치 않음을 알려주고 있는데, 그 맞은편에는 자그마한 전각이 뒤태를 보이면서 서 있다. 빙 돌아가면 앞모습이 보이는데, 현판에 '작압(鵲岬)'이라고 쓰여 있다. 운문사가 옛날에는 작갑사라 불리었으니, 이

'작압'은 '작갑(鵲岬)'에서 온 게 분명하다. 언제부터 작압이라 불리었는지는 알 수가 없으나, 운문사가 처음에 작갑사였음을 말해주는 우듬지다.

작갑사 부흥을 서해의 용이 돕다

신라 진흥왕 때 어느 신승(神僧)이 암자를 지은 데서 시작된 이 운문사는, 원광법사가 중창하면서 거대한 사찰로 거듭났다. 그러나 후삼국의 난리를 겪으면서 급격하게 쇠퇴하였다. 그 사정을 「의해」 편의 〈보양이목(寶壤梨木)〉에서는 "신라시대 이래로 지속해오던 이 청도군의 사원 작갑사와 그 아래 여러 작은 사원들이 후삼국의 난

운문사 작압전. 본래 운문사는 작갑사로 불리었는데,
후대에 작갑이 작압으로 바뀌었다.

리 통에 대작갑사 · 소작갑사 · 소보갑사 · 천문갑사 · 가서갑사 등 다섯 갑사가 모두 무너지고 없어져서 다섯 갑사의 기둥들만 대작갑사에 모아두었다"라고 적고 있다.

청도군 그 깊은 산속에 있는 절들조차 기둥만 남을 정도로 파괴되었으니, 후삼국의 쟁란이 얼마나 무시무시했는지를 짐작할 수 있다. 어쨌든 작갑사는 적어도 다섯 갑사가 중심이 된 거대한 사찰이었다고 할 수 있는데, 이제는 그 가운데 하나가 운문사라는 이름으로 남아 있는 셈이다. 그렇다면 이 운문사는 어떻게 다시 일어날 수 있었던가?

운문사 뒤쪽에는 계곡이 있다. 계곡에는 맑은 물이 흐르는데, 제법 물이 고여 있는 곳도 보인다. 이곳을 '이목소'라고 부른다. 이목소라 불린 내력은 신라 말에 운문사를 중창한 보양 스님의 이야기에서 비롯된다.

〈보양이목〉에서는 보양 스님을 '조사(祖師) 지식(知識)'이라고 부르고 있다. 이 또한 이야기의 특성을 고스란히 드러내는 부분이다. 조사는 본래 한 종파를 세운 승려를 높이 일컫는 말이고, 지식은 부처의 교법을 말해주거나 불연(佛緣)을 맺게 해주는 선지식을 가리키는 말이다. 둘 다 불가에서 널리 쓰이는 말이니, 조사 지식이란 딱히 누군가를 지칭하는 이름이 아니다. 보양 스님의 법명을 제대로 알지 못했던 이야기꾼이 대충 좋은 명칭이다 싶은 것을 가져다가 '보양' 대신에 이름으로 삼았던 것이다. 여기서는 보양이라는 법명으로 일컫기로 한다.

보양은 중국에서 불법을 배우고 돌아오고 있었다. 서해 중간에 이르렀을 때, 용이 그를 용궁으로 맞아들였다. 그보다 거의 300년 전에 명랑(明朗)법사가 경험했던 것과 거의 똑같은 일을 보양도 겪게 되었던 것이다. 용왕은 보양에게 불경을 염송하게 하였고, 그 대가로 금라(金羅) 가사 한 벌을 보시하였다. 그리고 용왕은 아들 이목(璃目)—제목에서는 이목(梨木)이라 하였는데, 소리가 같다—을 데리고 가게 하면서 이렇게 말했다고 한다.

"지금 후삼국이 요란하여 아직은 불법에 귀의하는 군주가 없지만, 내 아들과 함께 본국으로 돌아가서 작갑(鵲岬)에 절을 지어 머문다면 도적을 피할 수 있을 것이고 또 몇 년 안에 반드시 불법을 수호하는 현명한 군주가 나타나서 삼국을 평정할 것입니다."

용왕의 말을 듣고 청도의 이 골짜기에 이른 보양에게 갑자기 한 노승이 나타났다. 노승은 자신을 원광이라 하고는 인궤(印櫃)를 주고 사라졌다. 원광은 작갑사를 처음 중흥했던 승려이니, 무너진 작갑사를 반드시 일으켜야 한다는 뜻을 분명하게 보여주기 위해서 직접 나타났던 것이다.(『삼국유사』에서 〈보양이목〉은 바로 〈원광서학〉에 이어 나온다.) 또 인궤를 준 것은 보양이 바로 그런 일을 할 수 있는 적격자임을 인정한 것이다. 마치 선종(禪宗)에서 스승이 제자를 인가한 뒤에 자신의 발우와 가사를 전한 것과 같다.

그러나 보양은 구체적으로 어디에 절을 지을지 몰랐다. 작갑사 일대가 폐허가 된 지 오래되었기 때문이다. 여기저기 찾아다니고 있던 보양의 눈에 까치가 땅을 쪼고 있는 광경이 들어왔다. 서해의 용이 작갑이라고 한 말이 떠올라서 그곳을 찾아가 땅을 파보았다. 작갑의 '작'이 곧 까치를 뜻하는 말이기 때문이다. 그랬더니 예전의 벽돌이 많이 나왔는데, 그것을 쌓아올리자 탑이 되었다. 이것으로 이전에 절터였음을 알게 되었고, 이 자리에 절을 다시 세워 작갑사라 하였다.

그런데 이야기를 통해 추론해보면, 작갑사는 원래 다른 이름으로 불렸다가 보양 스님이 다시 지으면서 붙은 명칭인 듯한데, 더 자세한 것은 알 수가 없다. 이야기 자체가 고정된 것이 아니니, 무어라 단정하기는 어렵다. 한 가지 분명한 것은, 작갑사가 운문사가 된 것은 바로 고려의 태조에 의해서라는 사실이다.

운문사의 창건과 후삼국 통일

서해의 용이 말하기를, 작갑에 절을 지으면 몇 년 안에 후삼국이 평정될 것이라고 하였다. 실제로 보양이 작갑사를 짓고 나서 얼마 후, 고려의 태조가 후삼국을 통일하였다. 통일을 이룬 태조는 보양이 작갑사를 지었다는 소식을 듣고서 절에 밭을 하사하였다. 그리고 937년에 '운문선사(雲門禪寺)'라는 사액을 내렸다. 절의 명칭을 통해서 보양 스님이 중국에서 선종의 교의를 배우고 왔음을 짐작할 수 있다. 또 보양과 태조의 관계는, 신라 말에 당나라에서 돌아온 선승들과 각 지방의 호족들이 긴밀한 관계를 맺고 있었던 역사적 사실을 단적으로 보여준다.

보양이 당나라에서 돌아와서 먼저 머문 곳은 추화군(推火郡)의 봉성사(奉聖寺)—밀양 산외면 금곡리에 있었던 절인데, 지금은 그 자취조차 찾을 길이 없다—에 머물렀다. 그때 고려 태조가 동방을 정벌하다가 청도 부근에 이르렀다. 산적들이 항복하지 않고 태조의 군사를 괴롭혔다. 이에 태조가 보양에게 술책을 물었고, 보양이 도와주어서 산적들을 항복시켰다.

이는 서해의 용왕이 보양에게, 작갑에 절을 지으면 도적을 피할 수 있다고 한 예언과 불교를 수호해줄 현명한 군주를 만날 것이라는 예언이 실현된 것이라고 할 수 있다. 다만 작갑에 절을 짓기도 전에 이런 일이 일어났다는 점인데, 이는 구전되는 이야기이기 때문에 생길 수 있는 착오로 보인다. 중요한 것은 고려 태조가 보양의 도움으로 난관을 극복할 수 있었다는 사실이다.

이 일이 있은 뒤에 보양은 작갑사로 옮겨갔는데, 태조는 은혜를 입었던 인연이 있었으므로 작갑사에 '운문선사'라는 사액을 내렸던 것이다. 서해의 용은 고려 태조가 불교를 수호해줄 현명한 군주라고 말했지만, 이야기에서는 오히려 불교가 태조를 도와서 후삼국을 평정하는 데 기여했다는 의미가 더 강하게 드러나 있다. 사실 지방 호족 출신이었던 태조로서는 각 지역의 호족들과 당시 당나라에서 선종을 익히고 온 선승들로부터 힘을 빌려 올 수밖에 없는 처지였다. 고려 왕실에서는 태조가 불법을 지켜주었다고 주장하고 싶었겠지만, 민중은 그런 왜곡에 동참하지 않았던 것이다.

천제를 거스르고 비를 내린 이목

보양이 운문선사에 머문 뒤에 일어난 일이다. 보양을 따라온 서해용의 아들 이목은 절 곁의 작은 못, 지금의 이목소에 살면서 스님의 교화를 남몰래 도왔다고 한다. 그러던 어느 해, 크게 가뭄이 들어서 밭에 자라던 채소가 타고 말랐다. 보양은 이목을 시켜 비를 내리게 하였고, 이에 비가 흡족하게 내렸다.

신라인에게 용은 서해나 동해에 사는 것으로 인식되고 있었다. 대개 용은 중국인의 상상력에서 비롯된 동물인데, 이것이 동아시아 전체에 퍼진 것이다. 그렇다면 용에 대한 이미지도 크게 다르지 않았을 것이다. 중국인들은 용이 바람과 비를 일으키는 동물이라고 여겼고, 그래서 용에게 기우제를 지냈다고 한다. 여기 보양이 이목

이목소. 서해의 용이 와서 머물었던 곳이다.

에게 비를 내리게 하라고 한 것도 그런 민간신앙적 성격을 그대로 드러낸 것이다.

문제는 민간신앙에서 거의 절대적인 존재였던 용이 천제의 허락을 받아야 하는 처지에 놓여 있었다는 사실이다. 이 천제는 단군신화에도 나오는 제석(帝釋)을 가리키는데, 본래는 인도의 신화에 나오는 인드라였다. 인드라는 벼락을 신격화한 존재로, 불교에 수용되어 수호신이 되면서 수미산 꼭대기의 도리천에 머물게 되었다. 용과 제석 모두 불교를 만나기 전에는 토착신으로서 강력한 힘을 자랑했다가 불교를 만나면서 수호신으로 바뀌었다는 점, 게다가 비와 관련된 신이었다는 점에서 서로 통한다. 그런데 용이 제석의 명을 받게 되는 처지가 된 것은 제석이 먼저 불교의 수호신이 되었기 때문이다.

천제의 허락을 받지 않고 비를 내린 용은 자신이 위태롭게 되었음을 알고 보양에게 이를 알렸다. 보양은 용을 평상 밑에 숨겨두었다. 잠시 후, 천제가 보낸 천사(天使)가 내려와서 이목을 내놓으라고 하였다. 보양은 뜰 앞의 배나무, 곧 이목(梨木)을 가리켰다. 이름이 같았으므로 천사를 속일 수 있었다. 천사는 나무에 벼락을 때리고는 하늘로 올라갔다. 배나무 이목이 용 이목을 구한 것이다. 그러나 벼락을 맞은 배나무 이목은 쓰러졌다.

왜 이목은 천제의 허락을 받지 않고 비를 내렸을까? 왜 보양은 천제에게 비를 내려달라고 하지 않고 이목에게 비를 내려달라고 했을까? 이에 대한 답은 사람들마다 다를 것이다. 경험과 배움, 생각들이 다르기 때문이다. 이야기는 답을 주기보다 어쩌면 물음을 던지는 것인지도 모르겠다. 그 답을 찾아가는 과정에서 우리는 자신과 주위를 새롭게 보게 되는 경험을 한다. 그러고 보니, 일연은 이야기를 들려주면서 우리에게 화두를 던지고 있는 셈이다.

제석과 이목을 화해시킨 민중

제석의 허락을 받지 않고 비를 내리게 한 용 대신에 그 벌을 받은 나무 이목은 용이 어루만지자 되살아났다. 그리고 오랜 뒤에 그 나무는 땅에 넘어졌는데, 누군가가 그 나무로 빗장의 몽치로 만들어서 선법당(善法堂)에 두었다고 한다. 선법당은 수미산 도리천의 왕인 제석천이 천인들을 모아서 늘 인간과 천상의 일을 논의한다고 하는 강당이다. 물론 이 선법당은 운문사에 있던 강당이다. 그러나 거기에 담겨 있는 상징은 예사롭지 않다.

배나무 이목은 곧 용과 같은 이름이어서 하나로 볼 수 있다. 그렇다면 그 용에게 천벌을 내리려 한 제석천의 선법당을 지키는 빗장의 몽치로 배나무 이목을 썼다는 것은 곧 용 이목을 제석천의 수호신으로 삼았음을 의미한다. 이는 민중이 이야기로써 용과 제석천을 화해시켜 대립과 갈등을 해소시킨 것이나 마찬가지인데, 그럴 수밖에 없었던 까닭이 있다. 용은 비를 내려주는 힘을 가진 존재고, 제석천은 민중이 지상에서 갖은 괴로움을 다 겪은 뒤에 오르고 싶었던 도리천의 왕이기 때문이다.

중세 내내 핍박과 억압을 받은 민중은 상층 지배층보다도 더 대립과 갈등의 폐해를 잘 알고 있었다. 어쩌면 현실에서 온갖 차별과 불평등으로 희생을 당해야 했던 민중이기에 더욱더 대립과 갈등의 해소를 바랐는지도 모른다. 이야기는 이렇게 민중이 현실의 문제를 바라보고 해결하려고 애쓴 결과이기도 하다.

천축으로 돌아간 승려들

사하(沙河)에는 원귀(寃鬼)와 열풍(熱風)이 심해서 이를 만나면 모두 죽고 한 사람도 살아남지 못한다. 위로는 나는 새가 없고 아래로는 길짐승이 없다. 아무리 둘러보아도 아득하여 가야 할 길을 찾을 수 없고, 언제 죽었는지 알 수 없는 메마른 해골만이 길을 가리키는 표지가 되어준다.

법현(法顯, 337~422)이 인도에 갔다가 13년 만에 돌아온 뒤에 쓴 『고승법현전』—『불국기(佛國記)』라고도 한다—에 나오는 한 대목이다. 사하를 지나면서 본 풍경은 참으로 무시무시하고 으스스하다. 사하는 고비 사막을 가리킨다. 고비 사막은 중국과 몽골에 걸쳐 있는, 아시아에서 가장 큰 사막이다. 그 길이만 대략 1,600km이니, 서울과 부산을 두 번 왕복해야 하는 거리다. 말이야 두 번 왕복이지만, 사막이라는 특수성을 고려하면 참으로 끔찍한 행로다. 이 고비 사막의 모래가 편서풍을 타고 날려서 우리나라에 오는데, 그것이 누런 모래 즉 황사다. 우리나라 사람들은 그 누런 모래만으로도 끔찍하게 여기는데, 그 모래로 이루어진 드넓은 땅임에랴. '고비'는 "거친 땅"이라는 뜻의 몽골어인데, 법현의 묘사에 견주면 오히려 그 의미가 약하다.

법현은 중국에 율장(律藏)—수행자가 일상에서 지켜야 할 규칙에 대해서 서술한 모든 전적—이 부족한 것을 한탄하여 예순이 넘은 나이에 인도로 떠났다. 정확하게는 예순세 살의 나이에, 사막과 고봉준령(高峰峻嶺)이 이어져 있는 험난하기 짝이 없는 길을 나섰다. 그야말로 기약할 수 없는 여정을 감행한 것이다. "시작은 미약하나, 그 끝은 창대하리라"는 말이 있지만, 법현의 여정은 그 시작에서 이미 창대하였다.

399년, 장안을 출발한 법현은 돈황(燉煌)을 거쳐 사하를 지나고, 이어 파미르 고원을 넘어서 서북 인도에 이르렀다. 그 과정에서 직접 목격한 장면 하나가 위에서 인용한 글에 묘사되어 있는데, 그런 장면은 인도에 이르는 내내, 거의 날마다 목도했을 것이다. 402년, 마침내 법현은 서북 인도에 이르렀다. 그때부터 다시 법현은 쉬지도 않고 곳곳을 다니며 율장을 필사하였다. 요즘이야 책을 사서 항공우편으로 부치기만 하면 되지만, 저 옛날에는 일일이 손으로 옮겨 적어야 했다. 그것도 산스크리트로 된 경전을 말이다. 법현은 산스크리트를 배우면서 옮겨 적는 일을 아울러 했다. 그것은 젊은이에게도 중노동이었다. 그런데 예순이 넘어 글을 읽기도 쉽지 않은 나이에 법현은 기꺼이 그 일을 해냈다.

그렇게 율장을 필사하기도 하고 또 인도 승려들과 마주하여 담론도 나누면서 인도 불교를 몸소 체험한 법현은 귀국을 위해 육로가 아닌 해로를 택했다. 그러나 배를 타는 일도 만만치 않았다. 인도 남쪽의 섬 실론(스리랑카)에서 2년 정도 보낸 뒤에 가까스로 배를 탔다. 폭풍을 만나 표류도 하였다. 바다라고 해서 사막이나 고봉준령보다 나은 것은 없었다. 우여곡절 끝에 중국 산동반도의 청주

(淸州) 해안에 도착하였다. 그때가 413년, 법현의 나이 일흔여섯 살이었다.

천축으로 돌아간 승려들

1600년 전, 육로로 가서 해로로 돌아온 법현의 여행은 단순한 여행이 아니었다. 목숨을 건 사투였다. 그럼에도 동아시아에서 인도로 가는 구법 여행의 신호탄이 되었다. 법현을 이어 현장(玄奘, 602~664)과 의정(義淨, 635~713) 등 무수히 많은 승려들이 구법 여행을 떠났다. 오로지 불법을 구하겠다는 일념으로 여행을 하였다. 작게는 자신의 깨달음을 위해서, 크게는 중생을 구제할 수 있는 길을 찾기 위해서였다.

『삼국유사』에도 인도로 구법 여행을 떠난 승려들에 대한 이야기가 실려 있다. 〈귀축제사(歸竺諸師)〉가 그것이다. 제목은 "천축으로 돌아간 스님들"을 뜻한다. 제목의 '귀(歸)'는 단순하지 않다. "마땅히 가야 할 곳으로 가는 것"을 의미하는 글자이기 때문이다. 처녀가 혼인하는 것을 '귀'라고 하는데, 마땅히 가야 할 곳이 시집이라는 뜻이다. 따라서 일연이 제목에서 이 글자를 쓴 것은 승려라면 천축, 곧 인도로 가는 것이 당연하다는 뜻을 드러내려 한 것임을 알 수 있다.

일연은 고려시대의 선승이었다. 이때는 불법을 구하러 굳이 인도에 갈 이유가 없었다. 당시 인도는 이미 불교가 쇠퇴한 지 오래되었고 힌두교가 흥성하고 있었다. 무엇보다도 신라 이래로 이 땅에 불교가 깊이 뿌리를 내리고 또 이미 상당한 수준에 도달해 있었으므로 인도로 가는 구법 여행은 더 이상 의미가 없었고, 그런 여행은 전설로도 이야기되지 않고 있었다. 그러나 구법 승려들의 여행은 잊혀서는 안 되는, 이 땅에 불교가 살아 있는 한은 기억되어야 할 고귀한 자취였다. 그래서 일연은 〈귀축제사〉를 두었다.

〈귀축제사〉는 의정이 쓴 『대당서역구법고승전(大唐西域求法高僧傳)』의 내용을 요약한 것이다. 『대당서역구법고승전』은 인도로 구법 여행을 떠난 승려의 전기를 모은 것인데, 56명의 전기가 있고 그 가운데 7명이 신라의 승려다. 이는 결코 적은 숫자가 아니다. 반면 고구려나 백제의 승려는 없다. 신라 승려들의 구법에 대한 열정이 얼마나 대단했는지를 짐작할 수 있다.

사막을 지나고 산맥을 넘은 아리나발마

인도로 떠난 승려들이 선택할 수 있는 길은 크게 두 가지였다. 하나는 육로, 하나는 해로. 육로는 해로보다 더 위험하였다. 해로는 바람과 해류를 잘 타면 그나마 위험을 줄일 수 있었던 반면, 구법 승려들이 택한 육로에는 한결같은 위험이 도사리고 있었기 때문이다. 승려들이 택한 육로는 오늘날에도 쉽사리 지나갈 수 없는 길이다. 흔히 비단길이라 불리는 이 길은 거대한 산맥과 광활한 사막이 가로막고 있다. 따라서 걸어서 간다는 것은 그대로 고행이다.

신라인으로서 가장 먼저 인도로 간 승려로 기록되고 있는 아리나발마(阿離那跋摩)는 당나라 정관(貞觀) 연간(627~649)에 장안을 떠나 오천축(五天竺)으로 떠났다. 오천축은 동 · 서 · 남 · 북과 중앙의 다섯 인도를 아울러 일컫는 말이다. 아리나발마가 어떤 경로로 인도에 이르렀는지는 자세하지 않으나, 그가 장안을 떠났다고 한 데서 육로로 갔으리라 짐작할 수 있다. 그렇다면 법현이 갔던 길을

타클라마칸 사막. 바다에서 파도가 치는 듯한 모습은
사막이 영락없는 육지의 바다임을 일깨워준다.

밟아 갔을 가능성이 높다.

먼저 서쪽으로 만리장성을 넘어갔다. 이윽고 아득하게 펼쳐진 사막을 만나는데, 그 사막은 중국과 서역을 연결하는 관문인 돈황 서쪽에서 파미르 고원까지 동서로 6천 리, 남북으로 1,500리라는 거대한 타클라마칸이다. 천신만고 끝에 사막을 지나면 파미르 고원의 남서쪽을 뻗어 나온 힌두쿠시 산맥을 또 넘어야 한다. 힌두쿠시 산맥은 7천 미터가 넘는 산까지 수없이 많은 산으로 이루어져 있다. 오늘날에도 전문적인 산악인이 아니면 넘을 엄두를 내지 못하는 산맥을 어떠한 훈련도 받지 않은 승려들이 걸어서 넘어갔다. 구법의 열정은 그 험준한 산맥과 혹독한 추위도 식히지 못했던 것이다.

일연은 육로로 인도에 간 스님들을 두고, "천축의 하늘은 아득히 겹겹산인데, 가련하게도 유사(遊士)는 허위허위 오르는구나"라고 기리는 시를 지었다. 유사는 불법을 구하러 떠난 스님들을 가리킨다. 인도는 법의 보배가 있는 곳이지만, 참으로 험난하고 지극히 멀다. 과연 구법의 길을 떠난 승려들 가운데서 그 결실을 맺은 이는 얼마나 될까? 대부분은 도중에 죽었다. 그래서 구법 승려들은 앞서 간 선배들의 해골을 이정표 삼아서 여행을 하였다.

이윽고 아리나발마는 힌두쿠시 산맥을 넘어 서북 인도에 이르렀다. 거기서 다시 동쪽으로 먼 길을 가야 했다. 그가 가려 했던 날란다Nalanda는 인도의 동쪽 비하르 주 남동쪽에 위치하였기 때문이다. 삼장법사 현장을 비롯해 수많은 구법 승려들이 날란다에서 공부하였다. 당시 날란다는 불교의 요체를 배울 수 있는, 인도 불교의 중심지요 최고의 대학이었다. 아리나발마 또한 거기서 다양한 경전과 논서를 읽고 체득하였다. 그리고 자신이 배우고 익힌 것을 고국으로 돌아와 펼치고 싶었다. 그러나 그 바람도 헛되이 날란다에서 세상을 떠나고 말았다.

바다를 건너다 세상을 떠난 무명의 승려들

이름이 남아 있지 않은 승려 둘이 있었다. 그들은 장안에서 남쪽으로 길을 떠나 남해(南海)로 갔다. 거기서 배를 타고 실리불서국(室利佛逝國)의 서쪽 파노사국(婆魯師國)에 이르렀으나, 병을 얻어 둘 다 죽었다. 이들이 택한 길은 남방의 바닷길이었다.

남해는 남중국해로 나가는 항구가 있는 광주(廣州)를 가리킨다. 당시 광주를 남해군(南海郡)이라 했다. 실리불서국은 스리비자야로,

지금의 수마트라 항구가 있는 곳이다. 당시 중국과 동남아시아 여러 나라, 그리고 인도 사이에서 이루어지고 있던 활발한 교역을 통해서 번영을 누리던 나라였다. 말하자면 실리불서국은 인도와 중국을 잇는 항로의 중간 지점이다. 실리불서국의 서쪽 파노사국은 수마트라 서북부의 끝에 있는 브루어Breueh 섬을 가리킨다.

브루어 섬에서 인도로 가는 길은 둘로 나뉜다. 하나는 서쪽으로 곧장 나아가서 실론(스리랑카)에 이르렀다가 거기서 북쪽으로 인도의 동해안을 따라 올라가는 길이다. 다른 하나는 곧장 북쪽으로 올라가서 미얀마 서해안을 따라서 가다가 방글라데시를 지나 동인도에 이르는 길이다. 그러나 두 승려에게는 어느 길이든 선택할 기회가 주어지지 않았다. 브루어 섬에서 세상을 떠났기 때문이다.

두 승려는 뜻을 이루지 못하였고, 그리하여 이름조차 알려지지 못했다. 일연도 안타까움에, "달은 몇 번이나 외로운 배를 떠나보냈는데, 구름 따라 돌아온 이는 한 사람도 없어라"라며 기리었다. 신라의 두 승려뿐만 아니라 육로로든 해로로든 길을 떠났던 수많은 승려가 인도에 이르지도 못하고 죽거나 혹은 이르기는 하였으되 돌아오지 못하고 죽었다.

어찌하여 이들은 죽음을 무릅쓰고 위험천만한 길을 떠났는가? 무엇이 그들로 하여금 목숨조차 기꺼이 내던지게 만들었는가? 깨달음을 얻어 진정한 자유를 누리는 것, 부처의 가르침으로 모든 중생을 고통에서 건지는 것, 바로 그 바람 때문이었다. 대항해시대에 끝을 알 수 없는 바다로 탐험을 나섰던 유럽의 항해자들과 참으로 흡사하다. 다른 게 있다면, 한 무리는 재물을 얻기 위해서, 다른 한 무리는 깨달음을 얻고 중생을 구제하기 위해서라는 목적의 차이뿐이다. 일연도 구법 승려들에 대해 "모두 자신을 잊고 불법을 따르며

힌두쿠시 산맥. 파도와 해일을 연상시키는 이 산맥을 구법 승려들은 걸어서 넘었다.

석가모니의 교화를 보려고 인도에 갔다"고 썼다.

오늘날에도 학문의 본령은 진리 탐구라고 한다. 그러나 진리는 무엇이며, 왜 진리를 탐구하는가라는 물음을 스스로 던지는 학인, 쉼 없이 그 답을 찾아다니고 있는 학인은 과연 몇이나 될까? 아무리 자본주의가 팽배해 있다고는 하지만, 단순히 밥벌이로 학문을 할 수는 없지 않은가? 밥벌이로 삼으려면 학문보다는 다른 길을 택하는 것이 더 현명하지 않은가? 서쪽으로 돌아간 승려들을 생각하니, 문득 학문의 길을 나선 자신을 되돌아보게 된다.

다시 살아나야 할 이야기

〈귀축제사〉는 『대당서역구법고승전』의 전기에서 끌어온 이야기들로 이루어져 있다고 했다. 그렇다면, 민중이 그들 구법 승려들에 대해서는 이야기하지 않았다는 말이 된다. 왜 이야기하지 않았을까? 그들 가운데서 살아 돌아와 그 여행에 대해 들려준 이가 없었고, 그 여행의 결과로 얻은 깨달음으로 교화를 펴서 중생을 구제해준 이가 없었기 때문이다. 일연도 "혹은 도중에서 일찍 죽고 혹은 생존하여 그곳 절에 머문 이도 있었지만, 결국은 신라와 당나라에 돌아오지 못하고 오직 현태 스님만이 당나라에 돌아왔으나 또한 어디서 세상을 마쳤는지 알 수 없다"고 적고 있다.

인도로 돌아갔으나 되돌아오지 않은 승려들. 민중은 자신들의 경험 속에서 보고 듣고 느낀 것을 이야기하게 마련이니, 그들 돌아오지 않은 승려들을 어찌 만난 적이 있었겠는가? 만난 적이 없으니, 어찌 이야기할 수 있었겠는가? 그런데 일연은 왜 그들의 행적에 대해 글로 남기려 했는가? 잊어서는 안 되었기 때문이고, 다시 되살려야 했기 때문이다.

일연이 살았던 시대는 칭기즈 칸이 이룩한 몽골 제국이 원(元) 왕조가 되어 고려를 속국으로 삼고 있었던 때다. (일연이 태어났던 1206년에 테무진이 칭기즈 칸에 올랐고, 그때부터 몽골은 제국의 길로 나아갔다.) 원 황실에 줄을 대면서 권력을 얻어 일신의 영달을 꾀했던 지배층은 제쳐두고라도, 그 지배층과 한통속이 되어서 천하의 안위와 백성의 고통은 돌아볼 생각조차 하지 않았던 불교계에, 중생 구제보다 자기 구제가 더 절실하고 긴요했던 승려들에게 정문일침(頂門一鍼)이 필요했던 시절이다. 그러나 불교계나 승려들이 스스로 정화되기에는 병증이 너무도 깊었다. 그리하여 일연은 민중의 이야기를 빌어서 일침을 가하는 것이 유익하리라 여겼다.

일연은 천축으로 돌아간 승려들에 대한 이야기를 글로써 남기면 글을 읽은 누군가가 다시 민중에게 이야기해줄 거라고 여겼을 것이다. 그러면 저 돌아오지 않은 승려들이 민중의 입을 통해 이야기로써 되살아날 것이고, 되살아난 그 이야기는 관념에 사로잡혀서 타성에 젖은 먼 훗날의 지식인이나 수행자들에게 새로이 일깨움을 주리라 믿었을 것이다. 이제 나는 이 짧은 글로써 일연의 뜻을 받들며 이렇게 이야깃거리를 내놓는다. 이 또한 불교에서 말하는 인연법의 작용이리라!

법의 바다에서 나루가 된
자장율사

낙동강은 1,300리 물길인데, 강원도 태백시 함백산(咸白山)에서 시작된다. 함백산의 황지(黃池)가 발원지다. 이 함백산 기슭에 정암사(淨巖寺)가 있는데, 양산의 통도사를 세운 자장율사(慈藏律師)가 창건한 절이다. 정암사는 적멸보궁(寂滅寶宮)과 수마노탑(水瑪瑙塔)으로 유명하다.

적멸보궁에는 불상을 모시지 않고 부처의 사리를 모셔두고 있다. 이 부처의 사리는 앞서 〈전후소장사리〉에서 언급했듯이, 자장율사가 당나라에서 가지고 온 사리다. 수마노탑은 자장율사가 당나라에서 귀국할 때, 서해 용궁에서 얻어 온 마노석으로 쌓은 탑이라고 전한다. 그리고 이 탑에도 부처의 사리를 봉안해두었다고 한다. 사실 수마노탑은 그 모양새가 신라시대의 여느 탑과는 사뭇 다르고, 중국적인 느낌이 강하게 난다. 아마도 중국풍으로 세운 것이어서 서해 용궁에서 재료를 얻어 왔다는 이야기가 만들어진 것이 아닌가 여겨진다.

그런데 통도사에서 정암사로 가려면, 도로를 따라 가더라도 낙동강 물길만큼의 거리를 가야 한다. 자장율사는 어찌하여 이 먼 곳에까지 와서 절을 세웠을까? 그 내력을 『삼국유사』의 〈자장정률(慈

정암사의 적멸궁. 해탈의 경지를 뜻하는 '적멸'이 자장의 이루지 못한 꿈이 되어 남아 있다.

藏定律)〉에서 이야기하고 있다.

통도사를 세우고 계율을 정하다

자장율사는 김씨로, 신라 진골 출신이다. 그 부친이 삼보에 귀의하여 관음보살에게 "만약 아들을 낳으면, 내놓아서 법해(法海)의 진량(津梁)으로 삼겠습니다"라고 빌어서 얻은 아들이었다. 법해는 바다처럼 깊고 넓은 불법을 비유한 말이다. 진량은 나루와 다리를 뜻하니, 중생을 제도할 수 있는 대덕이나 고승을 비유한 말이다. 이윽고 석가모니가 태어난 날에 자장도 태어났다. 태어나면서 이미 자장은 위대한 승려가 될 수밖에 없는 운명이었다.

그 운명 탓인지, 자장은 속세에 물들지 않는 성품을 지녔다. 그래서 홀로 깊숙하고 험준한 곳에서 수행을 하였다. 조정에서 자장을 불러 재상에 앉히려고 하였으나, 자장은 거절하고 나가지 않았다. 나오지 않으면 목을 베겠다는 왕의 엄포에도 자장은 꿈쩍도 하지 않고, "하루 계율을 지키다 죽을지언정, 계율을 어기면서 백 년을 살지는 않겠소"라고 단호하게 말하였다.

결국 왕은 자장의 출가를 허락하였다. 그런데 출가를 했다고 해서 승려가 되는 것은 아니다. 구족계(具足戒)—계율을 온전하게 다 갖추었다는 뜻이다—를 받아야만 비로소 승려로서 자격과 위의를 갖추게 된다. 자장에게는 꿈에 천인(天人)이 와서 오계(五戒)를 주었다고 한다. 이는 자장이 고승이 될 인물이라는 뜻이기도 하지만, 당시 신라의 불교가 수계의 의식을 갖추는 데까지는 나아가지 못했다는 사실도 넌지시 드러낸 것이다. 구족계는 수계의 의식을 통해서 받게 되는데, 그 의식을 맡아서 계를 줄 만한 승려가 아직 없었다는 말이다.

이야기는 계속해서, 오계를 받은 자장이 속세로 내려오니 속인들이 다투어 와서 계율을 받았다고 하였다. 출가자든 재가자든 계법을 받음으로써 오롯한 수행자가 된다. 물론 몸과 마음으로 지극하게 수행하는 것이 더 중요하고 근본적인 것이지만, 당시는 불교가 전래된 초기였으므로 계법을 받는 일을 결코 소홀히 할 수 없었다. 오히려 중시해야 할 때였다. 그러했으므로 불법에 귀의한 사람들은 자장이 계법을 줄 수 있는 자격을 갖추었다는 사실을 알고서 몰려들었던 것이다.

이 일로 해서 계법을 갖추는 일이 긴요하다는 것을 새삼 깨달은 자장은 중국으로 건너갈 뜻을 품었고, 636년에 칙명을 받아서 당나라에 들어갔다. 그는 산서성(山西省)의 청량산(淸凉山)으로 갔다. 오대산(五臺山)으로도 불리는 청량산은 문수보살의 영험이 있는 곳이다. 자장은 그곳에서 명상하다가 꿈에 어떤 중으로부터 가사와 사리를 받았다. 이는 문수보살이 준 기별(記別)이었다. 기별은 부처가 수행자에게 미래에 성불하리라고 예언한 것이다. 이는 자장의 수행이 깊었음을, 특히 계법을 충분히 익혔음을 상징한다.

643년에 자장은 신라로 돌아왔고, 분황사에 머물면서 대승(大乘)과 계법에 대해 널리 가르쳤다. 이윽고 대국통(大國統)이 되어서 사찰과 승려들이 일정한 법식을 갖출 수 있도록 하는 데에도 힘썼으니, 이로써 신라의 불법은 위의를 갖추고 흥성하기 시작하였다. 불법이 흥성하자 승려가 되고자 하는 이들이 부쩍 늘었다. 이에 자장은 통도사를 세우고 계단(戒壇)을 쌓았다. 이 계단이 지금의 '금강계단(金剛戒壇)'이다.

수다사에서 선정에 들다

통도사는 "모든 이들을 두루 득도(得度)하게 해주는 절"이다. 승려가 되어 수행하려는 이들에게 계법을 주기 위해서 계단을 쌓았으므로 그렇게 일컬었다. 그러나 계법을 받았다고 해서 수행이 절로 되고 깨달음을 쉽사리 얻게 되는 것은 아니다. 말 그대로 득도는 "수행의 길을 갈 수 있는 자격을 얻는 일"일 뿐이다. 그런데 이는 "계법을 주는 승려라고 해서 반드시 깨달은 이는 아니다"라는 의미도 함축하고 있다.

수계 의식이 갖추어지지 않은 신라에 율장(律藏)을 들여와서 널리 가르치고 편 자장은 귀국하자마자 왕실과 귀족, 승려와 속인들로부터 두루 존숭을 받았고, 그 덕분에 대국통이 되고 또 율사(律師)라는 칭호도 얻었다. 그러나 그것이 자장의 수행에는 오히려 걸림돌이 되었다. 전국의 사찰과 승려를 잡도리하고, 출가하려는 바람을 세운 이들에게 구족계를 주는 것도 중요한 일이지만, 그것이 자장의 득도(得道)를 보장하는 것은 아니었다. 깨달음을 얻은 이라면 마땅히 대중을 교화하지만, 대중을 교화한다고 해서 곧 깨달음을 얻는 것은 아니기 때문이다. 자장이 아무리 중국 오대산에서 문수보살로부터 기별을 받았다고 하더라도, 기별은 기별일 뿐이고 기별이 곧 성취는 아닌 것이다. 성취의 여부는 오롯이 자장 본인에게 달려 있는 것이었다.

〈자장정률〉에서는 자장이 만년에 서울을 떠나 명주(溟州) 곧 강릉으로 갔다고 이야기한다. 서울을 떠났다고 했지만, 정확하게는 통도사를 떠난 것이리라. 늘그막에라도 사람들과 일들로 번다한 곳을 떠나 조용히 수행에 전념하려던 것이었다. 자장은 동해를 오른쪽에 두고서 걷고 또 걸었다. 이윽고 강릉의 남쪽 정동진(正東津)에 이르렀다. 해돋이로 유명한 이 정동진에 이를 때까지 드넓게 펼쳐진 동해를 바라보면서 자장은 내내 무슨 생각을 했을까?

자장은 동해를 바라보면서 서해의 거친 물살을 헤치고 당나라에 건너가던 때를 다시금 떠올렸으리라. 특히 선친이 관음보살에게 약속한 "법해에서 나루가 되고 다리가 되는 일"에 대해 떠올렸으리라. 자장은 자신이 신라의 중생을 위해서 법해의 나루나 다리로서 할 일은 충분히 했다고 판단했을 것이다. 그래서 그 자신이 법해를 품은 부처가 되고자 하는 뜻을 더욱 다졌으리라.

정동진에서 조금 더 올라가면, 괘방산이 보인다. 자장은 괘방산 중턱에 절을 세웠다. 동해의 물을 안을 듯이 서 있어서 '수다사(水多

바다를 마주하고 서 있는 등명낙가사의 만월보전.
수다사라는 이름은 바뀌었어도 바다는 변함이 없는 듯하다.

寺)'라 했다. 왜 바다가 보이는 곳에 절을 세웠을까? 불법을 구하기 위해서 죽음을 무릅쓰고 서해를 건너가고 건너왔던 그때의 마음, 그 초심을 잊지 않기 위해서였을까?

오늘날에는 '등명낙가사(燈明洛伽寺)'라는 현판이 걸려 있다. 수다사가 신라 말에 소실되자 고려 때 다시 지으면서 등명사(燈明寺)라 개칭하였고, 조선시대에 폐사가 된 것을 1956년에 중창하면서 등명낙가사라고 하였다. '낙가사'는 '보타락가산'에서 따온 이름이다. 보타락가산은 인도 남쪽의 바닷가에 있는 산으로, 관음보살이 머물면서 중생을 구제했다고 하는 산이다. 보타락가산의 관음보살이 지켜주었던 중생은 대개 바다에서 생업을 영위하던 사람들이었을 것이다. 그러고 보니, 등명낙가사는 동해의 어부들을 지켜주는 등대, 나아가 고통의 바다에서 중생이 가야 할 길을 밝혀주는 등대처럼 느껴진다.

이 수다사에서 자장은 꿈을 꾸었다고 한다. 중국 오대산에서 보았던 중이 나타나서는 바닷가의 솔밭으로 나오라 하였고, 깨어나서 나갔더니 문수보살이 와 있었다. 문수보살은 자장에게 "태백산 갈반지(葛蟠地)에서 만나자"는 말을 남기고는 사라졌다. 꿈은 곧 선정에 든 것을 가리킨다. 중국 오대산에서도 그렇게 문수보살을 만났었다.

정암사에서 지혜를 얻으려 하다

문수보살이 말한 대로 자장은 동해를 뒤로 하고 태백산으로 가서 갈반지를 찾았다. 큰 구렁이가 나무 밑에 서리고 있는 것을 보고 그곳이 갈반지라 여겨서 절을 세웠다. 지금 정암사의 '적멸보궁'이 바로 그 절이었다. 자장은 여기에 머물면서 문수보살이 내려오기를 기다렸다.

정암사의 수마노탑. 서해 용왕이 준 돌로 세웠다고 전하는 이 탑은 떠나간 문수보살을 뒤쫓는 자장의 모습을 떠오르게 한다.

어느 날, 죽은 강아지를 담은 삼태기를 메고 늙은 거사 하나가 찾아왔다. 늙은 거사는 자장을 보려고 왔는데, 시자(侍子)는 그를 미친 사람으로 취급하면서 내쫓으려 하였다. 거사는 자신이 왔다는 말이라도 자장에게 전하라 하였다. 시자가 자장에게 알리자, 자장 또한 그를 미친 사람이라 여겼다. 이에 거사는 "돌아가리라, 돌아가리라! 아상(我相)을 가진 자가 어찌 나를 볼 수 있으리오!"라고 탄식하면서 가버렸다. 그 말을 들은 자장은 비로소 그가 바로 문수보살의 현신임을 알고 쫓아 나갔다. 그러나 거사는 이미 멀리 가버렸고, 자장은 따라가다가 쓰러져서 세상을 떠났다고 한다.

문수보살은 곧 석가모니불의 보처(補處)로서, 지혜를 맡은 보살이다. 따라서 자장이 자신을 찾아온 문수보살을 알아보지 못한 것은 곧 지혜를 온전하게 터득하지 못했음을, 즉 깨달음을 얻지 못했음을 상징한다. 깨달음을 얻는 데 실패한 것은 아상 때문이었다. 이 아상은 자장이 이미 문수보살을 만난 것에 집착한 데서 생긴 것으로, 스스로 대단한 경지에 이르렀다는 생각에 사로잡혀 있었기 때문에 생긴 장애였다.

"도가 한 자 높아지면 마는 열 길 높아진다(道高一尺, 魔高十丈)"는 말이 있다. 계율에 밝은 자장은 선정에도 들 만큼 수행이 깊었으나, 자신에게 그만큼 깊고 큰 장애가 있을 줄은 미처 몰랐던 것이다. 그 장애는 다름 아닌 자신의 아상이었으니, 그것으로 말미암아 눈앞에서 반야지혜를 놓쳐버렸다. 이는 아무리 계율을 잘 알고 지키더라도 그것만으로는 해탈에 이르지 못한다는 것, 또 선정에 들었다고 해도 그것이 곧 반야지혜를 얻은 것은 아님을 일깨워준다.

지금 적멸보궁 뒤편의 산중턱에 높이 솟아 있는 수마노탑은 마치 자장이 멀리 가버린 거사, 곧 문수보살을 붙잡으려는 듯이 서 있다. 출가자는 오로지 하나의 목표를 갖는다. 그것은 깨달음을 얻는 일이다. 그러니 깨달음을 눈앞에서 놓쳐버린 자장의 안타까움은 얼마나 클까.

신라 불교의 토대를 마련하다

불교에서는 삼학(三學)을 말한다. 수행자가 반드시 닦아야 하는 세 가지, 즉 계율 · 선정 · 지혜가 그것이다. 이 셋은 수행에 있어 선후를 나타내는 것이기도 하지만, 셋이 어우러져야 한다는 것을 뜻하기도 한다. 계율을 지킴으로써 몸과 마음이 바르게 되고, 몸과 마음이 바르게 되면 선정에 든다. 선정에 들어야 비로소 지혜를 완전하게 터득할 수 있다. 〈자장정률〉은 삼학에서 계율이 기본이 됨을 잘 보여주면서 동시에 지혜가 궁극이 된다는 사실도 강조하고 있다.

또 〈자장정률〉은 자장의 일생을 보여주는 데서 그치지 않는다. 신라 불교가 어떻게 전개되어야 하는지도 암시하고 있다. 자장이 계율을 정한 일은 신라 불교의 토대를 다진 일이다. 이제는 지혜로써 신라 불교를 완성하는 과제가 남았다. 실제로 원측(圓測) · 원효 · 의상 등 탁월한 고승이 잇달아 나와서 신라의 불교사상을 더없이 높이 끌어올려 자장이 미처 이루지 못했던 성취를 보여주었다.

민중의 이야기는 참으로 절묘하다. 자장이 걸었던 생의 행로를 이야기하면서 동시에 신라의 불교사를 엿보게 하니 말이다. 『삼국유사』를 편찬한 일연 또한 그 점을 잘 알고 있었다. 그랬기 때문에 〈자장정률〉에 이어 원효와 의상의 이야기인 〈원효불기(元曉不羈)〉와 〈의상전교(義湘傳敎)〉를 나란히 두었던 것이리라.

바다의 중생에게 계를 준
진표

일연은 경상북도 경산에서 태어나 아홉 살 때 전라남도 광주의 무량사(無量寺)로 가서 불법을 배웠다. 무량사에서 몇 해 머문 뒤에 강원도 양양군의 설악산 아래 진전사(陳田寺)로 갔다. 무량사에서 진전사까지는 한반도 남쪽의 남서쪽에서 북동쪽으로 가로지르는, 어림잡아 1,300리는 더 되는 참으로 먼 길이다. 더구나 강원도의 첩첩산중을 가로질러서 넘어가야 하니, 10대 소년에게는 일종의 모험이요 도전이었다. 그것은 그대로 수행의 한 과정이었다.

진전사에 도착한 어린 일연은 대웅(大雄) 장로에게 나아가 머리를 깎고 득도(得度)한 다음 구족계를 받았다. 그때가 1219년, 열네 살이었다. 경산의 한 소년이 전라도에 갔다가 다시 강원도로 넘어가서야 비로소 오롯한 승려가 되었다. 승려가 되는 데에도 이렇게 만만치 않은 과정을 거쳐야 하는 것은 승려가 된 뒤에 가야 할 길이 더욱 멀고 험하기 때문이리라. 그럼에도 사람으로 태어나 불법을 만나고 깨달음을 얻어 중생을 구제하겠다는 바람을 세운다는 것, 그것만으로도 이미 크나큰 복을 누리는 것 아니겠는가.

그런데 일연과 참으로 비슷한 여정을 거친 승려가 있어 흥미롭다. 아마도 일연 자신도 그런 면 때문에 남다른 관심을 두고 그 설화들을 『삼국유사』에 실었는지도 모른다. 「의해(義解)」편의 〈진표전간(眞表傳簡)〉과 〈관동풍악발연수석기(關東楓岳鉢淵藪石記)〉(아래에서는 '수석기'로 줄여서 일컫는다)에 나오는 진표 스님이 바로 그 주인공이다.

몸을 잊은 고행의 길

〈진표전간〉에 따르면, 진표는 완산주(完山州)—지금의 전주(全州)다—만경현(萬頃縣)에서 태어났다. 열두 살에 금산사(金山寺)—전주시 남쪽의 모악산 기슭에 지금도 남아 있다. 전주 시내에서 버스를 타면 한 시간쯤 걸린다—의 숭제(崇濟) 스님께 나아가서 머리를 깎고 중이 되었다. 일연과 비슷한 나이 때에 승려가 된 셈이다.

> 진표가 배우기를 청하자, 숭제 스님은 이렇게 말하였다.
> "나는 당나라에 들어가서 선도(善道) 삼장에게 배운 적이 있다. 그런 뒤에 오대산에 들어가서 문수보살의 현신(現身)에게서 오계를 받았다."
> 진표가 "몇 년이나 힘써 수행해야 계를 받습니까?" 하고 묻자, 숭제 스님은 이렇게 대답하였다.
> "정성이 지극하면 1년이면 된다."

선도(善道, 613~681)는 당나라 때 정토종의 교의를 크게 이룬 선도(善導)를 가리킨다. 그에게서 배웠다고 했으니, 숭제 스님도 당나라에 다녀온 유학승이었던 모양이다. 그리고 오대산은 강원도에 있는 산이 아니라, 중국의 청량산(淸凉山)을 가리킨다. 자장법사도 이 청량산에서 문수보살의 기별(記別)—미래에 성불할 것을 예언한 것—을 받았는데, 숭제 스님 또한 오계를 받았다고 하였으니 상당한 경지에 이른 고승이었음이 분명하다.

이 숭제 스님을 〈수석기〉에서는 '순제(順濟)'라고 적고 있다. 〈진표전간〉은 구전되는 설화로서 일연이 당대에 직접 들은 이야기고, 〈수석기〉는 기록으로서 일연이 활동하기 이전의 것—정확하게는 1199년에 기록되었다—이니, 후자가 더 정확하다고 할 수 있다. 그럼에도 일연은 〈진표전간〉에서 숭제라고 써서 서로 차이가 나는 것을 그대로 두었다. 그것은 민중이 그렇게 전승하고 있었던 사실 자체도 엄연한 역사적 사실이기 때문이다. 설화 자체에는 허구적 요소가 많을지 몰라도, 그 설화를 전승하는 민중은 엄연히 실재했던 존재들이므로 설화 또한 실재의 반영이라는 것이다. 이는 참으로 놀라운 인식인데, 이런 인식은 근대적인 사유와 통하는 점이다.

각설하고, 문수보살에게서 오계를 받는 것은 결코 예사로운 일이 아니다. 대체로 수계(受戒)는 승려가 되기 위한 과정일 뿐이지만, 보살에게서 계를 받는 것은 위로 깨달음을 얻는 상구보리(上求菩提), 아래로 중생을 교화하는 하화중생(下化衆生)의 가능성을 인정받는 것과 같다. 수행자가 이런 계를 받는다는 것은 곧 자신의 큰 서원(誓願)이 이루어진다는 보증을 받는 것과 같다. 그래서 진표도 얼마나 힘써야 그런 계를 받는지 물은 것이다.

숭제 스님의 대답은 간결하고 명확하다. "정성이 지극하면 1년이면 된다." 그렇다. 정해진 기간은 없다. 평생이 걸릴 수도 있지만, 1년 만에도 해낼 수 있다. 오로지 마음을 어떻게 지니고 수행하느냐에 달려 있을 뿐이다. 지극한 마음, 그것을 『중용』에서는 "성스러움은 하늘의 길이요, 성스러워지려는 것은 사람의 길이다(誠者天之道

금산사 미륵전. 금산사는 진표가 처음 출가하여 불도를 닦고 교화를 폈던 절이다.

也, 誠之者人之道也)"라고 말하여 '성(誠)', 한 글자로 나타냈다. 스스로 말한 것을 그대로 이룬다는 뜻의 성(誠)은 그 자체로 성(聖), 즉 거룩한 것이다.

숭제 스님의 말뜻을 이해한 진표는 곧바로 명산을 두루 다니면서 수행을 하였다. 이윽고 선계산(仙溪山)의 불사의암(不思議庵)—전라북도 부안군 변산에 있었던 절—에 머물면서 망신참법(亡身懺法)을 닦았다. 망신참법은 말 그대로 자신의 몸을 내던져서 죄를 참회하는 법이다. 진표는 온몸을 돌에 부딪쳐서 무릎과 팔이 다 부서지고 피가 바위 벼랑에 쏟아질 정도로 참회하였고, 그 결과 지장보살을 뵙고 청정한 계를 받았다. 이 과정을 〈수석기〉에서는 조금 다르게 서술하고 있다.

쌀 다섯 홉을 하루 동안의 양식으로 삼고, 쌀 한 홉을 덜어 쥐를 길렀다. 율사(진표)는 미륵상 앞에서 계법을 부지런히 구했으나, 3년이 되어도 수기(授記)를 얻지 못했다. 이에 더욱 발분하여 바위 아래에 몸을 던졌더니, 문득 푸른 옷을 입은 동자가 나타나서 그를 받들어 바위 위에 올려놓았다. 율사는 다시 분발하여 21일을 기약하고는 밤낮으로 부지런히 수도하고 온몸에 돌을 두드리면서 참회하였다. 사흘 만에 손과 팔이 다 부러졌다. 이레째 되던 날 밤에 지장보살이 금으로 된 지팡이를 흔들며 와서는 그를 쓰다듬었는데, 손과 팔이 그전처럼 되었다. 보살이 드디어 가사와 바리때를 주니, 율사는 그 신령한 감응에 감동하여 더욱 정진하였다.

지장보살과 미륵보살을 만나다

〈수석기〉의 글을 보면, 진표가 처음에는 미륵보살로부터 계법을 얻으려 했다는 것을 알 수 있다. 실제로 〈진표전간〉에서도 진표는 지장보살로부터 청정한 계를 받고 나서도 "본래 그 뜻이 미륵보살에 있었으므로 영산사(靈山寺)—변산에 있었던 절—로 옮겨서 처음과 같이 부지런히 용맹정진하였다. 그러자 과연 미륵보살이 나타나 『점찰경(占察經)』과 증과(證果)의 간자(簡子) 189개를 주었다"고 이야기하고 있다. 진표는 지장보살과 미륵보살 두 보살에게서 법을 구했던 것인데, 사실 지장보살과 미륵보살은 다르지 않다. 지장보살은 지옥에서 고통을 받고 있는 중생을 구제하는 보살로서, 미래불인 미륵보살이 출현할 때까지 중생 구제를 맡은 보살이다. 말하자면, 미륵보살이 출현하기 전에 미륵보살 역할을 하는 보살이 지장보살인 것이다. 다만 민중이나 승려들은 현재의 보살인 지장보살을 먼저 만난 뒤에야 미래의 부처인 미륵보살을 만나는 것이 순서라고 여겼던 것이다.

흥미로운 것은 〈진표전간〉에서는 지장보살이 나타나 "청정한 계법을 주었다"라고 한 것을 〈수석기〉에서는 지장보살이 가사와 바리때를 준 것으로 되어 있다는 사실이다. 가사와 바리때를 준 것은 일종의 상징으로, 대체로 선종에서 스승이 제자를 인가(認可)해줄 때 행하는 상징적인 행위다. 그러면 선사가 아닌 율사인 진표에게 이런 표현은 어울리지 않는 것 아닌가.

일연은 〈수석기〉의 제목 곁에 자잘한 글씨로 "1199년에 비석을 세우면서 발연사(鉢淵寺)의 주지인 영잠(瑩岑)이 지은 것이다"라고 밝히고 있다. 1199년이면 이미 선종이 중국에서는 정점에 이르렀다가 오히려 하락세에 접어들었던 시기고, 고려에서는 지눌(知訥, 1158~1210)의 '수선사(修禪社) 운동'으로 말미암아 그 교세를 확장하고 있던 때다. 따라서 〈수석기〉가 기록될 때는 선종에서 행해지던 그런 상징적인 행위와 의미가 이미 널리 알려져 있었고, 그것이 진표의 행적에 덧붙여진 것이라 할 수 있다. 과거 인물의 이야기에 현재 역사의 변화가 덧붙게 된 것이다.

〈진표전간〉과 〈수석기〉에서 진표의 스승을 숭제와 순제로 각기 다르게 적어둔 것에 대해서도, 일연이 구비전승의 가치를 인정했기 때문이라고 이미 말했다. 구비전승을 결코 간과해서는 안 되는 이유가 여기서도 나타나 있다. 그것은 기록이라고 해도 역사적으로 변화된 것을 담아낼 수밖에 없으므로, 크게 보면 구비전승과 다르지 않다는 뜻이다. 민중이 입에서 입으로 전하는 것은 가치가 없고, 지식인들이 글로 남긴 것만 가치가 있다고 어찌 단정 지을 수 있겠는가? 구전과 기록에 우열을 두는 것이 그릇된 것임을 인정하고 오히려 구전의 가치를 높이 인식하게 된 것은 그로부터 몇 세기가 지나서의 일이니, 일연이 얼마나 앞서 있었는가를 알 수 있다.

다시 이야기 속으로 들어가 보자. 진표는 지장보살로부터 계법을 받았다. 그런데 거기서 그치지 않고 더욱더 수행에 정진하였다고 한다. 왜? 지장보살로부터 계법을 받은 것, 가사와 바리때를 받은 것은 이미 저지른 죄업을 씻은 것에 지나지 않으며, 이제 비로소 진정으로 깨달음을 구할 수 있는 자격을 얻은 것에 불과하기 때문이다. 그래서 진표는 더욱더 힘써 수행하여 미륵보살로부터 수기와 간자(簡子)를 받기에 이르렀다. 미륵보살은 진표에게 수기와 간자 189개를 주면서 이렇게 일렀다고 한다.

"그 가운데서 여덟 번째 간자는 새로 얻은 묘계(妙戒)를 이르는 것이요, 아홉 번째 간자는 구족계를 더 얻은 것을 이른다. 이 두 간자는 내 손가락뼈이며, 나머지는 모두 침향(沈香)과 전단향(栴檀香) 나무로 만든 것이므로, 모든 번뇌를 이른다. 너는 이것으로써 세상에 법을 전하여 남을 구제하는 뗏목으로 삼아라."

묘계는 보살의 대계(大戒)로, 대승의 계법이면서 구족계다. 그런데 여기에 또 구족계를 더해주었다고 한다. 이는 진표가 율사임을 거듭 강조한 것이고, 계법을 통해서 깨달음을 얻고 세상을 구제할 것임을 암시한 것이다.

강릉 앞바다에서 설법을 하다

변산반도는 서해를 향해 불쑥 나와 있다. 그 변산반도에서 가장 높은 봉우리가 의상봉인데, 지금 그 동편의 절벽 중간에 네 평 남짓

한 반석굴이 남아 있다. 그곳이 진표가 머물렀던 불사의암 터라고 한다. 이곳은 지형이 험준하여 지금도 봉우리 꼭대기에서 100여 척이 넘는 사다리를 타고 내려가야 한다. 만약 이곳이 불사의암이었다면, 설화 속에 묘사된 진표의 고행은 사실 그대로였다고 할 수 있다.

바로 이 불사의암에서 지장보살과 미륵보살을 만난 진표는 다시 금산사로 갔다. 한동안은 금산사에서 법보시를 널리 베풀었다. 자신이 처음 출가를 하여 배움의 길을 나섰던 곳으로 돌아가 하화중생의 첫걸음을 내디딘 것은 참으로 의미가 있는 일이었다. 그가 베푼 교화는 금산사를 중심으로 하여 사방으로 두루 미쳤다. 그러나 여기서 머물지 않았다. 곧이어 진표는 더욱 멀리 돌아다니며 법을 베풀었고, 그리하여 마침내 아슬라주(阿瑟羅州)에 이르렀다.

아슬라주는 명주(溟州)라고도 불린, 지금의 강릉 지역이다. 아마 각 지방을 두루 다니다가 저절로 강릉에까지 이르렀을 것이다. 진표가 이르자, 바다의 물고기와 자라 등이 그를 바다 속으로 맞아들였다고 한다. 이는 물론 신화적 상상력의 소산이다. 그만큼 진표의 법력과 도력이 탁월했음을 상징한다. 진표는 불법을 강의하였고, 물고기와 자라들은 계를 받았다. 〈진표전간〉에서는 이때가 천보(天寶) 11년(752) 2월 15일이었다고 적고 있다.

참으로 기이하다! 이렇게 순전히 상상력으로 지어냈을 법한 이야기에서 정확한 때를 밝히고 있으니 말이다. 이는 이야기가 민중에게는 결코 허구의 세계로 인식되지 않았다는 것을 의미한다. 물론 민중이라고 해서 허구와 사실의 차이를 몰랐다고 말할 수는 없다. 다만, 민중은 거기에 얼마나 진실이 담겨 있는가를 중시했던 것이다. 진실의 차원에서는 허구와 사실이 결코 대립되는 것이 아니다. 그리고 이런 이야기가 지속적으로 전해졌다는 것은 바로 민중이 그 이야기에 영향을 받고 그 이야기와 함께 살았음을 의미한다. 여기에서 이야기는 그 자체가 하나의 역사요 사실이 된다.

진표가 물고기와 자라들에게 설법을 하고 계를 주었다는 것은 중생 구제의 본령에 충실했음을 의미한다. 중생은 유정(有情)이라고도 하며, 인간을 비롯해서 생명이 있는 모든 존재를 뜻한다. 그런데 때로 인간이 아닌 짐승은 교화나 구제의 대상에서 제외되거나 간과된다. 미물에게조차 자비를 베풀었던 부처의 삶과 가르침은 잊은 것이다. 그러나 진표는 참된 자비를 오롯하게 베풀었으니, 그야말로 참된 성자라 할 만하다. 또한 이는 신라의 불교가 미물에게까지 영향을 끼칠 정도로 높은 경지에 이르렀음을 상징하는 것이기도

강릉 경포대 앞바다. 진표가 동해의 용과 물고기들에게 설법을 한 곳이다.

하다.

인간이란 참으로 어리석게도 빼어난 인물을 그 자체로는 알아보지 못한다. 그가 일으킨 기적이나 신이한 행적을 통해서만 비로소 알아본다. 당시 신라의 경덕왕과 귀족들도 그러했다. 진표가 각 지방을 다니며 민중에게 불법을 가르치며 교화를 폈을 때는 미처 알아보지 못하고 있다가, 진표가 강릉에서 바다 생물들에게 교화를 베풀었다는 소식을 듣고서야 궁궐로 맞아들였으니 말이다.

경덕왕은 진표에게서 보살계를 받고는 조(租) 7만 7천 섬을 하사하였다. 왕후와 외척들도 계품(戒品)을 받고는 비단과 황금 등을 보시하였다. 진표는 이렇게 받은 것들을 여러 사찰에 나누어주어 널리 불사를 일으켰다.

〈수석기〉 속의 또 다른 이야기와 의미

진표의 사리는 발연사(鉢淵寺)에 있으며, 발연사는 그가 바다의 생물을 위해서 계를 주었던 곳이라 한다. 그런데 발연사는 강원도 고성군(高城郡) 외금강면(外金剛面)의 금강산 근처에 있었다고 한다. 그렇다면 앞서 진표가 아슬라주, 즉 강릉에서 바다 생물을 교화했다는 것과 다소 어긋난다. 지리적으로 고성군의 금강산과 강릉은 매우 멀다. 왜 일연은 이런 차이를 그냥 두었을까? 더구나 〈진표전간〉에 이어 〈수석기〉를 실어서 여러 가지 차이 나는 점을 부각시키기까지 하였는데, 그 까닭은 무엇일까?

〈진표전간〉은 결코 논리적인 글이 아니다. 민중이 전승하던 이야기다. 이야기는 논리를 앞세우지 않는다. 이야기는 상상력의 힘을 빌어 허구를 통해서 숨겨진 진실을 말하려고 할 뿐, 결코 이성으로써 사실을 따지고 타당성을 검증하려고 하지 않는다. 그렇기 때문에 중세 내내 보편성과 합리성을 중시한 학문과 철학으로부터 배척받았다. 그러나 이야기는 엄연히 사실의 차원에서 존재하는 것이었다. 민중뿐만 아니라 상층 지식인들조차 이야기를 예사로 하고 즐겼다. 『삼국유사』도 그러하지만 중세의 모든 이야기책, 모든 설화집은 상층 지식인들이 남긴 것이니, 그 점은 틀림이 없다고 할 수 있다.

사실의 차원에서 논증하는 것이 아니기 때문에 이야기에는 당연히 허점도 많고 빈틈도 적지 않다. 그 점을 염두에 두고서 〈수석기〉라는 빗돌에 새겨진 글을 보면, 오히려 이야기의 부족한 부분을 보완해주는 구실을 하고 있음을 알게 된다. 실제로 〈수석기〉에는 진표가 명주(강릉) 해변에서 설법한 뒤에 북쪽으로 가서 고성군에 이르렀다는 대목이 나온다. 〈진표전간〉에서는 빠져 있던 행적이다.

〈수석기〉에 따르면, 진표는 금강산으로 들어가서 발연사를 세우고 점찰법회를 열었다. 그로부터 7년이 지나서 명주 근처에 흉년이 들어 사람들이 굶주리자, 진표는 이를 위해서 계법을 풀이하였으며 사람들은 그 계법을 받들어서 지켰다. 그러자 고성 해변에 무수히 많은 물고기들이 저절로 죽어서 나왔고, 사람들은 이를 팔아서 먹을 것을 마련하여 죽음을 면하였다고 한다. 이로써 보면, 지금의 고성군과 강릉은 모두 중세에는 아슬라주 또는 명주로써 일컬어진, 한 지방이었음을 알 수 있다. 말하자면 아슬라주나 명주는 지금의 강원도라는 명칭과 같은 의미로 쓰였다고 하겠다.

이와 함께 음미해야 할 것은 여기에 숨겨진 불법의 요체다. 자칫 인간성을 상실할 수 있는 굶주림 속에서도 불법의 인욕바라밀과 정진바라밀을 가르쳤던 진표, 그런 진표의 가르침을 듣고 계법을 지킨 민중, 그리고 진표와 민중의 지극한 마음에 감화되어 스스로 몸을 던져 민중을 죽음에서 구한 물고기들. 이 모두 불법의 참된 실천가들이었다는 점이다. "죽어야 산다"고 하는 역설적인 진리를 진표나 민중, 물고기들 모두 실천했던 것이다. 그리고 이 모든 것이 번쇄한 철학적 논증이나 이론이 아닌, 그 흔한 이야기를 통해서 표현되고 있다는 사실이 놀랍기만 하다. 〈수석기〉가 비록 글로 남은 것이기는 해도, 그 내용은 오롯이 이야기였다.

민중이 입에서 입으로 전한 것이든, 지식인이 글로써 남긴 것이든, 그 둘이 이야기라는 점에서는 다르지 않고 오히려 하나가 되었다. 이는 이야기야말로 바로 이성의 간교함에 물들지 않은, 인간의 진정한 실존의 표현임을 의미한다. 사실 부처도 이야기로써 제자들과 중생을 가르치고 일깨우지 않았던가. 그런 사실을 누구보다도 잘 알았던 일연이기에 진실 또는 진리를 전하기에는 이야기만 한 것이 없다고 여겼던 것이다.

서해에서 나라를 지킨 명랑법사

우리나라는 삼면이 바다다. 동해와 남해, 서해. 이 가운데서 서해는 중국과 사이에 있어서 중국과의 관계에서는 언급되지 않을 수 없는데, 『삼국유사』의 이야기들에서도 그 점은 마찬가지다. 『삼국유사』에서 「의해(義解)」편 이하는 승려들의 전기라고 할 수 있는데, 여기에 서해를 건너서 불법을 배우고 온 승려들이 대거 이야기되고 있는 것도 그 지리적 특성 때문이다.

그런데 승려들이 중국을 다녀오는 과정에서 서해의 용을 만나는 일이 종종 있었다. 명랑법사(明朗法師)도 서해 및 서해의 용과 매우 인연이 깊다. 그에 관해서는 〈명랑신인(明朗神印)〉과 〈문무왕법민(文武王法敏)〉 두 이야기를 통해 확인할 수 있다. 〈명랑신인〉은 명랑법사 개인의 행적을 이야기한 것이고, 〈문무왕법민〉은 명랑법사가 삼국통일의 과정에서 어떤 활약을 했는지에 대해서 이야기해주고 있다.

서해의 용에게 법을 주다

〈명랑신인〉은 명랑법사가 신라 신인종(神印宗)의 개조가 된 과정을 이야기한 것이다. 신인종은 밀교(密敎) 계통의 종파인데, 동아시아에 밀교가 전래된 것은 이미 동진(東晋) 초기 무렵이지만 본격적으로 또 조직적으로 전해진 것은 당나라 때 선무외(善無畏, 637~735)와 금강지(金剛智, 671~741), 불공(不空, 705~774) 등의 승려들이 등장하면서부터다.

밀교는 동아시아에서는 진언종(眞言宗)이라는 명칭으로 알려져 있는데, '진언'은 범어 만트라Mantra를 번역한 말이다. 이 만트라는 "언어로써 표현할 수 없는 비밀한 교의"를 뜻한다. 그래서 밀교에서는 범어를 번역하지 않고 소리 그대로 외우는 다라니, 열 손가락으로 갖가지 모양을 만들어서 부처의 덕을 나타내는 인계(印契) 또는 인상(印相) 등을 중시한다. 여기서 인계 또는 인상의 의미를 포함한 것이 '신인종'이다. 말하자면, 신인종은 "신령한 힘을 가진 인계 또는 인상"의 의미를 갖는다.

그런데 명랑법사가 불도를 배우려고 당나라에 건너간 때는 632년이고, 돌아온 때는 635년이다. 이때는 당나라에서 아직 밀교가 본격으로 뿌리를 내리지 않았을 때다. 그럼에도 명랑법사는 돌아와서 신인종을 열었으니, 아마도 중국에서 밀교 계통의 경전을 스스로 공부하여 체득한 것이 아닌가 여겨진다. 중요한 것은 신인종이라는 명칭에서도 드러나듯이, 명랑법사가 배우고 익힌 것이 매우 신이한 징험을 보였으리라는 점이다. 실제로 〈명랑신인〉의 첫머리는 명랑법사가 당나라에서 돌아올 때 서해의 용을 만난 일로 시작되고 있다.

명랑법사는 신라에서 뛰어난 인물로, 당나라에 들어가서 불도를 배웠다. 돌아올 때, (서해) 바다의 용이 청하므로 용궁에 들어가서 비법을 전하고, 황금 1천 냥을 보시 받아 땅 밑으로 몰래 와서 신라의 자기 집 우물 밑에서 솟아 나왔다. 이에 집을 내놓아 절로 삼고 용왕이 보시한 황금으로 탑과 불상을 만들었는데, 그 광채가 유난히 빛났다. 그래서 절 이름을 '금광사(金光寺)'라고 했다.

「금광사본기(金光寺本記)」에서 옮겨 적은 것이라고 밝히고 있다. 그런데 매우 흥미로운 내용으로 이루어져 있다. 먼저 명랑법사는 용궁에서 곧바로 땅 밑으로 해서 신라의 자기 집에 이르렀다고 한다. 요즘으로 치면, 해저 터널을 이용해서 서해에서 신라의 서울 경주로 왔다는 말인데, 이 자체가 신이하기 짝이 없다. 왜 용궁에서 나와 배를 타고 왔다고 하지 않았을까? 이는 명랑법사가 체득한 비법의 성격과 그 도달한 경지를 슬며시 드러내기 위해서다. 불교에서 지향하는 깨달음이나 해탈 자체가 이미 시간과 공간의 제약을 초월하는 힘을 가지는 것이지만, 불교 가운데서도 비밀한 교의를 내세우는 밀교는 더욱더 일상적인 경계를 넘어서는 불가사의한 힘을 갖는 것으로 여겨졌기 때문에 그것이 이야기 속에서 상징화된 것이다.

또 명랑법사가 우물 밑에서 솟아 나왔다고 한 것은 서해와 연결시킬 수 있는 고리가 우물이었기 때문이다. 둘은 물로써 연결된다. 이는 민중의 경험에서 비롯된 것이다. 일상 속에서 우물은 참으로 긴요한데, 아무리 퍼내도 마르지 않는다. 그렇다면 아무리 가물어도 바닥을 보이지 않는 바다는 그야말로 거대한 우물이 아닌가. 그러나 해저의 땅 밑으로 해서 자기 집 우물 밑으로 나온다는 발상은 단순한 경험을 넘어선 매우 드문 상상력의 소산이다. 오늘날에는 주로 영화가 인간의 상상력을 집약해서 보여주지만, 저 옛날에는 이런 이야기가 상상력을 발휘할 수 있는 매개였음을 알 수 있다.

명랑법사가 서해의 용에게 비법을 전해준 것은 오래도록 민중의 삶 속에서 신앙되었던 토착신격이 새롭게 변신했음을 의미한다. 서해는 신라의 승려들이 중국으로 가기 위해서 거쳐야만 하는 공간이다. 그러다 보니, 서해는 곧 불법이 전래되는 주요한 경로가 되었다. 신라 불교가 이른 경지, 찬란한 불교 예술과 철학을 꽃피운 것은 거친 바다를 건너갔다 온 승려들의 열정, 목숨을 내건 구도심이 그 바탕이었다. 그러니 서해와 불교는 밀접한 연관을 가질 수밖에 없다.

고대와 중세에 민중은 바다에는 용궁이 있고 거기에는 용왕이 산다고 믿었다. 거친 바다, 언제 어떻게 변할지 모르는 바다, 돌아올 수 있다는 기약을 할 수 없는 바다, 그 바다로 나서기 전에 용왕에게 제물을 바치고 무사히 돌아올 수 있도록 해달라고 빌었다. 그러나 그것은 불교를 만나면서부터 차츰차츰 뒷전으로 밀려나게 되었다. 그렇다고 아주 버릴 수만은 없었다. 그래서 선택한 길은 용왕을 불교와 결부시키는 것, 불교 속으로 들어오게 하는 것이었다. 그러려면 용왕이 계율을 받거나 불법을 전수받아야 했다. 이는 출가한 이가 구족계를 받는 것과 같은 일이었다. 명랑법사가 용궁에서 비법을 전한 것은 바로 그런 일을 상징적으로 보여준 것이다.

그런데 명랑법사가 서해의 용궁에서 법을 전해주었다고 하는 이 이야기와는 달리, 명랑법사가 오히려 용궁에서 법을 얻어 왔다고 하는 이야기도 함께 실려 있다. 이는 또 무엇을 의미하는 것일까?

용궁에서 오히려 법을 얻다

『삼국유사』에는 갖가지 이야기들이 나름대로 제목을 갖고 배열되어 있다. 얼핏 보면, 이야기들끼리는 긴밀하게 이어지지 않고 있는 듯이 보인다. 그러나 결코 그렇지 않다. 드러나 있지는 않지만, 숨겨진 거대한 맥락이 있다. 바로 그 맥락을 읽어내는 것이 어려워서 각각의 이야기들이 얽히고설키면서 빚어내는 또 다른 의미망, 달리 말하면 '무한히 열린 의미의 세계'를 파악하지 못하고 있는 것이다. 불교에서는 "모든 것은 변한다"고 가르친다. 이를 한마디로 줄이면, 바로 '공(空)'이다. 잠시도 머물러 있지 않아서 "있으면서 없고 없으면서 있는 것"이 바로 공이다. 이를테면, "정해져 있는 것, 고정된 것은 없다"는 것이다. 입에서 입으로 전해지는 한, 이야기는 바로 그런 속성을 가장 잘 드러내는 표현 양식이라고 할 수 있다. 비슷한 내용을 담은 이야기라도 말하는 이와 듣는 이, 또 그 상황 등에 의해서 끊임없이 달라진다. 이야말로 불교의 요체를 가장 잘 표현하는 것이 아니겠는가. 그리고 불경도 대부분 이야기로 이루어져 있지 않은가. 딱딱하게 논문처럼 되어 있는 것은 경전이 아니라, 경전을 주석한 논서들이다.

논서는 이야기로 이루어진 경전의 의미가 워낙 애매하고 모호하여 또는 미묘하고 심오하여 이해하기 어렵거나 종잡을 수 없다고 여긴 현자가 그 의미를 한층 명확하게 하려고 풀이한 글들이다. 그러나 그것은 오히려 본래의 의미 맥락에서 멀어지게 만들기도 한다. 만약 집을 짓고 난 뒤에 담도 두르지 않고 문도 세우지 않는다면, 그 집으로 들어가는 문은 오히려 무수히 많다고 할 수 있다. 그러나 담을 두르고 문을 세우는 순간, 집으로 들어가는 문은 한정되어버린다. 논서는 그와 같이 담을 두르고 문을 세우는 행위라 할 수 있다.

이야기 또한 어떤 사건이나 인물에 대한 설명이나 해명일 수 있지만, 이야기라는 표현 양식의 특성으로 말미암아 논서보다는 경전에 더 가깝다고 할 수 있다. 특히 『삼국유사』의 이야기들은 더욱 그러해서, 이야기들은 서로 어우러져 또 다른 의미, 단독으로 이야기될 때와는 다른 의미를 빚어내는 경우가 많다. 마치 저 바닥을 알 수 없는 깊고 깊은 바다 밑에도 땅이 있고 그 땅 밑에 또 무언가가 있듯이 『삼국유사』라는 바다에서는 이야기들이 그런 깊이와 넓이를 갖는다.

〈명랑신인〉 바로 앞에는 〈혜통항룡(惠通降龍)〉이라는 이야기가 있다. 혜통이 주문으로써 용을 눌러 이긴 일을 이야기한 것인데, 여기에도 명랑법사에 대한 언급이 나온다. "밀본(密本)의 뒤에 고승 명랑이 있었는데, 용궁에 들어가서 신인(神印)을 얻어 신유림(神遊林)—지금의 천왕사(天王寺)—을 처음으로 세우고 여러 차례 이웃나라의 침입을 물리쳤다"고 하는 것이 그것이다.

혜통과 밀본 또한 명랑법사처럼 밀교를 익힌 승려였다. 특히 밀본은 그 법명이 "밀교의 근본"을 뜻하듯이, 적어도 『삼국유사』를 따르면 신라에서 처음 밀교를 크게 편 승려였음이 분명하다. 그런데 그 뒤를 이은 명랑이 용궁에서 신인을 얻었다고 한다. 〈명랑신인〉에서 명랑이 용궁에서 전했다고 한 비법이 여기서는 '신인'이라는 말로 분명하게 표현되어 있다. 비록 짤막한 언급이기는 하지만, 훨씬 신빙성이 있다. 〈문무왕법민〉에서도 이와 상통하는 내용이 등장한다.

당나라에서 군사 50만 명을 교련하여 설방(薛邦)을 장수로 삼아 신라를 치려고 했다. 이때 의상법사가 유학하러 당나라에 갔다가 김인문을 찾아가니, 김인문이 이 사실을 알려주었다. 의상은 곧 돌아와서 임금에게 아뢰었고, 임금은 매우 두려워하며 여러 신하를 모아 계책을 물었다. 이에 각간 김천존(金天尊)이 아뢰었다.

"요사이 명랑법사가 용궁에 들어가서 비법을 전해 받고 왔으니, 그를 불러서 물어보시기 바랍니다."

이에 명랑법사가 아뢰었다.

"낭산(狼山) 남쪽에 신유림이 있으니, 그곳에 사천왕사를 세우고 도량을 열면 됩니다."

사천왕사 앞의 석주. 사천왕사는 토착신들이 노닐던 곳에
명랑법사가 세우라고 한 절이다.

여기에도 명랑법사가 용궁에 들어가서 비법을 전해준 것이 아니라 오히려 전해 받고 왔다는 말이 나온다. 김천존의 말에는 명랑법사가 전해 받은 비법의 힘이면 난관을 타개할 방도가 생길 것이라는 판단이 깔려 있다. 그리고 명랑법사는 낭산 남쪽의 신유림에 절을 세우라고 하였다. 그 절이 〈혜통항룡〉에서 말한 천왕사, 곧 사천왕사다. 사천왕사는 사천왕을 받드는 절이다. 사천왕은 사방을 지키는 불교의 수호신이니, 불교로써 당나라 군대를 막으려고 했음을 알 수 있다.

〈명랑신인〉에서도 엿볼 수 있었던 상징을 여기서도 볼 수 있다. 〈명랑신인〉에서 용이 불교의 비법을 전해 받은 것은 토착신격에서 벗어나 불교에 편입되는 과정을 상징화한 것이라 했다. 여기서는 신유림에 절을 세우는 것에서 똑같은 상징화를 읽을 수 있다. 신유림은 낭산 기슭에 있다. 낭산은 경주 사람들이 고대부터 신령하게 여겼던 산이다. 신유림은 말 그대로 "신들이 노닐던 숲"으로, 토착신격들이 나타났고 또 토착신격들을 제사지냈던 곳이다. 그런데 바로 여기에 사천왕사라는 절을 지었으니, 역시 토착신격을 불교가 아우른 것을 상징한다. 그러면 왜 이런 변신이 필요했는가? 이제 고대가 아닌 중세가 되었으므로 고대에 숭배받았던 신들은 그 역사적 의의를 다했던 것이다. 고대의 신들로는 상하와 내외의 다양성과 이질성을 하나로 아우르는 통합과 통일을 이루기 어려웠으므로 불교라는 보편종교가 필요했다. 그러나 토착신격의 반발을 막기 위해서는 끌어안아야 했다. 그래서 그 자리에 사천왕사를 세운 것이다.

그런데 명랑법사가 외적을 막아내기 위해 썼던 비법을 용궁에서 배우고 왔다고 한 것은 어떻게 해명할 것인가? 〈명랑신인〉의 내용과도 맞질리지만, 당나라에서 유학을 했음에도 불구하고 왜 또 용궁에서 비법을 배웠다고 이야기했는가? 혹시 용궁은 당나라를 암시하는 것이 아닐까? 그렇다고 하기에는 당나라가 명확하게 존재하고 있으므로 굳이 서해나 용궁을 끌어들일 이유가 없다.

불교는 외래 종교다. 인도에서 중국으로, 다시 고구려와 백제, 신라로 전해졌다. 신라의 승려들은 불교를 배우기 위해 가까이는 중국, 멀리는 인도까지 갔다. 그러한 역사적 사실로 말미암아 이야기에서는 당나라에서 불법을 배우고 돌아와서 신라의 중생과 토착신들을 구제한다는 내용이 일반화되었다. 그러나 신라의 불교가 흥성하여 그 철학이 중국과 대등한 수준에 이르게 되자, 이야기의 내용이 조금씩 달라지기 시작했다. 그것은 중국에서 불법을 배워 오는 것이 아니라, 바로 토착신이나 그들이 머무는 곳에서 배워 온다는 것으로 바뀌기 시작한 것이다.

원효의 『금강삼매경론(金剛三昧經論)』에 얽힌 이야기를 생각해 보라. (〈원효불기(元曉不羈)〉에서는 살짝 언급되어 있고, 『송고승전』의 〈원효전〉에서는 자세하게 서술되어 있다.) 신라의 왕비가 병을 앓았는데, 신라의 의술로는 고칠 수가 없었다. 그래서 당나라에 사람을 보내 의술을 구하게 하였다. 그 사람이 서해 가운데 이르렀을 때, 문득한 노인이 나타나서 그를 바다 속으로 데리고 들어갔다. 용왕은 그에게 『금강삼매경』을 주면서, 이 경전이면 병을 고칠 수 있다고 하였다. 원효가 이 경전을 풀이하고 강설한 것이 바로 『금강삼매경론』이다.

사신은 당나라에 도착하지도 않았다. 바로 서해 한가운데서 문제를 해결했고, 그 문제 해결은 곧 경전을 얻은 일이다. 이미 신라의 불교가 대단한 경지에 이르러 굳이 중국의 불교에 기대지 않아도 된다는 인식이 담겨 있다. 그런 인식이 이야기에서 서해나 그 용궁을 마치 불교 경전이 있는 거룩한 공간으로 변모시킨 것이다. 그리하여 처음에는 승려로부터 불법을 전해 받던 곳이 나중에는 오히려 불법을 전해주는 곳이 되었던 것이다. 이 또한 불국토사상의 한 표현이라고 할 수 있으리라.

삼국통일의 사상적 기반이 된 불교

모든 것은 변한다. 머물러 있는 듯이 보이는 것도 알고 보면 끊임없이 변하고 있다. 그 변화가 워낙 미묘해서 쉽사리 알아채지 못할 뿐이다. 이야기도 그런 미묘한 변화를 끊임없이 겪는다. 물론 이야기는 드러난 의미만으로 이해하고 즐겨도 된다. 그러나 깊은 이치가 담겨 있는 이야기라면, 또 그런 이치를 들려주려는 의도가 있다면, 그 이치를 찾아내는 것 또한 필요하지 않겠는가.

모든 것은 변한다. 이는 중심과 주변 또한 변하며 고정되어 있지 않다는 말이다. 중세 동아시아에서는 중국이 중심이었다. 정치나 경제, 문화, 종교, 학술 등 모든 방면에서 중국은 주변국에 거의 일방적으로 전해주는, 우위에 있는 나라였다. 그러나 중심이라는 그 위상은 시대가 흐름에 따라 흔들리게 되었고, 결국에는 근대에 이르러서 완전히 그 위상을 상실하였다.

신라는 고구려나 백제보다 국력이 미약했다. 그러했음에도 삼국을 통일할 수 있었던 것은 바로 그 중심을 자신에게로 옮겨 올 수 있었기 때문이다. 그리고 그러한 중심의 이동을 불교로써 해냈다는 데서 특이한 점이 있다. 단순히 정치력이나 경제력, 군사력만으로는 되지 않는다는 것을 삼국 가운데서도 가장 명확하게 인식했다는 말이다. 가야의 멸망은 바로 그런 문화나 종교, 철학의 빈약에서 비롯된 것이 아니었던가.

그렇다면 왜 유교나 도교가 아니었을까? 불교가 중국의 입장에서도 외래종교라고 한다면, 유교와 도교는 오롯이 중국의 사상이요 종교다. 그러니 유교나 도교로는 신라나 주변국들이 중국보다 우위에 서기가 어렵다. 물론 중국에서 유교나 도교가 쇠퇴한다면 다른 나라가 우위에 설 수도 있으나, 그것은 막연한 기대일 뿐이다. 특히 도교는 중국의 민간신앙과 결부되어 있었으므로 다른 나라나 민족이 쉽사리 수용하기 어렵다는 한계도 분명하였다. 다만 유교의 경우에는 종교적 성향보다 정치나 사회, 제도 등의 면에서 주요한 구실을 했으므로 도교보다는 더 수용이 용이했다. 실제로 조선이 명나라나 청나라보다 더 유교에 기울어진 나라였다는 점이 그것을 입증한다.

조선이 성리학을 바탕으로 한 유교 국가였던 것처럼 신라는 불교사상을 바탕으로 삼국을 통일하고 명실상부한 불교 국가로 나아갔다고 할 수 있다. 그러나 조선 후기에 성리학은 정치와 사회 전반에서 통합의 구실을 하지 못하고, 오히려 분열과 대립을 조장했다. 무엇보다도 사유나 사상을 고착화하고 정체시키는 구실을 했다. 물론 학자들의 그릇된 인식 탓이지, 성리학 자체의 문제는 아니라고 할 수도 있다. 그렇지만 다시 찬찬히 되돌아볼 필요가 있다. 그리고 우리 역사에서 불교가 어떠한 구실을 했는지도 되돌아볼 필요가 있다.

불교는 신라에서 통일사상의 구실을 하였고 또 후삼국의 통일에서도 그러했다. 그 이면에는 불교사상의 혁신과 주체화 과정이 있었다. 그러나 고려 이후로는 어떠했는가? 일연은 『삼국유사』에 민중의 이야기를 대거 실으면서 바로 이런 물음을 제기하고 있다. 아니, 화두를 던지고 있다.

『삼국유사』는 아득히 펼쳐진 망망대해와도 같아서 이야기들에 숨겨진 의미를 풀어내려면 여간 애쓰지 않으면 안 된다. 그렇다고 억지로 고심해서 의미를 풀어내려는 것도 무리한 짓이다. 양파를 벗기듯이 한 꺼풀씩 벗겨내야 한다. 보이는 만큼이 나 자신의 수준이다. 안목이 낮으면 낮은 대로, 높으면 높은 대로 보고 즐기면 된다. 이 책을 쓰면서 나는 그렇게 하려고 애썼다. 그리고 어느새 그 깊은 바다 속을 자유자재하게 노닐고 있는 자신의 모습을 볼 수 있었다. 그것이 기쁘고 즐거웠다.

이 책의 글들은 몇 편을 제외한 대부분이 2010년 초에 신문에 연재될 것을 전제하고 쓰인 것들이다. 신문 지면의 특성상 글의 분량이 정해져 있어서 미처 다 말하지 못한 부분도 적잖았다. 그래서 이후에 많이 보충했다. 그리고 여정에 대한 서술은 대부분 뺐다. 『삼국유사』를 토대로 여행을 하며 쓴 책은 이미 여럿 나와 있기 때문이다. 또 이 글들은 『삼국유사』의 이야기들에 숨겨진 의미를 풀어내는 데 중점을 두고 있기 때문에 그 큰 틀에 맞추는 것이 적절하리라 여겨서다. 따라서 글 순서가 신문에 연재할 때와 달라졌다. 그러나 관점이나 서술방식에서 달라진 것은 없다.

무엇보다도 이 책은 또 '바다'를 중심에 놓고서 이야기를 풀어갔기 때문에 여기서 다룬 이야기들을 온전하게 풀어냈다고 할 수는 없다. 그러나 『삼국유사』와 같은 복합적인 책을 풀이하는 데 있어서는 일관된 시각과 관점을 유지하는 것이 중요하므로 이야기 자체의 구조적 의미를 풀어내는 것에 역점을 두었고, 이야기와 이야기가 아무런 연관이 없이 존재하는 것이 아니라 숨겨진 의미 맥락 속에서 긴밀하게 연결되고 있다는 사실을 중시했다. 그런 면에서 볼 때, 이 책은 해설서로서 나름의 의의를 갖는다고 생각한다. 이 책에서 다루지 못한 이야기들은 다음 작업에서 다룰 예정이다. 일단 '삼국유사 속 역사이야기'와 '삼국유사 속 불교이야기'라는 제목을 염두에 두고 있다. 그렇게 해서 『삼국유사』의 이야기를 모두 3부작으로 풀어내려 한다.

이 책에는 사진도 적지 않게 실려 있다. 신문에 글을 연재하면서 찍은 것들이다. 운전을 하지 못하는 나로서는 동생 광용과 그 아내 양윤정, 갓 돌이 지나 곳곳을 함께 따라다녀야 했던 조카 건일이를 늦겨울부터 여름까지 몇 달 동안 꽤나 괴롭힐 수밖에 없었다. 그저 고마울 따름이다. 또 이 책이 꼴을 갖추어 나올 수 있도록 해준 산지니 출판사 식구들께 감사드린다.

남산동 기슭의 낙서재에서

정천구